上：タクラマカン砂漠／下：カシュガルの路地

ウルタル峰

上：湿原で遊ぶ子供たち／下：闇が迫るフンザの集落

上：インダス河のほとり／下：ギルギット

ひとたびはポプラに臥《ふ》す 3

宮本　輝

集英社文庫

目次

第一巻　目次

第二巻　目次

旅の行程
キルギス
ウズベキスタン
天山山脈
カシュガル
ウパル
インギサル
ヤルカンド
タリム盆地
タクラマカン砂漠
新疆ウイグル自治区
中巴公路
コングール山
タジキスタン
ムスターグアタ山
カラクリ湖
パミール高原
タシュクルガン
ススト
ウルタル
クンジュラブ峠
アフガニスタン
フンザ
カリマバード
フンザ
カルガの磨崖仏
ナガール
ヒンドゥークシュ山脈
ホーパル氷河
サイドゥシャリーフ
シャングラ峠
ディラン
ギルギット
ラカポシ
カラコルム山脈
マラカンド峠
スワート
チラス
カラコルム・ハイウェイ
カイバル峠
ドヴェール
ナンガパルバット
ベシャム
N
カシミール
ブトカラ遺跡
ヒマラヤ山脈
ガンダーラ
ペシャワール
イスラマバード
ラワルピンディ
パキスタン
インダス川
シルクロード全図
カザフスタン
モンゴル
カシュガル
アクス
クチャ
コルラ
トルファン
ハミ
柳園
安西
敦煌
酒泉
嘉峪関
張掖
武威
蘭州
天水
西安
ヤルカンド
タシュクルガン
フンザ
ギルギット
チラス
サイドゥシャリーフ
ペシャワール
イスラマバード
今回の行程
中華人民共和国
インド

ひとたびはポプラに臥《ふ》す

3

第十四章

生きて帰らざる海

風紋

六月十六日の早朝、タクラマカン砂漠をめざして出発した。日がのぼらないうちに砂漠から出ないと、耐えられない暑さで体がもたないからだ。ヤルカンドの街には、まだほとんど人気はないが、民家の煙突からは煙が出ていて、寝惚《ねぼ》けまなこのロバが欠伸《あくび》をしている。

市街地を抜けると、長い長いポプラ並木が南へと延びていて、その規模は、クチャやアクスの比ではなかった。何度も使ってきて、もう飽き飽きした「途轍《とてつ》もない」という言葉をまた使わせていただくしかないのである。……途轍もないポプラ並木が、広大な畑のなかを縫っている。本当に途轍もないのだ。

最初にポプラを植えた人がまぎれもなくこの世に存在したのだと思いながら、私はワリちゃんに、紀行エッセーの題が決まったと言った。

「えっ、決まったんですか？」

私はノートに「ひとたびはポプラに臥《ふ》す」と書いたが、臥すという字が間違っている気がして、正しく書けるやつはいないかと、ハヤトくんとダイとハシくんに訊《き》いた。臣なのか巨なのか、思い出せなかったからだった。

ダイが「臥」とノートに書いて、

「小説家が、こんな字を知らんかなァ」

とあきれ顔で言った。

「なんでお前、こんな字を知ってるの？」

「こんなん、一般常識やがな」

「へえェ、受験勉強も役に立つもんやなァ。息子に字を教えられて、父は嬉《うれ》しいぜ」

ハヤトくんは、

「うーん、ひとたびはポプラに臥す、か……。うーん、なるほど」

とつぶやいたが、なんとなく釈然としない顔つきだし、ワリちゃんも、気にいったのか気にいらないのか、どうにも判別のつかない表情で考え込んでいる。

「わかりにくいのなら、わかりにくいと言ってくれよ」

「いや、わかります。よくわかりますが……」

「ほう、文句を言うのなら、きみはいったいどんな題を考えてくれたっちゅうねん。まさか、ぜんぜん考えてないと言うんやないやろなァ」

「いや、考えたんですよ」

とワリちゃんは言って、自分のノートをひらいたが、照れて見せようとはしない。私は無理矢理、ノートをひったくった。「ポプラの木陰から」と書いてあった。

「やっぱりポプラやないか」

「そうですよね。ポプラ並木を抜きにして、シルクロードのオアシス・ルートは語れませんよね」

日本に帰っても気持が変わらなければ、「ひとたびはポプラに臥す」に決定しようと私は言って、薄い朝靄《あさもや》のかかる畑を見つめた。ヤルカンド全体の大きさを十とするなら、街は一か二程度で、残りは豊饒《ほうじょう》なオアシスである。水は豊富で、家畜のための採草場まで作られている。

羊の群れにさえぎられて、車はときおり停《と》まりながら進んだ。

また蜃気楼《しんきろう》かと思って、前方で揺れている銀板のようなものに目を凝らすと、それはヤルカンド河であった。

カラコルム山脈の北方から流れ下ってタリム盆地へ消えて行く大河は、このあたりでは川幅が九百八十八メートルあり、七月から九月にかけて水量が増し、オアシスを育てつづける。

私は長い橋の真ん中で車を停めてもらい、欄干にもたれてヤルカンド河に見入った。

「思えば遠く来たもんだ」

と私はつぶやき、歴史というものの持つ感情、あるいは冷徹なまでの無感情さを思った。

中央アジアとインドとを結ぶ道の起点として繁栄したヤルカンド（かつての莎車国《さしや》）が歴史に登場するのは紀元前二世紀で、住民はアーリア系仏教徒であったが、九世紀から十一世紀にかけて、イスラム系トルコ人の支配下となり、十六世紀にチャガタイ・ハーン国の末裔《まつえい》が建てたカシュガル・ハーン国の首都として発展した。鳩摩羅什《くまらじゆう》がこの地で須利耶蘇摩《しゆりやそま》と出会ったのは四世紀半ば頃だから、このアーリア系仏教徒の小国は、インド人であり仏教徒であった父・鳩摩羅炎《らえん》の血に色濃くつながる人々で満ちていたのだ。

日は少しずつのぼりつつあったが、まだ姿はあらわしていない。私が橋の真ん中で車から降りたとき、東の空は黄色味がかった淡い赤に覆われていたが、十分もたたないうちに輝きが増してきた。

馬と一緒にウイグル人の老人が橋を渡ってきたので、私は、この橋は何という名の橋かをフーミンちゃんに訊いてもらった。

「ヤルカンド橋デス」

「なんや、そのままやないか」

老人は橋のたもとの小道から河原に降り、馬に水を飲ませた。馬に覇気はなく、毛艶もない。老人も疲弊の塊のように見えた。

――水をのむ馬のやうに
頭を垂れて
悲哀にくちづけてゐた
私は疲れ
あまりに渇いてゐた――

（『杉山平一詩集　夜學生』銀河書房刊）

という杉山平一《すぎやまへいいち》氏の「途上」という詩が、そっくりそのままヤルカンド河のほとりに置かれたようだった。しかし、そのような瞬間も「途上」であって、人生のすべてではない。得意のときもあれば、失意のときもある。盛《さかん》なときもあるし、臥すときもある。荘子は「独り天地の精神と往来す」と言ったが、老人と馬が水を得て甦《よみがえ》れば、ヤルカンドの朝焼けを見て、そうつぶやきそうな気もする。

「さあ、行こうか。生きて帰らざる海へ。死の砂漠へ」

私は笑って、ダイにそう言った。ダイは、ミネラル・ウォーターの空壜《あきびん》を三つ、ポケットに突っ込んでいる。タクラマカン砂漠の砂を持って帰ると、友だちに約束したそうだ。

ヤルカンド河からさらに東へ向かうと、牧草地がひろがり始めた。
羊や馬や牛が、朝靄のなかにいるが、その光景は、労働を終えた家畜の汗まみれの体から湯気があがっているように見える。朝靄は、半透明な繭と化して、すべての生き物を個別に包んでいる。私もあそこに行けば、妖しい生気がたちこめる生き物になるのだという思いにとらわれた途端、『雨月物語』の序の文章について考えてしまった。

　羅子《らし》は水滸を撰し、而して三世唖児《あじ》を生み、紫媛《しゑん》は源語を著し、而して一旦悪趣に堕つる者《は》、蓋《けだ》し業を為すことの偪《せま》る所耳《ところのみ》。然《しか》り而して其の文を観るに、各々奇態を奮ひ、啽哢《あんろう》真に逼《せま》り、低昂宛転《ていかうゑんてん》、読者の心気をして洞越《どうゑつ》たらしむる也。事実を千古に鑑せらる可《べ》し。

　羅貫中《らかんちゆう》という者は、『水滸伝《すいこでん》』を著したために子孫に災いが起こり、紫式部《むらさきしきぶ》は『源氏物語』を書いたために一度は地獄に堕ちたということだが、それは、ありもしない物語を書いて世の中の人々を迷わせたことへの報いだったと思われる。

　しかし、その文章を読んでみると、それぞれ変わった工夫を凝らし、情景描写に富み、囀《さえず》ったり黙したりして、めりはりを作り、文に迫真力があって、その調べは低かったり高かったり滑らかだったりで、読者の心を大きな琴の底の穴のように共鳴させ、事実を千年も後になっても実際に目にしたもののごとく思わせる――。

現代文に訳せば、そんなところである。

地獄に堕ちるほどに人心を惑わせる小説を書くためには、書き手そのものが妖しい生気を秘めていなければならないのならば、この早朝のヤルカンドの牧草地をさまよい歩いて、憑《つ》き物《もの》に操られてみてもいい……。

そんな奇妙な生気に満ちた朝まだきに酔って、私は朦朧《もうろう》としつつも覚醒し、近づいて来る森林を見やった。

森林……。たしかに、それは森林だった。ポプラもあんずも桑の木も丈高く、葉は色濃くて大きく繁っている。

「森林のための消防署が必要なはずやな。あの森が火事になったら大変だ」

と私は誰にともなく言った。

タクラマカン砂漠への道は、地図を見てもわからないし、誰かに教えてもらっても、おいそれと判別できるものではないので、フーミンちゃんは道案内人として、ホテルに勤めている十八、九歳の青年に同乗してもらったのだった。

その青年は、森林のなかに入ると、この道を右に曲がると指差した。

シルクロードを旅して来たからこそ森林と思えるのであって、日本にいたら、その緑濃い場所を森林とは表現しないであろう。だが、ゴビ灘《タン》を越えて来た者には、そこはまがうことなき森林であった。

ウイグル人たちの集落は、葡萄《ぶどう》棚によって取り囲まれ、そのなかに埋まっているかに見える。頭上はすべて葡萄棚で、空が見えない。

青年は少し行くと、車の速度を落としてくれと言い、この道でもない、あの道でもないと思案してから、やっと、右に曲がるか左に曲がるかを決めた。曲がり角に来るたびに、そうした。

日干し煉瓦《れんが》を粘土で塗り固めて造ったウイグル人の家々の前では、ナンを焼きながら主婦たちが井戸端会議をしている。老人が靴の修理をしながら、いかにも年代物とわかる長いきせるで煙草《たばこ》を吸っている。寝起きの悪い子が泣いている。少女が小川で洗濯をしている。私たちの車は、人が歩く程度の速度で、ポプラ並木と葡萄棚によって構築されたような迷路を進んだ。

十五分ほど前、私は森林が近づいたころに、二匹の白い蝶《ちょう》を見た。たしかに、私には蝶に見えたのだ。

朝靄がどこかに去ったとき、その二匹の蝶と見えたものが、じつは汚れた服を着た一組の母と娘であることに気づいたのだった。

そして、その一組の母と娘は、一瞬のうちに私の視界から消えた。鞠《きく》さんが車の速度を速めたからだった。

母親は五十歳にも見えるし、三十代半ばにも見えた。娘は七歳か八歳くらいで、髪も目も黒かった。

緑の迷路のなかを進みながら、私は、二匹の蝶のようだった母娘の残像を消すことができなかった。私の「心気は洞越」したのか……。

母親は盲目で脚も悪かった。幼い娘をつれて、物乞いをしていた。車の近づく音を頼りに、アスファルト道に這《は》って出て、両手を差し出し、掌《てのひら》をひろげた。

娘は、なんだかひどく楽し気に、そんな母親の傍らで遊んでいたのだ。私と幼い少女とは一瞬目が合った。

なぜ、あの盲目の物乞いの女と少女が、私には蝶に見えたのであろう。あの母と娘に、たとえわずかでもお金や食べ物を施してあげる人間がいるのだろうか。それにしても、少女の嬉しそうな、幸福に満ちているような表情は、いったい何なのか……。これまで、どのようにして生きて来て、これからどうやって生きて行くのであろう。

ハヤトくんもワリちゃんも、ハシくんもダイも、あの一組の物乞いの母と娘を見たはずなのに、誰もそのことを口にしようとはしない。それはなぜだろう……。

道案内の青年が教えてくれた道は行き止まりだった。タクラマカン砂漠は、もう目と鼻の先だという。たしかに、道の砂の粒子はこまかくなり、ポプラの何本かが枯れかけている。去年通れた道は、砂漠に侵食されて、砂に埋まってしまったのだった。

道案内役の青年は少しうろたえて、通れなくなった砂の深い道を歩いて行ったが、すぐに戻って来て、ウイグル人の家をのぞいた。木の小さな戸があいて、中年の男がいぶかしそうに私たちを見やった。

　青年は砂漠への道を訊いた。ウイグル人の男は反対側の道を指差して何か言った。

　青年は、車をUターンさせてくれと鞠さんに頼み、タクラマカン砂漠に行く道がもうひとつあるらしいと言った。そのあたりの葡萄棚は枯れかけている。砂漠と人間との闘いは、この場所では砂漠に凱歌《がいか》があがったらしいのだが、住人は撤退するわけにはいかない。撤退すれば家を失うのだ。

「反対方向に五百メートルほど行って、二つに分かれた道を右に行くと、九つの橋があります。その九つの橋を全部渡り切ると砂漠に出られるそうです」

　青年の言葉で、鞠さんは私たち全員に車から降りるよう促した。出来るだけ車を軽くしないと、Uターンする際にタイヤが深い砂に埋まって動けなくなる恐れがあるからだった。

「九つの橋を渡る、か……。それだけの橋があるってことは、川があるってことか？」

　私の問いに、フーミンちゃんは首をかしげ、

「砂漠ニ川ハナイデショウ」

　と言った。

　だが、川はあったのだ。タクラマカン砂漠の縁を流れる川は、九つに枝分かれして潤

沢な湿地帯を形成していた。水のなかで立ち枯れた木々が、奇妙に手足を伸ばした人間たちに見えた。そこに水草が絡み、草は深く、太い紅柳が並木を作っている。

ひとーつ、ふたーつ、と私たちは木の橋を渡るたびに声をあげた。橋の近くにある家の主人らしき男が、川の水をバケツに汲《く》んで、それを砂の道に撒《ま》いている。

私たちは七つめの橋を渡ったところで車から降りて、道案内の青年も交じえ、全員並んで記念写真を撮った。

ウェイウェイの、澄んだ川の水に手をひたしている姿を撮ろうとすると、フーミンちゃんが割り込んできた。

「ウェイウェイだけを撮るの。フーミンちゃんは離れてちょうだい」

私が言うと、

「イエイエ、カマイマセン。私モ一緒ニ撮ッテイイヨ」

とフーミンちゃんはさらにウェイウェイに近づいて、肩に手を廻《まわ》した。ウェイウェイは、いやそうに体を遠ざけようとするのだが、フーミンちゃんはウェイウェイの肩を自分の体に近づけようとして力をゆるめない。

「おい、それはセクハラやで」

「セクハラ……。何デスカ、ソレ」

「セクシャル・ハラスメント。職場における女性への性的いやがらせ、もしくは品位を傷つけるような言動」

「大丈夫、大丈夫。彼女ハ気ニシテイマセン」

「してるよ。はっきりといやがってるよ。フーミンちゃん、ウェイウェイから離れなさい」

「私、一緒ニ撮ッテホシイネ」

「ウェイウェイは、いやがってるがな。ウェイウェイ、フーミンちゃんに、いやだって、はっきり言ってあげなさい」

私の言葉をフーミンちゃんはウェイウェイに訳した。ウェイウェイが怒った表情で、

「I HATE YOU」

と言った。

「彼女、イマ何テ言イマシタカ？」

「あっちへ行け、この白豚って」

「ウソ！　先生ハ嘘《ウソ》ツキ」

私はフーミンちゃんをウェイウェイから離れさせてから写真を撮った。フーミンちゃんのお陰で、たった一枚の写真を撮るために十五分近くも要してしまったのだった。

広い湿地帯を作っている川の水が、いったいどこから来ているのかわからなかった。方角的に考えても、ヤルカンド河の支流とは思えない。水を撒いている男に訊こうかと

思ったが、男はいつのまにか家のなかに入って行ってしまった。

「やっつ、ここのつ」

車に戻って、九つめの橋を渡り、私たちが声を揃《そろ》えてそう言った瞬間、タクラマカン砂漠が姿をあらわした。

光が目に痛くて、砂漠のうねりと風紋は、地に舞い降りた入道雲のように見えた。タクラマカン砂漠は静まり返っている。太陽は見えない。五十メートルほど先までには、人の歩いた跡があるが、そこから向こうには、ただ風紋だけがつづいている。

だが、私たちが目にしているのは、最初の大きな起伏だけだった。砂漠を見渡せる場所まで行くには、急な砂の坂をのぼらなければならない。

私は水筒を持ち、カメラを肩に下げて、砂の坂をのぼりながら太陽を探した。太陽は二つあった。

夜、冷えた空気の底からすさまじい勢いで吹き上がった熱くて微細な砂の名残が天空に厚い幕を張り、それがプリズムの役割を果たして、本物の太陽と偽物の太陽とを作るのだ。太陽の位置で方角や時間を推し量ろうとする人間は、すでにその時点で死の砂漠の罠《わな》にはまっている。

最初の砂丘のてっぺんに辿《たど》り着いた瞬間、私たちは声を喪《うしな》って、いつまでも立ちつくした。私たちの眼前にひろがっているものは、音もなく、匂いもなく、すでに表面の温度は摂氏六十度に達した、日本列島と同じ面積の砂の海であった。

精微な幾何学模様の風紋は、わずかな震動でも崩れて、そこにあらたな模様を刻む。太陽は三つに増え、四つに増えていく。

「あそこまで行こう」

ダイがハシくんを誘って、砂漠の奥へと歩きだした。

あそこ？　あそことはどこなのか……。

「生きて帰らざる海、か……」

私はそうつぶやき、おそらく、それに優《まさ》る表現はあるまいと思った。これはただ広大な砂漠などと言うべきものではない。地表で口をあけている死の深海以外の何物でもない。

私も歩いて行きたかった。それなのに、私は砂漠に坐《すわ》り、水筒の水を飲んだ。

これから誰の足跡もついていない砂漠を歩いて行くためには、私には何等《なんら》かの「仕切り直し」が必要であった。だから、すぐに歩きだせなかったのだ。そういう気持にさせるほどに、目前に果てしなくひろがるタクラマカン砂漠は、生あるものを拒否して、おごそかで、恐ろしくさえあった。

——俺に是非を説くな激しき雪が好き——

これは朝日新聞の東京本社で自決した右翼の野村秋介《のむらしゅうすけ》氏の句である。

野村氏は、のべ十八年間の獄中生活のなかで多くの句を詠み、『銀河蒼茫《そうぼう》　野村秋介獄中句集』（21世紀書院刊）という句集を出している。そのなかには、

――昂然とゆくべし冬の銀河の世――

という句もある。

刃《やいば》のようであると同時に凛烈《りんれつ》な稚気をちりばめた句で、野村氏の思想とは関係なく、どちらも秀逸で不動の作品だと思う。

ダイは、すでに私の視界から消えてしまいそうなところにまで歩いて行っている。ダイに並んで、ハシくんも砂漠の奥へ奥へと進んで行く。誰がどれほど止めようとも、止めることはできない。行きたくて、たまらない。なぜ行きたいのかわからないが、俺は行きたいのだ……。二人とも、そんなうしろ姿であった。

「俺に是非を説くな……」

私はそうつぶやいて煙草を吸った。

「激しき雪が好き」

誰が何をどのように言おうが、やはり私は二十七歳のあの日、会社勤めをやめて、作家になるために小説を書きだしたことであろうと思った。結婚してまだ二年で、長男が生まれて、そのうえ妻のお腹《なか》のなかには二人目の子供がいる。母は六十に近いのに、ホ

テルの従業員食堂で働いている。私は強度のノイローゼで癈人《はいじん》同然だ。

それなのに、私は会社をやめて小説を書きだした。それまで一度も小説なんか書いたことはなかった。そんな私を知る人のほとんどは、「あいつは気が狂った」と言った。だが、私は小説を書きたかった。この先どうなるのかは考えもしなかった。体中の血が騒いだのだ。自分が書く小説で人間を酔わせ、感動させたかった。その一点に向かって、私は私の血の騒ぎをしずめることはできなかった。是非なんか、どうでもよかった。そこが極寒の吹雪であろうが、死の砂漠であろうが、私は行ったにちがいない。誰も私を止めることはできなかった。

そんな時代から二十年が過ぎた。ここいらで仕切り直しをして、次の二十年に向かって歩きださなければならない。折しも、そのような時期に、なんとすさまじい砂漠があらわれたことだろう。日本列島と同じ面積の、生きて帰らざる海……。

この二十年、私の血は、そう簡単には騒がなくなり、少しずつ少しずつ臆病になり、闘いにひるむようになり、姑息《こそく》になり、傲慢さが増し、己の血の騒ぎに是非を説くようになったのではないのか。私の刃は錆《さ》びつつあるのではないのか……。

私は立ちあがり、うしろに坐っていたフーミンちゃんに言った。

「これから儀式をやってくる」

「儀式？　ナンノ儀式？」

私は風紋の上を歩きだした。

「アンマリ遠クへ行カナイデ」

私は、私がこれから歩こうとしている方向を指さした。

「すごいなァ。この砂漠の上には、俺の足跡しかつかんのや。俺の歩いたあとには、俺の足跡しかないんやぜ。すごいよなァ」

「私、車ノナカデ待ッテマス。ドンドン暑クナッテキタネ。遠クへ行カナイデ。橋本《ハシモト》サンモ小宮本《シャオクオンペン》モ、ドコマデ行キマスカ。私、モウ知ラナイヨ」

私は、この二十年間を捨てるという儀式をするつもりだった。行きたいところにまで行って、気が済んだら、戻って来る。そうすることで、これまでの二十年を捨て、からっぽの容器と化して戻って来て、これからの二十年を生きる。そのための儀式として、誰の視界からも消えるところまで、この死の砂漠を歩くのだ。

砂のうねりは、荒海の波のようだった。私は、二、三十歩進むごとにうしろを振り返った。私の足跡が後方につづいている。私は自分の足跡を、生まれて初めて見たような気がした。

それは足跡ではなく、私そのものであった。

「過去は、きみのうしろをついて来る骸骨《がいこつ》にすぎない。話しかけてはいけない。放っておけばいいのさ」

題は忘れたが、アメリカの映画のなかで誰かが言ったセリフだ。

「悪い過去はすべて消える」

ある人が私に言った言葉だ。

それらが、胸に沁《し》み入ってくる。私は、父と母を思いだす。私がおぶってあげて、母と一緒に砂漠を歩きだしたら、母はきっと日傘をさすことだろう。父は、あっちへ行け、こっちへ行けと、私の両耳をたづな代わりに引っ張ることだろう。

「俺は、お前には、何か人よりも秀でたものがあると思ってきた。普通の人ができない何かの才能を持っていそうな気がした。なぜかわからないが、そんな気がしつづけて、お前に過剰な期待を寄せた。しかし、それはどうも親の欲目というやつだったようだ。お前には何にもなかった。それなのに、過剰な期待を寄せられて、お前はさぞかし重荷だったことだろう。申し訳なかった。お前にそんな期待をした俺を許してくれ」

父は亡くなる三ヵ月ほど前に、私にそう言って頭を下げた。私は二十歳だった。その夜、私は雨のなかを泣きながら歩いた。

あとになって、私はそれが父の最後の大芝居だったような気がした。

けれども、そのときは自分がなさけなくて、哀《かな》しくて、泣く以外にいかなる術《すべ》もなかった。

あの夜の雨のなかの私が、私の前方を歩いて行く。

砂漠のいたるところに砂のせせらぎが生まれては消えていく。

風紋は音もなく崩れ、何事もなかったかのように新しい風紋が生まれる。

このささやかな、遠慮深そうな、つつましやかな砂のせせらぎが、夜になると荒れ狂う大海に変貌《へんぼう》するなどとは、にわかに信じがたい。日本列島と同じ面積の砂の海が、夜な夜なすさまじいうねりを繰り返すさまを想像してみるがいい。空気が急速に冷えて、砂の熱さとの均衡が崩れる真夜中、砂漠は暴れ始めるのだ。

小さなトカゲが、砂のなかから出て来て、私の前を横切り、また砂のなかにもぐった。その少し向こうに、ぼんやり坐り込んで、両の拳をきつく握りしめている小学生の私がいる。

私は我知らず拳を握りしめるのが癖だった。気がつくと、いつのまにか拳を握りしめている。その癖を、なぜかとても父はいやがり、しょっちゅう私の拳を叩《たた》いた。何かに熱中しているときに、その癖が出ることはなかったし、さしてみっともない癖でもなかったので、私はなぜ父に叱られるのかわからなかった。母も、「べつにそんなに怒るほどの癖でもないでしょう」と父に言ったものだった。

だが、大学生のとき、私は山村暮鳥《やまむらぼちょう》の「手」という詩を読んで、胸を衝《つ》かれる思いだった。

しつかりと
にぎつてゐた手を
ひらいてみた
ひらいてみたが
なんにも
なかつた

しつかりと
にぎらせたのも
さびしさである

それをまた
ひらかせたのも
さびしさである

父が山村暮鳥のこの詩を知っていたかどうかは、はなはだ疑問である。おそらく、知らなかったと思われる。けれども、父は、この詩に書かれた「さびしさ」と似たものを、私の妙な癖に感じたのではないのか。大学生の私は、そう思ったのだった。

生まれついて体が弱く、そのうえ一人っ子だった私は、家に遊びに来た友だちが帰るのを引き止めるために、自分の持ち物をあげた。

「これをあげるから、帰らんとき」

懇願するようにそう言って、迷惑がっている友だちの手をつかんで離さなかった。そのために、かえって、友だちは私の家に遊びに来なくなった。

母からその話を聞くたびに、父は、去るものは追わず、来るものは拒まず、という人間にならなければならないと言ったものだった。

私は、一歩一歩、砂漠を歩きながら、ありがたい父であったなと思った。

父が死んで二十六年。母が死んで四年。

「いきておわしき時は生の仏、今は死の仏、生死ともに仏なり」

日蓮の言葉を胸のなかでつぶやきながら、私は歩いた。歩きつづけるうちに、私はこのまま永遠に歩いて行きたいという衝動と闘い始めたのだった。なるほど、これか。これが砂漠の誘いなのだな。人間をこのような思いにさせる何物かを、死の砂漠は持っているのだ……。

私は歩くのをやめるために砂に腰を降ろした。砂漠の表面温度は八十度を超えたようだった。太陽は二つに減ったが、気温は上昇しつづけている。私は、私以外誰の姿もない砂漠に坐って、十五分ばかり四方を見つめてから立ち上がり、自分の足跡をたどって戻った。

フーミンちゃんは、さぞかし苛だっていることであろう。いったんホテルに帰って荷造りし、またあの微細な砂の膜のなかを二百キロ近く走ってカシュガルに戻らなければならない。

カシュガルで二泊し、あさってタシュクルガンで一泊したあと、中国の国境を越え、パキスタンのススﾄで、私たちはパキスタン側のガイドと合流する。

おそらく、フーミンちゃんたちとは、ススﾄで別れることになる。あと四日で、フーミンちゃんの仕事は終わるのだ。

ハヤトくんが、砂漠の彼方《かなた》で点のようになっている。ワリちゃんも、ダイとハシくんに追いついて、さらに遠くへと歩を運んでいる。

撮影を終えて戻って来たハヤトくんは、

「トカゲがいますよ」

と言って、水筒の水を飲んだ。

「空に飛ぶ鳥なく、地に走る獣なし、なのにトカゲがいる」

「トカゲは獣とは違うからな」

と私は言って、ワリちゃんたちが戻って来るのを待った。

どこからやって来たのか、羊の群れと羊飼いの男が、オアシスと砂漠の境あたりに姿をあらわした。砂漠の縁には、わずかだがラクダ草がはえているので、それを求めてやって来たのかもしれない。

フーミンちゃんは、暑さを避けて車のなかに入っているが、ウェイウェイは、私が歩いた方向よりもさらに南東側の、うねりの頂上で背を向けて坐っていた。

「父が生まれた地を見たかったんですよ」

とふいにハヤトくんが言った。仏教を学ぶという一大目的もあったが、少年・羅什は、父の国を見たくて、険難な旅に耐えつづけたのではないのか。ハヤトくんは、そう言うのだった。

「父か……」

私はそうつぶやき、そろそろ戻って来るようにと、ダイやハシくんやワリちゃんに手を振った。

私は、砂漠の奥に向かってつづいている私の足跡を、ほとんど忘我の心で見つめた。もうこの一歩で立ち止まって引き返そうと、何度も思ったのに、いや、あと一歩だけ、さらにあと一歩だけと歩きつづけて、そんな自分を押しとどめることに難儀を強いられたのだった。そうやってつけた自分の足跡を見ていると、自分だけの足跡を風紋の上に刻むことそれ自体が、ある種の快楽に似ていたように思えてきて、私はアラビア文学の最高峰とされる『千一夜物語』について考えてしまった。

ウイグル族もイスラム教、パキスタンもイスラム教、天山山脈《てんざんさんみやく》の北側であるカザフスタンもウズベキスタンも、パミール高原の周辺国すべてがイスラム教。

つまり、シルクロードのオアシス・ルートは、いまやアッラーを信じる人々の国である。砂漠とゴビ灘に囲まれた国々のイスラム一色の現状は、やはりこの苛酷で、多彩な心の葛藤を運んで来る、弱者の生きにくい風土そのものの持つ虚無や、欲望へのポジティブな生命力や、徹底した偶像拒否の信条を選択した帰結ではなかろうか。

自分の足跡以外、他に何物もないということの快楽。もう一歩だけ、いやもう三歩だけと際限もなく死と虚無の奥へと進む快楽が、やがて、思いも寄らない思弁的、かつ教訓的世界へと人間を誘い込むとすれば、『千一夜物語』の構造は、砂漠の民の血の騒ぎそのものではないのか……。

昔、広大な領地を支配する二人の王がいた。二人は兄弟で、二十年近く、別々の国をおさめて、人民から信頼されていた。

兄王は、長く逢《あ》っていない弟王に逢いたくなり、家臣に命じて、弟王を呼びよせるが、弟王は大切な貢ぎ物を忘れたことに気づき、夜中に宮殿に戻った。するとく美しく貞節な愛する妻は、奴隷と淫《みだ》らな行為にふけっていた。弟王は逆上し、妻と奴隷を殺し、そのことを秘したまま兄王の国へと旅をつづけた。

弟王を迎えた兄王は、弟王の憔悴《しょうすい》ぶりに驚き、その理由を訊くが、弟王は語ろうとはしない。弟王は、どんな料理にも食欲を示さず、日々衰弱していく。

兄王は弟王のために予定していた狩りに、自分だけで行くことになり、家臣をひきつれて宮殿から出て行く。ひとり残った弟王が部屋から中庭を見ていると、兄王の妃《きさき》や女の奴隷たちが、男たちと淫らな行為にふけりはじめた。そのさまは、自分の妃の比ではなかった。

弟王は、

「アッラーにかけて、おれの禍《わざわ》いも、かかる禍いと比べればはるかに軽い！」

と心のなかで言い、自分の苦しみや哀しみから解き放たれた。

狩りから帰って来た兄王は、弟王が元気を取り戻していることに驚き、どうしてもその理由を聞きたいと迫る。だが兄王は、弟王の話を信じない。一計を案じた弟王は、また狩りに行くというふりをして、兄王とともに宮殿に隠れ、中庭で快楽をむさぼりはじめた妃の姿を見せてしまう。

兄王は、弟と旅に出る。

「ここを立ち退《の》いて、アッラーの道の上に自分の運命の姿を求めに、われわれは出かけよう。」

二人は旅をつづけるうちに、鬼神《イフリート》と美しい女に出逢う。鬼神を恐れて二人は木の上に隠れたが、鬼神が寝てしまうと、女は二人を誘う。いまここで私と寝ないならば、鬼神を起こして、お前たちを殺させると言うのだ。

二人は仕方なくその女と何度も交わる。女は二人の体をむさぼったあと、五百七十の印章を連ねたネックレスを見せ、これはこれまで鬼神に内緒で媾合《まぐわい》をした男の数だと言う。

「じつは、この鬼神《イフリート》はわたくしを、婚礼の夜にさらって、箱の中に入れ、その箱を櫃《ひつ》の中に入れ、櫃に七つの錠をかけ、そしてわたくしを、波の打ち合い乱れ合う荒海の底に沈めました。けれども、わたくしたち女が何かを望む時には、どんなものもそれに打ち勝つことはできないということを、鬼神《イフリート》は少しも知らなかったのです。」

兄王は宮殿に帰り、妃たちの首を刎《は》ね、大臣に命じて、毎夜、ひとりの若い処女をつれてこさせ、慰みものとしたあと殺すという行状にひたるようになった。

やがて国中に若い女がいなくなり、大臣の二人の娘が招《よ》ばれる日も近くなったとき、姉のシャハラザードは一計を案じ、王のもとへ行くと、妹のドニアザードを呼びよせた。

王が、シャハラザードを犯したあと、妹のドニアザードは姉に言う。

「あなたを照覧したまうアッラーにかけて、お姉様、今夜を楽しく過ごせますようなお話を何かきかせて下さいませ。」

王は不眠に悩んでいたので、おもしろい話なら聞いてもいいと思う。かくしてシャハラザードは、第一夜を話しはじめる。

次の夜も、その次の夜も、毎夜毎夜、同じことの繰り返し。王はシャハラザードの話がおもしろくて、交わりのあと殺すことができない。

ひとつの話が終わると、これよりもっと不思議な話があるとシャハラザードは言い、王は、それをなんとしても聞きたいと思う。

「けれども、（中略）この話は**荷かつぎ人足の話**よりも不思議だとはお思い下さいますな。」

「おお、幸多き王様よ、このお話とても、次に申し上げるものよりもいっそう驚くべきものとは、決して思し召されますな！」

（『完訳 千一夜物語（一）』豊島与志雄・渡辺一夫・佐藤正彰・岡部正孝訳、岩波文庫刊 参照）

こうやって、千一夜にわたって、シャハラザードは王に物語を話して聞かせつづけるのだ。

王を、かくも惹《ひ》きつけたものは、シャハラザードの語る物語のおもしろさだけではないのだと、私は砂漠に足跡をつける快楽に重ね合わせて思った。物語と砂漠の足跡を同一線上に置いたのではない。乖離《かいり》した二つの水平線のあいだに、「人間」があり「風土」があるという当たり前のことを思ったにすぎないのだ。

十九世紀末から二十世紀のはざまに登場したハンガリーの詩人、アディ・エンドレは、「ひとり海辺で」という詩でこう歌っている。

海辺《うみべ》、たそがれ、ホテルの小部屋。
あのひとは行ってしまった、もう会うことはない。
あのひとは行ってしまった、もう会うことはない。
(『アディ・エンドレ詩集』徳永康元・池田雅之訳、恒文社刊)

大ヒットした演歌、「よこはま・たそがれ」は盗作だと言いたいのではない。「もう会うことはない」という言葉と、「生きて帰らざる」という言葉について、私は多くの思い出が重なって、それはまるで、たかだか数百メートルの私の足跡の上に載っているかに見えた瞬間があったと書き記しておきたいのだ。

どんな人であれ、「ああ、この人とはもう二度と会えないのだ」と思いながら別れた経験があるはずだ。死による別れではなく、生きて別れるときに。そのような別れにおける最も痛切なものは戦争かと思う。私は戦後生まれなので、さいわいなことに、戦争による別離というものを経験していない。だが、私よりも上の年代の方々は、「生きて帰らざる」人たちを戦地に見送り、痛切な哀しみに耐えたのだ。「もう会うことはない」と知りつつ、それを秘して手を振ったのだ。

そして、人々をそのような哀しみにひたらせた軍部のおえら方や官僚たちは、安全地帯でふんぞりかえっていた。

「恋」の別離もまた格別である。身を焦がすという言い方があるが、アディ・エンドレの詩の余韻も、体験した人間にしかわからない。

「つらい失恋をしたことのない人とは、あまりおつきあいしたいとは思わない」

と父は言ったものだ。

戦争や恋といった次元ではなくとも、ほんのひととき触れ合って、お互い目礼か何かを交わす程度で別れただけなのに、あの人とはもう会うことはないんだなという思いをひきずる相手がいる。人生は深いものである。

それにしても、

「わたくしたち女が何かを望む時には、どんなものもそれに打ち勝つことはできない」

という『千一夜物語』のなかの言葉は恐ろしい。

いつのまに車から降りて私の立っているところにやって来たのか、フーミンちゃんが煙草を吸いながら、羊飼いの男と話をしているワリちゃんとダイとハシくんを見つめて、

「モウ、ソロソロ行カナイト、モットモット暑クナルネ」

と言った。

私は再び三人に手を振ったあと、

「古今東西、女は恐ろしいな」

とフーミンちゃんに言い、失恋したことはあるかと訊いた。

「月ニ五回、失恋シテマス」

「フーミンちゃんが女に惚れたら、しつこいやろうなァ。押して押して押しまくって、くらいついて離れんやろうなァ」

「イイエ、私、アキラメガ早イヨ。気モ弱イシ」

「ふーん、自分のことは、自分がいちばんよくわからんもんやなァ」

なんだか、うしろ髪を引かれるような表情で、ダイは何度も砂漠の彼方にまでついた自分の足跡を振り返りながら、手にあんずの実を二つ持って帰って来た。ワリちゃんもハシくんも、あんずを持っている。羊飼いの男が水をくれと言うので、ミネラル・ウォーターを飲ましてあげたら、お礼にくれたのだという。

「でも、また生きてる虫がいそうで」

とワリちゃんは言い、あんずの実をリュックのなかに入れた。

ダイは、タクラマカン砂漠の砂を、ミネラル・ウォーターの空壜に入れ始めた。

「どれほどの思いをして、ここまで来たかがわからんやつには、この砂はやらんぞ」

砂の入った三本の容器をリュックに入れながら、ダイはそう言い、親父に戻って来いと呼ばれなかったら、自分はどこまで歩きつづけたかわからないと、誰に言うともなくつぶやいて、靴のなかの砂を出した。

松尾芭蕉《まつおばしよう》と旅をともにした曾良《そら》は、山中温泉の近くで病気になり、
行々《ゆきゆき》てたふれ伏とも萩《はぎ》の原
という句を書き置いて、芭蕉と別れて行くのだが、その曾良の仕打ちに対して、

「行《ゆく》もの丶悲しみ、残《のこる》もの丶うらみ、隻鳧《せきふ》のわかれて雲にまよふがごとし」

と芭蕉は書いている。

そんな話をしてから、私は、この「行々てたふれ伏とも」の次に、さて我々の旅はどんな結句をつけようかとダイに言った。

「ゆきゆきて、たふれ伏とも」

ダイは指折りかぞえ、

「タクラマカン、では芸がなさすぎるよなァ」

と苦笑した。

「月日は百代の過客にして、行かふ年も又旅人也。舟の上に生涯をうかべ、馬の口とらへて老《おい》をむかふる物は、日々旅にして、旅を栖《すみか》とす。古人も多く旅に死せるあり。予もいづれの年よりか、片雲《へんうん》の風にさそはれて……」

『奥の細道』の序章の文章は、私のなかではそこで途切れてしまった。

「さあ、この下の五文字は難しいなァ。たったの五文字……」

私はそう言って、タクラマカン砂漠に背を向けた。車に乗り、葡萄棚で構築された迷路のような道を戻りながら、あの盲目の母親と、色白の、丸い目をした幼い娘は、まだあそこで物乞いをつづけているだろうかと私は思った。

道の向こうに老婆がひとり歩いていた。道の真ん中を、背を丸めて、いまにも何かにつまずいて倒れそうに歩いて行く。

私たちの車の音も聞こえないようで、鞠さんがクラクションを鳴らしても振り返らない。

「すみません。ちょっと道をあけて下さい」

と言ったが、耳が遠いのか、そのままとぼとぼ歩きつづけている。

すると、ハヤトくんが車の窓から顔を出し、

「ヤクシムセス」

と大声で叫んだ。

「ヤクシムセス、ヤクシムセス」

老婆はやっと振り返り、自分に挨拶をしたのは誰であろうといった表情でハヤトくんを見つめた。白髪で皺《しわ》深く、八十歳をとうに越えていそうだった。立ち止まって道をあけてくれた老婆に、ハヤトくんは、

「どうも、どうも。ヤクシムセス」

と手を振った。老婆はいつまでも、私たちの車を見送っていた。

私は、道案内役の青年に、あなたの家はこの近くなのかと訊いた。

自分はもっと町に近いところに住んでいるが、このあたりには叔父さん一家の家がある。もう何年も訪ねていないが、と青年は言った。

「冬は零下三十度まで下がるときもありますが、平均すれば零下十五、六度です」

「ここが氷の世界になるなんて、想像もつきませんねェ」

と私は言って、冬、人々は何をして暮らしているのかと訊いた。

何もしないと青年は答えた。ただじっと暖かくなるのを待ちながら、女は縫い物をしたり、男は農器具の手入れをする程度だという。

葡萄棚の迷路のなかは涼しくて、ロバが用水路のなかで体を洗ってもらっている。水

は、よほど冷たいらしく、水遊びをしている子供たちの唇は青くなっている。

「ミナサン、オ疲レサマデシタ。カシュガルニ帰ッタラ、私、ミナサンニゴ馳走《チソウ》シマス。カシュガルデオ別レノ宴会ヲヤリマショウ」

とフーミンちゃんが言ったので、私は、まだこれから細かい砂の膜のなかを帰らなくてはならないと笑いながら言った。

「摂氏五十度近い道を二百キロも」

「イエイエ、モウ中国内デノ旅ハ、終ワッタヨウナモノデス。タシュクルガンハ涼シイカラ、コノクソ暑イトコロトモ、アサッテデオ別レ」

「いや、まだまだ何が起こるかわからん。人間、やれやれと思ったときが危ない。魔は天界に住むという言葉があるからね」

私はそう言って、葡萄棚の迷路の向こうを見つめた。迷路は五十メートルほど先で終わって、灼熱《しやくねつ》のアスファルト道が、うねりながら延びていた。

盲目の母親と幼い娘は、やはりまた私には白い二匹の蝶に見えた。

私たちの車の音が聞こえると、盲目の母親は聴覚を頼りに、熱いアスファルト道に這って出て来て、両手を差し出した。少女は、そんな母親の傍らで、顔のどこかに笑みをたたえて、私たちの車を見つめた。母と娘の前には、施し物は何ひとつ置かれていなかった。私たちは誰もが再び口を閉ざし、物乞いの母と娘の前を通り過ぎた。通り過ぎるとき、少女と目が合った。少女は、そこで母親と一緒にそうしていることが楽しくて嬉しくてたまらないといった風情を、全身に漂わせていた。

この少女は、これからどんな人生をおくっていくのであろう。

ヤルカンドのホテルに戻り、荷物を車に積むと、私たちはカシュガルへの道を言葉少なく戻って行った。

微細な砂の膜と、何物にもさえぎられずにゴビに吹き渡る風が、世界のすべてのように思われる。

途中、インギサル（英吉沙爾）という町で、私たちは遅い昼食をとった。インギサルは、刃物作りの町で、ウイグル人が使う大小さまざまなナイフを売る露店が並んでいる。

この旅の記念にと、私はみんなにナイフをプレゼントしようと思ったが、日本に持ち帰るには、刃の長さの規制があり、それが何センチまでなのかわからなかった。せっかく買っても、日本の税関で没収されてしまっては困るので、小さなナイフを選んだ。鞠さんは、友だちに頼まれたのだと言って、刃渡り三十センチほどのナイフを買った。

私は高校生のとき、道に落ちていた細長い鋼鉄をひろって帰り、それをグラインダーで削ってから、ほとんど徹夜で研いで、柄の部分にビニール・テープを巻きつけ、ナイフというよりもドスに近いものを作りあげ、それを鞄《かばん》に忍ばせて学校に行ったことがある。

私の通っていた学校ではいちばんケンカが強く、暴力団員ともつきあいがあると噂《うわさ》されていた生徒が、何を誤解したのか、「話をつけよう」と私を脅すので、あいつに勝つにはこれしかないと思い、覚悟を決めて作った長さ三十センチのナイフだった。

「やられそうになったら、これで指を切り落としたるねん」

と友だちに見せたら、普通の本屋には置いていないような、極めて扇情的な女の裸体ばかりが載っている本二冊と交換しないかと持ちかけられ、あっさりと応じてしまった。

その本を母にみつけられて、

「男っちゅうのは、なんていやらしいんやろ。ああ、いやらしい、なさけない」

と言われて、恥ずかしくてたまらなかった。

私にもそんな時代があった。ケンカの準備のために、夜を徹して鋼鉄を削り、それを研いでいる高校生の私は、いったい何を考えていたのであろう。それほどの努力の結晶よりも、エロ本二冊に目がくらむとは、ああ、いやらしい、なさけない……。

ヤルカンドからの帰路、崑崙《こんろん》山脈の峰は見えなかった。

カシュガルに近づくにつれて、麦畑にも桑やあんずの畑にも活気が満ちて、アスファルト道には、バスやトラックやトラクターやロバ車がひしめいた。私は、ああ、ヤルカンドでも鳩摩羅什のことは何ひとつわからなかったなと思ったが、落胆はなかった。それは自明のことであって、発見はつねに内的衝動をエネルギーとする。

本能寺《ほんのうじ》へ行ったからといって織田信長《おだのぶなが》の何がわかるというのか。千利休《せんのりきゅう》が実際に使った茶道具を手にしても、利休がわかるわけではないのだ。

羅什の歩いた道を歩くという思いの底には、いつか自分が羅什の生涯を小説に書きたいという魂胆もあったはずなのだが、シルクロードを旅するうちに、私には、それをあきらめる気持が生じていた。これは、私の「歴史小説」観にもよるものであるが、歴史上、たしかに存在した人物のことを小説化することへの抵抗が、私のなかには根強く横たわっている。

その人の表情を見、その人の声を聴き、その人のたたずまいに触れもしないで、さもその人が語ったかのように、何等かの言葉を喋《しゃべ》らせ、行動させ、心の動きを描写することは、嘘のなかの大嘘、つまり、これ以上はない欺瞞《ぎまん》、いんちき、もしくは詐欺なのではないかという思いを払拭することができないのだ。

百人の作家が信長を書けば、百人の信長が生まれる。平清盛《たいらのきよもり》しかり、家康《いえやす》しかり、坂本龍馬《さかもとりょうま》しかりであろう。書かれた本人は、うんざりし、苦笑し、これは本当の俺ではないと言うであろう。

かつて、ドイツ語の読み方が正確にわからなかったころ、ゲーテをギョエテと訳した人がいて、「ギョエテとは俺のことかとゲーテ言い」という川柳が生まれた。それとはいささか次元が違うにしても、架空の人物を創造して、それを明治時代に置くにせよ江戸時代に置くにせよ、自在に操るのを「時代小説」と呼ぶならば、実在の人物に、語ってもいない言葉を語らせるのが「歴史小説」とは、これいかに、と私は考えてしまう。島崎藤村《しまざきとうそん》の『夜明け前』は、歴史小説の最大傑作だと私は思っているが、主人公の青山半蔵《あおやまはんぞう》は藤村の父がモデルであった。当然、藤村は己の父と触れ合っていたし、半蔵の妻も娘も知っていたのである。

だが、私は羅什を知らない。羅什と逢ったことはないのだ。羅什の人となりも、声の質も、歩き方も、嗜好《しこう》も、ほんのわずかな内面も知らない。そのような人に、語ってもいないのにさも語ったように何かの言葉を喋らせるのは、じつは禁じ手だという思いを、私はどうしても消すことができない。だから、いまのところ、私は歴史小説とは無縁でありつづけるだろう。羅什を小説化したいというもくろみは、封印されつづけるであろうと思っている。

カシュガルの色満賓館《セマンホテル》に戻ると、私は短時間だったが深く眠った。夕方、風と雨と雷の音で目が醒《さ》めた。

窓から見える大木がしなるほどの風で、雨は烈《はげ》しく窓を打っていた。だがそれらは、私がシャワーを浴びているうちにおさまってしまっていた。

私はこれまで、あんなに長くシャワーの水を浴びつづけたことはない。せっかく湯が出るのに、私は水のシャワーを浴びて、干涸《ひか》らびた体に潤いを取り戻そうとした。また、そうすることで、たしかに私の体内に水分が沁み込んでいく気がしたのだった。

塩を掛けられたナメクジが、水のなかに放り込まれて、元の体型に戻って行くような気分だったが、ナメクジにはなったことがないので、きっとこんな思いであろうと空想したにすぎない。それは、歴史小説のやり方なのか、あるいはそうではないのか、私にはわからない。

私の心には、静まり返ったタクラマカン砂漠の風紋の上に刻んだ自分の足跡と、盲目の物乞いの親子のことしか残っていなかった。

小林秀雄《こばやしひでお》は「ランボオ」の最後をこう結んでいる。

——彼は河原に身を横たえ、飲もうとしたが飲む術がなかった。彼は、ランボオであるか。どうして、そんな妙な男ではない。それは僕等だ、僕等皆んなのぎりぎりの姿だ。——

(『作家の顔』新潮文庫刊)

そして小林秀雄は「ランボオ」の書き出しをこう始めた。

――この孛星《はいせい》が、不思議な人間厭嫌《えんけん》の光を放ってフランス文学の大空を掠《かす》めたのは、一八七〇年より七三年まで、十六歳で、既に天才の表現を獲得してから、十九歳で、自らその美神を絞殺するに至るまで、僅《わず》かに三年の期間である。この間に、彼の怪物的早熟性が残した処《ところ》（二五〇〇行の詩とほぼ同量の散文詩に過ぎない）が、今日、十九世紀フランスの詞華集に、無類の宝玉を与えている事を思う時、ランボオの出現と消失とは恐らくあらゆる国々、あらゆる世紀を通じて文学史上の奇蹟《きせき》的現象である。――

アルチュール・ランボオの詩を、私はどれもそらんじることどころか、最初の一行すら思いだすことはできない。私が、ランボオの詩を好きではないからだ。しかし、砂漠から帰って来て、水のシャワーを浴びつづけているうちに、ランボオの詩がほんの少し見えたような気がした。

あの親子は、二匹の白い蝶であるか。どうして、そんな妙なものではない。それは僕等だ、僕等皆んなのぎりぎりの姿だ、と真似たら、その盗み方は歴史小説的であろうか。

私はおそらく生涯、羅什を小説にすることはない、と思う……。

第十五章

群れからはぐれて

羊を追う兄弟

六月十七日、カシュガル最後の日、鞠《きく》さんが急遽《きゅうきょ》、ひとりでウルムチへ帰ることになった。

パキスタンのススト まで、鞠さんの運転する車で行く予定だったのだが、カシュガルの旅行社なのか外事弁公室なのかわからないが、つまり地元の車と運転手に交替するよう指示があったらしい。その理由が、単なる縄張り争いなのか、もっと他の意図によるものなのかは、フーミンちゃんは私たちには説明しなかった。

ふいに私の部屋のドアをノックして、

「鞠サン、ウルムチニ帰リマス」

とフーミンちゃんが言い、鞠さんが私に手を振った。私は慌てて、日本製のボールペンを一ダース、娘さんへのおみやげとして渡し、奥さんに何かプレゼントするものはないかと鞄のなかを探したが、それにふさわしいものはみつからなかった。

「これからの道中、どうかご無事で」

と鞠さんは私に言った。私も、カシュガルからウルムチまでどのくらいかかるのかと訊き、

「危ない運転をする人たちが多いので、道中、どうか気をつけて帰って下さい」

と言い、お世話になった礼を述べた。

どこかに行っていたハヤトくんは帰って来たが、たぶんホテルの敷地内にいるであろうダイは、鞠さんと別れの挨拶をすることができなかった。

一度、鞠さんを大笑いさせてやろうと思っていたのだが、とうとうその機会を得なかったことが残念だと私が言うと、鞠さんは声をあげて笑った。どうして笑ったのか、私にはわからなかった。私が、笑わせたいと思っていたということがおかしかったのかもしれない。

ホテルの中庭まで見送り、

「スピード、出し過ぎないように」

と私が言い終わらないうちに、鞠さんと車は、色満賓館から消えて行った。

――さよなら　さよなら
きみに会えてよかった
さよなら　さよなら
（中略）

いつまでも　いつまでもお元気で――

日航機事故で死んだ歌手の坂本九《さかもときゅう》が、コンサートの最後に必ず歌ったという曲をくちずさみながら私が部屋に帰ると、切手を買いに行っていたというダイが戻って来て、鞠さんを見送れなかったことをひどく悔やんだ。

「また逢えるよ」

その私の言葉に、

「うん。俺もそんな気がする」

とダイは言って、朝洗ったシャツが乾いているかどうかを確かめた。

カシュガルの街の中心部には「職人街」と呼ばれる一角があって、ありとあらゆる職人たちが店を出し、鍋を作り、家具を作り、さまざまな器具や日用品を作って売っているという。私たちは、その職人街の見物を兼ねて、ホテルから出ると、昼下がりの大通りを歩いて行った。すでに午前中に、職人街へ行って来たワリちゃんとハヤトくんは、ホテルからどこをどう歩けばいいのかを知っていた。

けれども、案内役として先頭に立って歩きだした常《じょう》さんは、どうやら相当に遠廻りをしているらしい。道は排気ガスと砂埃《すなぼこり》と、摂氏四十二度の日差しが混ざって、息苦しいほどだった。歩いても歩いても職人街には着かなかった。ハヤトくんは、路地の前で、常さんに、

「ここを通れば近道だよ」

と教えたが、常さんは自分の知っている道以外は歩きたくない様子で、大通りを歩き

つづける。

「一直線に行けるのに、この人はつまり三角形の辺をなぞって遠廻りしてるんだよ」

ハヤトくんは次第に腹が立ってきたのか、顔をしかめて、常さんのかなりうしろをついて行きながら言った。

「さあ、ハヤトくんが怒り出すぞ。北日本新聞社の瞬間湯沸かし器・田中勇人《たなかはやと》、カシュガルで爆発」

私がそう言うと、ダイが笑いながら、

「常さん、もっと近道を行こうよ」

と声をかけた。だが常さんには「近道」という日本語がわからなかった。私は、ハヤトくんが怒らなければいいなと思いながら、「人間のフレキシビリティー」ということについて、遠廻しに語った。

「なァ、自分のやり方以外では、いかなることもできないって人が、世の中には腐るほどいてるぞ。『気がきかない』とか『融通性がない』とか『判断力が鈍い』とかってのは、経験や訓練では直らんのや。それはもうその人が持って生まれたもんで、どうしようもない。フレキシビリティーってのは、柔軟性、あるいは融通性って意味やけど、反応って意味の『レスポンス』と異なるのは、そこに精神性があるかないかの一点や。フレキシブルでない人間くらい訓練の仕甲斐《しがい》のないやつはおらん。そういう人に腹を立てるのは、徒労以外の何物でもない。……それにしても遠いなァ。くそお、この暑いとこで遠廻りさせやがって」

私が怒りかけたとき、職人街の活気と喧噪《けんそう》が大通りの左側にあらわれた。ベッドのマットだけを作る店。鍋ややかんの蓋だけを作る店。椅子の脚だけの店。ガラス窓の枠だけの店。

日用雑貨から特殊な器具に至るまで、ありとあらゆる職人が忙しく仕事をしているが、それらは細分化されている。十二、三歳の、いかにも丁稚《でっち》奉公に来たといった少年が、親方や先輩に怒鳴られながら、仕事道具を運んだり、出来上がった品物を梱包《こんぽう》している。

香ばしい匂いで歩を停めると、タマネギと羊のミンチ肉のパイ皮包みとおぼしきものを大きな竈《かま》で焼いている店があった。一個五元のそれを私は六つ買った。見た瞬間に、私は中国紙幣を握りしめて、

「おじさん、下さい」

と叫んでいたのだった。食い意地の張った「レスポンス」と化して。

羊肉独特の癖はあったが、「タマネギのみじん切りと羊のミンチ肉のパイ皮包み」はうまかった。いま焼きあがったばかりなので、「あつ、あつ、あつ」と言いながら、香ばしいパイ皮包みを手づかみで頬ばり、私たちは「職人街」を歩いた。

それぞれの店先では、熔接の火花や、金属を削る火花が飛び、商品を載せたリヤカー

を引っ張る人間とロバ車が、道を譲れ、譲らないで争っている。

そんな大混雑のなかを、パイ皮包みを手に歩いていると、人間の鼻から下顎にかけての解剖図のような絵を看板にかかげた煉瓦造りの家があった。それが歯医者の看板であることに気づき、私は立ち止まって、その絵を見つめた。

上顎骨と、そこからはえている歯にも、下顎骨と下の歯にも、赤い色の無数の線が配置され、緑の色でも何本かの曲がりくねった線が描かれている。どうやら赤い線は神経で、緑の線は血管やリンパ腺らしい。

「うわァ、まがまがしい絵ですねェ。見てるだけで歯が痛くなってきました」

とハシくんが下顎をさすりながら言った。

私も上の奥歯の一本を舌先でさぐった。日本を出る何ヵ月も前から「親しらず」がときどき痛んでいたし、進行中の虫歯も二本ほどある。この旅行中に、それらが本格的に痛みだしたら、もうお手あげだろうが、職人街の歯医者の看板を見ていると、いまにも疼《うず》きだしそうな気がする。

「やっと、なだめすかして、歯医者さんに子供をつれて来ても、この看板を見たら、電柱にしがみついて、死んでも入らんと泣き叫びよるやろうなァ」

私も下顎をさすりながら言った。

「ぼくたち、宮本さんも含めて、全員盲腸を持っているんですよ」

とワリちゃんが言った。

「ゴビ灘《タン》のどこかで、急性虫垂炎になってたら、たぶん、おしまいだったでしょうね」

「手術の設備がある病院へ運ばれるのに二日はかかるぜ」

とハヤトくんも言った。

その言い方には、なんだか難所をすべて越えたような安堵《あんど》感があるが、カシュガルから先の道中は、カラコルム山脈のなかに足を踏み入れるのだから、ゴビ灘よりもはるかに人里離れているし、道なき道の難所が待ち受けているかもしれないのだった。

「あれ？　銭湯がありますよ」

ワリちゃんが指差すところに目を向けると、そこにはたしかにお風呂屋さんとおぼしき看板が出ている。字はウイグル語なので、何が書かれてあるのかわからないが、入口のところに番台に似たものがあって、そこで男湯と女湯とに分かれるのは、日本のそれと同じである。

入口は狭いが、案外、なかは広いのかもしれない。仕事を終えた職人たちは、ここで一風呂浴びながら、世間話に興じたり、商売の情報交換をするのかもしれない。

「でも、一風呂浴びて汗を流して、そのあと、ビールをぐいっと、なんてことはウイグル人にはないんやな。イスラム教徒ですからね。お酒はご法度《はっと》」

私はそう言いながら、銭湯のなかをのぞいたが、怖そうなおじさんに睨《にら》まれてしまった。

外国人でも入れるのかと常さんに訊くと、「わかりません」と言うだけで、銭湯のおじさんに訊こうともしない。といっても、常さんは面倒臭がっているわけでもないし、不親切なのでもない。つまり、言われなければ出来ない人なのだ。私は、そのような人に、あれをしてくれ、これをしてくれと言うのはいやなので、銭湯の前から歩きだし、職人街のはずれの、静かな路地へと入った。

土と木で造られた長屋が軒を並べ、幼い子供たちが遊んでいる。母親を手伝って、井戸の水をくむ子もいる。弟や妹の子守りをしている子もいる。猫が日陰で眠り、老人が窓辺で私たちを見ている。

その長屋は、思いのほか入り組んだ格好で職人街のはずれの一角を占めていた。路地は蟻《あり》の巣のように右に曲がり左に曲がり、どこかで交差しているが、その土の細道の上は長屋の二階だったり、渡り廊下であったりするので、一日中、日が当たらない。せいぜい六畳くらいの家もあれば、渡り廊下をつないで幾つもの部屋を持つ家もある。その家と家とがどこかで区切られているのか、私たちには判別がつかない。どこの家からかコーランが聞こえる。子供を叱っているような女の声も聞こえる。

私はたちまちのうちに、三十八年前の尼崎《あまがさき》のアパートに戻って行った。トンネル長屋と呼ばれた、貧しい人たちばかりのアパートは、カシュガルの職人街のはずれと似ていたのだった。

そして、私は、両親から離れて、叔母の住まいで暮らした十一歳から十二歳までの一時期を思い浮かべるたびに、中野重治《なかのしげはる》の「雨の降る品川駅」という詩が、ほとんど機械仕掛けのように流れ出てくるのだ。

辛《しん》よ　さようなら
金《きん》よ　さようなら
君らは雨の降る品川駅から乗車する

李《り》よ　さようなら
も一人の李よ　さようなら
君らは君らの父母《ちちはは》の国にかえる

（『中野重治詩集』岩波文庫刊）

そのトンネル長屋には、在日朝鮮人が多く住んでいて、私の同級生の何人かは昭和三十四年十二月十日に、「北朝鮮（朝鮮民主主義人民共和国）帰国第一船」に乗って祖国へ帰るために、大阪駅から新潟行きの特別列車に乗ったのだった。

李と金と朴《ぱく》を見送るために、私は大阪駅へ行ったが、大阪駅は怒号と機動隊に囲まれていて、三人の友だちをみつけることはできなかった。その三人が住んでいたトンネル長屋とこのカシュガルの長屋は、なんと似ていたことであろう……。

一瞬の思い出の光景というものは、私の場合、どれも晴れているのに光がなく、光がないのに影があるという、言葉にすれば、すべてが「セピア色」と化して定着している。楽しかった光景も、哀しかった光景も、ある年月を経ると、動かないセピア色となるのは、それが私のなかで新しい何かを生みだす種子の役割を担うからではないのかと思う。種子は青々としていない。どんな種も、黒かったり茶色だったりで、そこに新しい命が隠れているようには見えないのだ。

尼崎の「トンネル長屋」もまたセピア色の一枚であるが、そしてその一枚は、湿った路地の、土臭い暗がりを歩いて行く十二歳の私のうしろ姿だけなのだが、見つめていると、二階に住む李一家の夫婦ゲンカや親子ゲンカや兄弟ゲンカの声へとひろがっていく。

金の家の、十歳も歳下の妹の泣き声も、朴一家の、元気のかたまりのようだった母親の声も聞こえてくる。

その一枚の絵をAとするなら、それから二十年後に見た能登《のと》半島の、冬の荒れる海の絵をBとして、まったくつながりのないAとBを合体させて、私の『幻の光』という小説が生まれた。

AとBをくっつけようなどとはさらさら思わないまま、Aを書きだしたら、いつのまにかBがあらわれて、小説という世界のなかでひとつになっていったのだが、やはりそこには「創る」ための能動的意思が迷路をさまよっているのだ。

君らの国の川はさむい冬に凍る
君らの叛逆する心はわかれの一瞬に凍る

海は夕ぐれのなかに海鳴りの声をたかめる
鳩は雨にぬれて車庫の屋根からまいおりる

君らは雨にぬれて君らを追う日本天皇を思い出す
君らは雨にぬれて　髭《ひげ》　眼鏡《めがね》　猫脊《ねこぜ》の彼を思い出す

ふりしぶく雨のなかに緑のシグナルはあがる
ふりしぶく雨のなかに君らの瞳はとがる

この「雨の降る品川駅」は昭和初期に発表され、天皇の部分も含めて、当時は詩のほとんどが真っ黒に塗りつぶされた。

だから、私がこの中野重治の詩を昭和三十四年の北朝鮮帰国第一船のトボリスク号とクリリオン号に乗った級友と重ねて思い浮かべるのは、祖国への帰国をめぐって、韓国系の人々と北朝鮮系の人々との、まさに血を血で洗うような烈しい争いが、「トンネル長屋」のなかでも繰り広げられたからだった。

朴一家の兄は北朝鮮へ帰ることを決め、弟は日本に残った。その仲のいい兄弟の、帰る、帰らないの人間的問題は、たちまちのうちに政治的問題の火中に投じられて、まるで殺し合いに似た兄弟ゲンカへと変わった。

李一家の長兄の嫁はまだ若い日本人でお腹のなかに子供がいたが、帰国を目前にして離婚した。夫婦として別れなければならない問題は何ひとつなかった。夫が、日本での貧しい差別に満ちた生活を憎んで、まだ見ぬ祖国へ帰ることを決めたからだった。

そのような「トンネル長屋」での生活が、私を中野重治の「雨の降る品川駅」へと惹きつけたのであろう。

雨は敷石にそそぎ暗い海面におちかかる
雨は君らの熱い頬にきえる

君らのくろい影は改札口をよぎる
君らの白いモスソは歩廊《ほろう》の闇にひるがえる
シグナルは色をかえる
君らは乗りこむ

君らは出発する
君らは去る

さようなら　辛
さようなら　金
さようなら　李
さようなら　女の李

おそらくカシュガルの職人街で働いている人々の住居であろう土と木と煉瓦で造られた、入り組んだ長屋を歩きつづけながら、私は「トンネル長屋」での時代に戻っていた。

そこから出て、回教寺院に似た建物の横を埃まみれの大通りへと歩きだすと、ハヤトくんがとうとう常さんを怒りだした。案内をする役目を担っているのならば、どの道を行けば近道か、どの道が無駄な遠廻りなのかをしらべておくべきだ……。ハヤトくんは常さんにそう言ったが、常さんはなぜ自分が抗議されているのか、いまひとつ解せないようだった。

「今夜ハオ別レノ宴会ヲ準備シマシタ」

とフーミンちゃんが話しかけてきた。

「私ノ奢《オゴ》リネ」

「いやァ、嬉しいなァ。でもまさか大盆鶏《ターパンツィー》とはちがうやろな」

「チガイマス、チガイマス。鰻《ウナギ》ノ料理ヲ特別ニ注文シマシタ」

「うなぎ？　そんなもの、このカシュガルにあるのか？」

「特別ニ獲《と》ッテキタ特別ノ鰻ネ」

「どこで獲ってきたの？」

「サァ、ソレハワカラナイ。鰻、好キデスカ？」

「好き好き。鰻重が食いたい。おい、ハヤトくん、今夜は鰻やそうやで」

私がそう言うと、

「カシュガルの鰻ですか……。泥臭いでしょうねェ」

とハヤトくんは当惑顔で言った。

「ぼくは、いやな予感がします」

とワリちゃんは私の耳元で言い、またあの高いウイスキーを買わなければと、残り少なくなった人民元を数えながらつぶやいた。

王付明《ワンフミン》氏主催の宴会は、色満賓館の食堂とは別の場所にある小さな宴会室で、夕方の六時から始まった。

ウェイウェイと常さんも交えて、八人は中華料理用の円卓を囲んで席についた。

フーミンちゃんは、係員に、冷房をもっと強くしろ、とか、早く冷えたビールを持ってこい、とか、照明をもっと明るくしろ、とか、まあうるさいことこのうえない。

前菜が運ばれてくる前に、私たちはビールを十本近く飲んでしまって(空《す》きっ腹だったので、アルコールの廻りが早くて)、ほとんど出来上がってしまった。

「エー、ソレデハ、皆サマ、大変オ疲レサマデシタ」

フーミンちゃんが立ち上がり、挨拶を始めた。

「宮本先生、田中サン、大割《オオワリ》サン、橋本サン、ソシテ小宮本サン。シルクロードノ旅ハイカガデシタデショウカ」

そのかしこまった言い方に、私たちは手を叩き、声をあげて笑った。

「いかがでしたかって、大変だったよ。それ以外の言葉はないなァ。どうしたの、そのバスガイドさんみたいな喋り方」

　私は笑いながら、フーミンちゃんのグラスにビールをついだ。

「西安《セイアン》ヲ出発イタシマシタノガ、エート、エート、……忘レマシタ」

「ここまで長かったなァ」

　とハヤトくんは感に堪えぬといった表情で言った。

「私モ、コンナ長イ旅、初メテ。エー、ソレニイタシマシテモ、未熟ナ、イタラナイ、コノ私ノゴ案内ハ、イカガデシタデショウカ?」

　みんなはまた手を叩いて笑い、

「いやァ、フーミンちゃんは最高のガイドでしたよ」

　と私が言えば、

「フーミンちゃんこそ、お疲れさまでした。疲れたでしょう」

　とワリちゃんも言って、ビールをついだ。

「イエイエ、ソレ、ホント?」

「ほんと、ほんと」

「ウッソー、ホント?　ノ本当?」

「本当のほんと」

「エー、宮本先生ト北日本新聞社様ノ」

私たちはテーブルを叩き、フーミンちゃんはいま完全に添乗員と化していると言い合って笑った。

「鳩摩羅什《クマラジュウ》ノ足跡ヲ辿ル旅ニ、私ガ同行サセテイタダクコトニナリマシタノハ……」

そのとき、停電になり、冷房は止まり、宴会ルームも真っ暗になってしまった。フーミンちゃんは怒って係員を呼び、冷房が止まったのだから、早く扇風機を持ってこい、ああ、それからロウソクもだ、と怒鳴り散らした。

「停電やから、扇風機も動かんのとちがう?」

ダイがそう言って、ライターをすり、フーミンちゃんにビールを勧めた。

「私、モウ、カタクルシイ挨拶ヤメマス。皆サンニハ、マダ、パキスタンデノ旅ガアルネ。元気デ旅ヲツヅケテネ。飲ミマショウ、食ベマショウ、私ノ奢リ」

停電は二十分ほどつづき、室内の暑さが耐えられなくなったころ、明かりが灯《とも》った。それと同時に、羊の脚が丸ごと一本、岩塩とコショーを贅沢《ぜいたく》に使って焼き上げたのが、とんでもなく大きな盆に載せられて、私たちのテーブルに置かれた。

「これ、全部シシカバブ? フトモモのつけ根から足首のところまで、一メートルくらいありますよ」

ワリちゃんは眼鏡の奥の目を点のようにさせて、羊の脚の丸焼きに見入った。これまでのシシカバブとは味が違う。やわらかくて、香ばしくて、コショーと岩塩が羊の臭みを消しているが、とにかく量が多すぎる。食べても食べても減らないのである。

「私ノ奢リ」

「もう、わかったっちゅうねん。一生言われそうやなァ。『私ノ奢リノ、カシュガルノ鰻』、まさか三メートルもあるのとちがうやろなァ」

私の言葉が終わらないうちに、鰻の料理は運ばれて来たのである。それは、私には鰻には見えなかった。とぐろを巻いた毒蛇が、味つけされ、蒸されたあと、包丁で輪切りにされて皿に盛られたという姿にしか見えなかった。

長さは七、八十センチ。太さは直径五センチといったところであろうか。

「ドウゾ、先生カラ食ベテ下サイ。私ノ奢リ」

それを口に入れるのは、かなりの勇気を必要とした。

「見た目は鰻の八幡《やわた》巻《ま》きっちゅうところやけど、ゴボウは入ってないなァ」

そう言いながら、エイ、ヤッとばかりに口に入れると、多少脂っぽくて、しつこさはあるものの、まぎれもなく鰻の味がする。身のやわらかい、なつかしい食感が口のなかにひろがった。

「うまい。これは鰻や」

「アタリマエデショウ。私、鰻、鰻ト、何回言イマシタカ。ヤッパリ、私、最後マデ信用サレテナイネ」

まあ、まあ、とみんなでなだめてビールを飲ませ、旅の思い出話に興じているうちに、フーミンちゃんが、歌を一曲、披露したいと言った。

やんやの喝采を浴びながらフーミンちゃんは立ち上がり、谷村新司《たにむらしんじ》の「昴《すばる》」を歌った。伴奏がないので、ときおり音程が外れるが、かなり歌い込んだ節廻しであった。

「うまい！」

私が拍手すると、

「イエイエ、ソンナコトナイヨ」

とフーミンちゃんは顔を赤らめた。なんだか二年も三年もフーミンちゃんと行動をともにして来たような錯覚に駆られるが、フーミンちゃんが顔を赤らめたのを見たのは初めてであった。

それではお返しにと、ワリちゃんが歌い、次にダイが歌った。

歌い終わると、ダイは、伴奏なしなのでうまく歌えなかったと照れ笑いを浮かべた。

いま若者に人気のグループの新曲だという。

「ソレ、新シイ、歌デスカ？　若者ノ歌。私ニ教エテ」

とフーミンちゃんが言った。

「これ、難しい歌やから、王さんには無理やと思うなァ」

ダイにそう言われて、

「私ニハ無理……。小宮本ハ、友ダチデナイネ。敦煌《トンコウ》ノ鳴沙山《メイサザン》デ友ダチニナッタノニ、カシュガルデ裏切リマスカ」

とフーミンちゃんは天井をあおいだ。

次にウェイウェイが立って、挨拶をした。

「皆さんが旅をなさった地域は、中国でもとりわけ、いなかでしたので、おいしい食事もなく、いろいろと不自由なことばかりだったと思います。私は、この旅のお世話をさせていただいたことで、これまで知らなかった鳩摩羅什という人を、少しだけ知ることができました。千六百年以上も前の人物について、何か新しい発見はおありだったでしょうか。皆さんは、これからも、まだ旅がつづきます。私たちは、あさって、パキスタンのススでお別れしますが、どうかこれからの旅も御無事に終えられますように」

そして、ウェイウェイは少し顔を赤らめたまま、英語で「エーデルワイス」を歌った。私たちも知っている曲だったので一緒に歌ったが、歌詞のほとんどを忘れてしまっていて、ただ「エーデルワイス」という部分だけをがなりたてたにすぎない。

私は、ウェイウェイが、きょう、私たちが国境を円滑に越えるための根廻しと、フーミンちゃんと常さんと自分のエイズ検査の結果を貰《もら》うために、ひとりであちこちの役所に出向いていたことを、そのとき知ったのだった。

ウェイウェイは、緑色の玉《ぎょく》をあしらった紐《ひも》のネックレスをしていた。高価なものではない。日本の若い女性が見れば、ただの安物の石ころとしか見ないであろう。けれども、その素朴なネックレスが、若いウェイウェイに、ささやかな華やぎをもたらしていた。

作家の田辺聖子《たなべせいこ》さんが、

「女にこそ、気位というものが必要なのだ」

と私に言ったことがある。気位というと、おつにすましている、とか、高慢ちきな、とか受け取られかねないが、田辺さんの言う「気位」とは、決してそのようなものではない。そして私もまた、田辺さんの言葉に全面的に賛同する。はじらいながらも毅然《きぜん》と挨拶をして、それから歌ったウェイウェイに、私は「気位」というものを感じた。

日本の女はどうであろう。若者が、どう見ても美しいとは思えないはやりのファッションと、品性のかけらもない声で、

「それでエ、きのう、ナンパされてエ」

などと言って、口をだらしなくあけて闊歩《かっぽ》している。気位のかけらもない。気位というものを教えなかった家庭や日本の教育の敗北ここに極まれりである。

なんと日本は多くのものを失ったことであろう。ミクロガステルという虫が、紋白蝶《もんしろちょう》の卵に自分の卵を産みつけるさまを、ファーブルが「生の学理的強奪」と表現したことは前にも書いたが、前述したような女の子たちがおとなになり、似たような男とのあいだに子供をもうけ、その子も年頃になると母親に輪をかけたようなことをして、ま

た似たような男とのあいだに、似たような子を産むという連鎖を想像するならば、私は暗澹《あんたん》と「生の学理的強奪」と、あきらめきって、つぶやくしかないのだ。

ハヤトくんが挨拶し、フーミンちゃんたちの労をねぎらい、次に私が立って、あらためて、みんなを代表してお礼を述べ、それから短い歌をうたった。

宴会が終わりに近くなると、何か隠し芸を披露しようということになり、ダイが自分の部屋へ行ってトランプを持って帰って来た。

トランプの手品をやってみせると、ウェイウェイが目を輝かせて、不思議そうに、もう一回やってみせてくれとダイに頼んだ。

「私ニ、ソノ手品、教エテ、教エテ」

とフーミンちゃんが言った。

「駄目。ウェイウェイにだけ教えてあげる」

「小宮本ハ、私ノ友ダチデナイノカ。私、トテモ悲シイナ」

やがて、ハヤトくんとハシくんも交じって、「ドボン」という名のトランプ・ゲームを始めた。たてつづけに負けて、ハヤトくんはむきになって、「もう一回、もう一回」とダイに挑戦している。ワリちゃんは、もうべろべろに酔って、演歌なのか浪曲なのか判別のつかない歌を、ひとりで歌い、私は羊肉の塊と格闘をつづけ、巨大な鰻料理を吟味し、チャーハンをかき込み、

「ここは地の果てカシュガルか。巨大な鰻は『め組のひと』よ。あんた鰻の何なのさ」なんて訳のわからないことを言いながら、ポケットに入っていた小さな鋏《はさみ》で頬や顎の髭の手入れをつづけた。

そうやって、カシュガルの夜は更けていったのだった。

ダイとハヤトくんとハシくんによるトランプのゲームは、宴会を終えて部屋に帰ってからもつづき、私とワリちゃんはその横でウイスキーを飲みつづけた。

「ひとたびはポプラに臥すっていうタイトルは、もう変わりませんか」

「変わらん。もう決めた」

「ポプラの木って、ありがたいですよねェ」

「文化大革命で農村に下放されて、いわば懲罰としてポプラの木を植えるという肉体労働の果てに死んでいった人たちが、たくさんいてるんやろなァ」

「あしたはタシュクルガンですねェ。標高は富士山のてっぺんよりも少し低いくらいのところですよ」

「鞠さんが帰ったのは残念や。鞠さんの歌を聴きたかったよなァ」

私は午前一時に自分の部屋に戻ったが、ハヤトくんたちは、眠ってしまったワリちゃんの横で、ゲームをつづけたということである。

六月十八日、タシュクルガンに向けて出発する朝、カシュガルには雨が降った。

強い突風が、並木を斜めにしならせ、雨は真横に吹き流れて、露店の商品を飛ばした。

そのさまを見ていると、千七百年近い昔も、いまも、カシュガルが新疆《しんきょう》ウイグル自治区における最大のオアシス都市であったことがしのばれる。

行商の人々は、なにもウイグル人だけではない。何が入っているのかわからない大きな麻袋を背に三つも四つも背負った男は、横なぐりの雨風のなかで、自分も傾きながら歩いているが、その容貌は、ウイグル人よりも漢民族系、もしくは蒙古《もうこ》系、もっと具体的に言えば、髪も茶色で目も青みがかった大和民族といったところである。その逆の容貌の人もいる。彫りが深いのに、目も髪も黒く、背が低くて、頭髪の形はチョンマゲに似ている。

このかつての疏勒《そろく》国には、唐の時代には玄奘《げんじょう》も立ち寄ったが、マルコ・ポーロも滞在した。

シルクロードのオアシス・ルートは、天山北路《てんざんほくろ》と南路《なんろ》だけではなく、山岳と山岳を結ぶルートもあって、ヨーロッパからペルシャ世界を経て、トルコや現在のアフガニスタンやキルギスやタジキスタンを通り、インド世界へ、東南アジアへと行き来した人々にとっては、このカシュガルが重要な中継地であったのだ。

そんなカシュガルの雨と風を見ていると、小さな地球上で、あの人は、かくかくしかじかという民族、あの人は、このような民族と色分けすることが馬鹿らしく思えてくる。どんな民族の血が入っていようが、所詮人間であって、ゆっくりと胸襟を開いて、膝を交えて話し合えば、いつかはわかり合えるし、またそうすべきなのだといった心境になる。

人間は自分に甘く、他人に厳しいという、いかんともしがたい業を持った生き物なので、自分もあの人も、欠点だらけの弱い人間だという共通認識に立てないだけにすぎない。女よりも男のほうが、はるかに嫉妬深く、やっかみ根性に長《た》けているが、これはじつは、女よりも男のほうが、自分に甘く、他人に厳しいという性質によるのだと私は思っている。

カシュガルを、私は時間をかけて見て歩くということができなかった。日程に余裕がなかったからでもあるが、西安を出て以来の疲れがいちどきに噴出して、ひたすら休養に努めたからでもある。

しかし、私は元気を取り戻した。さあ、旅をつづけよう。

私たちは午前十時にカシュガルを出発した。鞠さんと交替した運転手は五十歳前後のウイグル人で、丸い民族帽子をかぶった小太りの、超がつくベテランである。カシュガルからタシュクルガンへ。そこからクンジュラブ峠を越えてパキスタンのスストへの道は、その運転手にしてみれば自分の庭のようなものだという。

色満賓館の横の通りを南へ南へと走りつづけると、次第に麦畑の色が変わっていく。標高が高くなり、カシュガル近郊では緑だった麦が茶色に変わっていくさまは、風土と気候によるささやかな魔法を目にしているかのようだった。

カシュガルでは、毛糸のセーターを着ていた人はいなかったのに、都市の面影が景観から消えると、道で遊んでいる子供たちも、子守りをしている老人も、みな色とりどりのセーターを着込んでいる。

時間がたつごとに、朝に逆戻りしているようなおかしな感覚に包まれるのは、標高が高くなったせいなのか、朝靄が発生して、それが清涼な湿りをもたらしてきたからだなと思ったところ、車は小さな集落に入った。

人口はどのくらいであろう。二百人、いや百五十人……。いずれにしてもウイグル人たちの村だが、土壁の民家に比して、立派すぎる回教寺院が、中心部の三叉路《さんさろ》に建っていた。その回教寺院と道をへだてたところから煙が立ちのぼり、なにやら香ばしい匂いがたちこめ、多くのウイグル人たちが、一軒の店を取り囲んでいる。

ナンを売る店だった。ぶあつい土の竈の周りには、焼きたてのナンがうずたかく積まれている。運転手は、フーミンちゃんに何か言ってから、車を停めた。

きょうはカラクリ湖で昼食をとる予定だが、そこまでの道は遠く、難所がつづくので、どこで落石が起こって道をふさいでしまっていても不思議ではない。川が氾濫して、通行不能になっているという事態も想定しておく必要がある。だから、万一のために、ここで食料を調達しておいたほうがいいと、運転手は進言したのだった。

私たちは車から降り、ナンを焼く店先で写真を撮ったり、回教寺院をのぞいたりした。

ワリちゃんは、なんとなく怒っているような表情だし、ハシくんも、フーミンちゃんが話しかけてきても木で鼻をくくったような返事しかしない。

カシュガルを出発する際、私たちが車に乗り込むと、フーミンちゃんは、

「私タチ、ココデオ別レシマス。皆サン、オ元気デ」

と言ったらしい。やっぱり、ここから先へは自分は同行しない。カシュガルから向こうへは行ったことがないから……。

そう言って、にこやかに手を振られて、一瞬、ワリちゃんもハシくんも愕然《がくぜん》としたのだ。こいつ、この期に及んで何をぬかしやがる。そう思ったのだが、フーミンちゃんのその悪い冗談に対する怒りは、いよいよパミール高原に入ってからもおさまってはいなかったのだ。

朝靄はさらに深くなり、カラコルム渓谷へと延びる土の道には、羊の首に紐をつけて、まるで犬と散歩するように歩いて行く男の、なぜか全身が濡《ぬ》れているかに見える静かで湿潤なうしろ姿だけが揺れている。

その村はウパル。いや、それはあるいは村の名ではなく、地域の総称だったのかもしれない。けれども、ほんの一、二時間前はゴビ灘に包まれ、タクラマカン砂漠の余韻をもたたえていた灼熱のカシュガルにいたなどと誰が信じるであろう。目前にはカラコルム山脈の白く輝く峰々がそびえ、パミール高原の只中《ただなか》の、豊かで湿潤な緑と、いっこうに消えそうにない朝靄が、これまでよりも深く色づくポプラ並木の底から湧き、野鳥のさえずりさえも聞こえてくるのだった。なんだか、突然の風土のからくりが待ちかまえていて、私たちを異次元の空間にひきずり込んだかに思える。

フーミンちゃんは、買ったナンをビニール袋に入れ、

「急ギマショウ」

と言った。村人の会話を聞いていた運転手が、この先のどこかで川が氾濫して、道がふさがれてしまったかもしれないと耳打ちしたのだった。

私も早く出発したかった。静かな湖の底にもぐっていくかに思える朝靄の彼方に何があるのか。パミール高原全体を目《ま》のあたりにするわけではないが、西へほんの少し行けばタジキスタンの国境であり、そのまたほんの少し南にはアフガニスタンの山岳地帯へとつづく渓谷と険しい山道、そこには、ゴビ灘で疲れ果てた私たちに恵みをもたらす何かが待ち受けていそうな気がした。

車はすぐに山岳地帯に入り、次になだらかな丘陵に変わった。それは烏鞘嶺《うしょうれい》と似ていた。黄土高原《こうどこうげん》と河西回廊《かせいかいろう》を二分する烏鞘嶺を通ったのはいつのことだろう。なんだか二年も三年も昔のことのような気さえする。あの烏鞘嶺が分水嶺だとすれば、この名もわからない山岳地帯もまたゴビの世界とカラコルムの渓谷を区別する分水嶺だという気がする。あの烏鞘嶺の何十倍もの緑と丘陵には、羊やヤクの群れとともに移動する遊牧民の姿があった。

「風が気持いいですねェ」

ワリちゃんは車の窓をあけて言った。

「パミール高原を南へとのぼってるんやなァ。パミール高原だぞ。世界の屋根だぞ」

私はセーターを着ながら、前方を見てパスポートを出した。最初の検問所の、踏切の遮断機に似たゲートが見えたからだった。

このあたりから、検問所が幾つか待ちかまえているので、いつでもパスポートとビザを出せるようにしておいてくれとフーミンちゃんが言った。

タジキスタンも内戦がつづいている。アフガニスタンも政情は不安定で、武器や麻薬の密輸を目的とした人と車が、巧妙にカムフラージュされて通って行くからだった。

中国の国境警備兵は、私たちのパスポートをまとめて持って、検問所の建物に入って行ったが、すぐに戻って来た。運転手と顔馴染《かおなじ》みらしく、パスポート・チェックは形だけのものだった。その検問所の兵隊も、この先のケズ川が氾濫して道は狭くなっているが、なんとかこの車一台くらいは通れるだろうと言った。

丘陵地帯が、ふいに尖《とが》った岩山ばかりの山岳地帯に変わった途端、激流が轟音《ごうおん》とともにあらわれた。カラコルム山脈からの雪解け水は、最盛期と比べると、十分の一くらいだと運転手が教えてくれたが、それでも巨大な岩を押し流し、橋をこわし、道がどこにあるのかわからなくさせてしまうほどの量だった。運よく、私たちの車はそこを通り過ぎることができた。また、なだらかな丘があらわれ、いつのまにか尖った岩山だらけになり、道に沿って流れ始めた新しい小川は太くなり、水流が増していき、カラコルム山脈の幾つかの峰々が、さらに間近に私たちを取り囲んだ。どれもが六千メートルを超える峰々である。

河西回廊の高地に似た風景がひろがり、幾つかの集落では、作物の収穫にいそしむ農民たちの近くを、羊やヤクの群れを追う遊牧民たちが通り過ぎていく。彼らは気温の低い南の高地から北へと下って、家畜のための草を求めて移動するのだ。そして、その遊牧民たちの容貌は、ウイグル人ではない。

「キルギス族デス」

とフーミンちゃんは言った。キルギス族だけでなく、タジキスタンを祖国とするタジク族は、これから向かうカラクリ湖の周辺でも遊牧生活をおくっているが、土地に根づいて農耕生活をつづける人々もいて、タシュクルガンは、つまりタジク族の町なのだ。

カシュガルを出るとき高度計をセットしたワリちゃんが、

「標高二千メートルを超えました」

と言って車の窓を閉めた。

「二千二百メートル」

「ずっと、高度計を見てる気か？」

と私は言った。

「二千四百メートル」

「川の水、すごく冷たそうやなァ。カラコルム山脈の雪解け水やなァ」

「二千六百メートル」

「大割、やめろって」

とハヤトくんがうんざりした表情で言った。

「二千八百メートル」

「やめろって。お前のその言い方だけで、なんだか俺は息苦しくなってくるんだよ。俺は高山病に弱い体質なんだから」

「だって、高度計の数字と比例して、たしかに寒くなっていくんです。刻々と寒くなるってのが、おもしろいでしょう？　あっ、二千九百メートル」

カシュガルを出てからずっと無言だった常さんが、心臓がどきどきすると訴えた。顔色が悪かった。

「ワリちゃん、きみが死刑執行のカウントダウンをするみたいに、高度をかぞえるからや」

私は笑いながら、ワリちゃんから高度計を取り上げ、それをウェイウェイに見せて、

「あっ、ついに三千メートル」

と言った。

「先生、ヤメテ下サイ。私ノ体ニモ、空気ヘッテキタネ」

そうフーミンちゃんがなさけなさそうに言ったとき、これこそ世界の屋根ではないかと思うほどの平原がひろがり、ヤクの群れが下ってきた。

羊にせよ牛にせよヤクにせよ、それらを牧草地につれて来た者は、のんびりと構えているように見えて、じつは注意深く自分の家畜の動向を視野におさめている。ひとつの小さな変異的動きが、群れ全体に波及して、予期しない混乱を作りだす場合が多いからだという。だが、大平原から下って来たヤクの群れを追う赤い帽子の女は、ヤクたちとは反対の方向へと歩いていた。

どこかで群れからはぐれてしまった一頭を捜しに行くふうでもない。女は鞭《むち》代わりの木の枝を肩に載せ、ヤクに背を向けて大平原のゆるやかな斜面を蹣跚《まんさん》と歩いて行く。そ

の歩いて行く方向には、七千七百十九メートルのコングール峰がそびえている。平原とコングール峰との接点のように見えるところに、おそらくヤクをつなぐためのものらしい柵が並んでいる。私にはその柵が、都会の巨大な駅の改札口に見えた。

満員電車から吐き出された勤め人たちが、改札口を出て、それぞれの職場へと歩いて行く。人々は改札口を出たあたりでは、みな同じ方向へと突き進んでいるかのようだが、やがて右へ行く者、左へ行く者、交差点を渡って直進する者、地下道へと降りる者と分かれて行く。勤め先も、大企業のビルから個人商店の店舗と千差万別で、それぞれが胸にかかえている希望や夢や悩みや哀しみも、その人間の数だけ存在している。

けれども、遅刻しまいといっせいに改札口を通るとき、人間の群れは一瞬、一定の方向へと激流のように押し寄せる。その激流が、ある日、私には耐え難い流れに見えて、改札口の手前の、プラットホームからの階段の途中で立ち止まり、いつまでも眺めつづけていたことがあった。二十五歳のときだったたと思う。

自分は、どこへ行くのだろうという不思議なせつなさが、長く長くつづいた。

そんな若いときのことが甦り、ヤクの群れのなかに誰か知っている人に似た顔をみつけられそうな気がした瞬間、私はまた、自分はこれからどこへ行くのだろうと思ったのだった。自分のなかから、どんな小説が産み出されていくのであろうか。自分が生涯の最後に書く小説は、どんな小説なのであろうか。そのとき自分は何歳なのであろうか……。

「三千メートルを超えたら、高度計を見るのはやめましょう」

とワリちゃんが言った。ワリちゃんも顔色が悪くなっている。

「カラクリ湖まで、あとどのくらいかなァ。カラクリ湖の標高は三千六百メートルですから、ここよりもたった六百メートルほど高地なんだけど、残りの六百メートルが、体にこたえてくるんでしょうね。ぼくも気分が悪くなってきました」

ワリちゃんは高度計を本当に自分のリュックにしまった。

私は、自分の体調に何か異変はないかとさぐった。脈も心臓も普段どおりだし、頭痛もない。息苦しさも感じない。ただ少し眠い。しかしそれは標高とは関係なく、旅に出て以来の寝不足のせいにちがいない。ためしに慧遠《えおん》が長安《ちようあん》の鳩摩羅什に大乗経中の深遠な意義十八項目について質問し、それに羅什がひとつひとつ答えたという大乗大義章《だいじようだいぎしよう》の初めの文章を思い出してみると、そんなに大きな誤りなく頭に浮かんでくる。

――一　初めに真法身を問う。

慧遠が問うて曰った。（聞くところによれば）仏が法身の状態に於いて、菩薩のために経を説かれると、法身の菩薩にして初めてそれを見ることができ（るといわれてい）ますが、そうしますと（法身にも）四大五根があることになりましょう。もしそうだとすれば、色身と何の差別があって法身というのでしょうか。経に「法身は去ることもなく来ることもない」とあって、（法身は）生じたり滅したりすることはなく、泥洹《ねはん》と同様であ（ることにな）りますが、（それならば）どうして（法身が）見えたり、また（法身が）講説したりすることがあり得るのでしょうか。

羅什が答えて曰った。仏の法身というのは、変化《へんげ》と同じです。（変）化には四大五根はありません。なぜかといえば、造色〔造られたもの〕としての存在は、四大を離れないものです。そして今（その例をあげますと）香のあるものには必ず色《いろ》・香・味・触の四法があり、味のあるものには必ず色《いろ》・味・触の三法があり、色《いろ》のあるものには、必ず色《いろ》と触との二法があり、触のある物には必ず触という一法があります。それ以外の法は、ある場合もあり、ない場合もあります。（例えば）地のごときは必ず色《いろ》・香・味・触があり、水には色《いろ》・味・触があります。もし水に香があるならば、それは地の香であります。どうしてそれがわかるかといえば、純金の器で天から降る雨をうけると香がないからです。火には必ず触がありますが、若し香があるならば、それは木の香なのです。どうしてそれがわかるかと云えば、白石から出る火には香がないからです。風にはただ触だけがあって色《いろ》はありません。（造色の法は以上の様ですが）、色《しき》〔物質〕ではない物の場合は、いま述べたのとは違います。たとえば、鏡の中にうつった像・水の中にうつった月などは、そこに色〔物質〕がある様に見えますが、触等〔触と色〕がないから、色《しき》ではありません。化《け》というものもこれと同じようなものであります。法身も亦同様です。——

（『慧遠研究　遺文篇』木村英一編、創文社刊）

私たちの体内には、ゼンマイも乾電池のごときものも入っていない。それなのに、私たちは生まれ、生き、動き、泣き、怒り、つまり生命活動を絶え間なく営んでいる。慧遠が羅什に教えてもらいたかったものは、「命」というものがどこから来て、どこへ行くのか、それはさわったり見たりできるのか、ということだったのだと私は解釈している。羅什はそのことについて、幼児にひら仮名を教えるかのように教えたのだ。

私は少し眠った。目を醒ますと、カラクリ湖の湖面が遠くで光っていた。気づかず眠っていた私も、目を醒ました私も、私以外の何者でもなく、私が何かに変化したのでもなかった。風景が変わったのだ。

カラクリ湖は標高三千六百メートルのところにあって、コングール峰とムスターグアタ峰に挟まれる格好で、その黒っぽい緑色の湖面をたたえている。いちおうは観光地なのであろうが、とりたてて何か秀でたものを持つ湖だというわけではない。地味な、どちらかといえば陰鬱な、暗い湖面である。

人もほとんどいない。キルギス族の数人が、観光客相手のおみやげ屋を湖のほとりで営んでいるが、地面に、楽器やおもちゃや布製の袋や、丈の長いショールを並べているだけにすぎず、それらはさして頻繁《ひんぱん》に売れそうには見えない。

物売りの人々も、このショールはどうだ、あの笛はどうだと声をかけたりもしない。自分たちが寝泊まりするためなのか、それとも雨や風から身を避けるためなのか、よくわからない小さなテントの前に坐って、私たちに淡泊な視線をときおり向けるだけなのだ。

カラクリ湖に期待してやって来た人は、湖にはがっかりするだろうが、北と南の空のはるか雲の上に、切り立った峰をそびえさせている二つの山の白さには魅せられることだろう。七千メートルを優に超える峰々が、このカラコルムには、いったいどれだけつらなっているのかと、いささか呆気《あっけ》にとられて見つめてしまう。雲は、私たちのいるところよりもほんの少し上あたりに厚くたちこめて、その下側に緑の丘陵がひろがる。その丘陵の緑も、どこか暗い色調で、牛や羊やヤクのための充分な草の量を持っているとは思えない。視界に入ってくるすべてが、静かで、寂しくさえある。

カラクリ湖には一軒の建物があった。食堂と、国境警備のための支所を兼ねているが、兵隊の姿はなく、建物を管理する中年の漢人の夫婦が、テレビを観《み》ている。衛星放送しか受信できないテレビでは、パキスタンのニュースを放映していたが、かつて日本で高い視聴率を誇ったNHKの朝のドラマ「おしん」が突然始まった。

「あっ、『おしん』だ」

とハヤトくんは言ったが、顔色が悪く、

「オシン、私、モウ見飽キタ。中国デハ、何回モ再放送サレテ、私、誰ガドンナコト喋ルカ、オボエテシマッタネ」

フーミンちゃんは言って、食堂の女性に何が出来るかと訊いた。

「大盆鶏、作レルソウデス」

「大盆鶏、もうええわ。あんまり食欲もないしなァ。高度のせいかな」

「モウ注文シテシマッタネ。玉子チャーハンモ」

湖畔で民芸品を売るキルギス族から少し離れたところに一頭のラクダがいて、膝を折って坐り、まとわりつく一頭の犬に迷惑そうな視線を向けていた。ラクダも犬も、キルギス族が飼っているのであろう。犬とラクダが仲良くしているのが、私には珍しくて、窓辺に席を変えると、二匹の家畜に見入った。

湖畔に並べた売り物のなかには自転車もある。民族帽子や肩掛け袋とおなじように一台の自転車もあるのだが、このカラクリ湖で、いったい誰が自転車を買うのであろう。

ワリちゃんが頭痛を訴えた。元気がなくて、少し動くのもつらそうだった。

高山病を警戒しすぎて、かえってそれが神経を疲れさせたのであろうと思い、私は自分の精神安定剤をワリちゃんの掌に載せた。

「案外、これが効くかもしれんよ。精神的な頭痛や」

ワリちゃんも、そうかもしれないとつぶやき、精神安定剤を服《の》んだ。

運ばれてきたチャーハンも大盆鶏も、私たちはほとんど食べられなかった。高度のせいなのか、充分に炊けていなくて、ご飯には芯があり、大盆鶏の鶏肉は硬くて臭かった。

建物の外の、コンクリートの手すりに、日本人らしい旅行者が坐っていた。三十半ばくらいの男女で、大きなリュックが二つ、足元に置かれている。二人はカシュガル行きのバスを待っているのだった。

ワリちゃんが、二人に話しかけた。二人は夫婦で、旅に出てもう三ヵ月たつという。シルクロードを、バスやヒッチハイクで旅をつづけてきて、クンジュラブ峠まで行き、パキスタンに入ろうと思ったが、タシュクルガンではパキスタン入国のためのビザ取得ができず、あきらめてカシュガルへ戻るらしい。

「カシュガルから、どちらへお行きになるんですか？」

と私が訊くと、さあと首をひねり、

「ホータンのほうへ行ってみようかなァって思ってるんです」

と答えた。足の向くまま気の向くままの旅のようだが、長期の、いわば放浪に近い旅をする日本人には、どうも独特の雰囲気がある。たいてい、男は髪を長く伸ばし、それをうしろでたばねている人が多く、女は無口で、旅先で出会う同胞の者とはなるべく口をきかないようにしているかに見える。

人目をしのぶ男女の旅といった風情はどこにもないのに、人嫌いなときと、むやみに人なつこいときとがあって、とっつきが悪い。何かから逃げている感じがあるが、それは、つまりは「人間の社会」から逃げたいのであろうと私は解釈している。といって、人間がいないところでは自分たちも生活できないので、どこにいても背を向けている……。

バスが一台やって来たが、その二人は乗ろうとしなかった。バスから三、四人が降りて来て、食堂のトイレに向かった。バスはその人たちを乗せて、すぐに発車した。どこへ行くバスなのか、フーミンちゃんにもウェイウェイにもわからなかった。

アラビア世界にも、インド世界にも、北の中央アジアにも、その気になればどこへだって行きますよといった風情のバスであった。

そのバスから一度は降りたが、湖畔に民芸品を並べている露天商たちに背を向け、カラクリ湖畔をほんの少し歩きながら煙草を吸い、すぐに後部座席に乗り込んでしまった男がいた。

漢人ではないが、目は吊《つ》りあがって細く、肌は黒く、鼻梁《びりょう》は逞《たくま》しくて、頰髯《ほおひげ》をはやし、灰色のブーツを履いていて、五十歳くらいに見えた。何かがぎっしり詰まった大きな革製の鞄を、片時も離さないといったふうに持っていて、どこの国の人間なのか見当もつかない。不敵でありながら、目元には涼やかな知性も感じさせた。

男が私に興味を抱かせたのは、その風貌のせいだけではない。使い込まれた年代物の革鞄を持って湖畔を十歩ほど歩いたあと、ぶあついコートのポケットから何枚かの紙きれを出し、それをマッチの火で焼いて、湖に捨てたのだった。

だが、焼けた紙は沈まず、波のないカラクリ湖の畔《ほとり》から離れていかないので、男は、かかとのあたりまでブーツを湖にひたして、それを踏んだ。それから鞄をあけて、荷作りをしなおして、バスに戻った。

パキスタン人でもない。タジキスタン人でも、キルギス人でも、ウイグル人でもない。肩幅が広く、世慣れた顔つきだった。

谷川雁《たにがわがん》に「商人」という詩がある。

おれは大地の商人になろう
きのこを売ろう　あくまでにがい茶を
色のひとつ足らぬ虹を

夕暮れにむずがゆくなる草を
わびしいたてがみを　ひずめの青を
蜘蛛の巣を　そいつらみんなで

狂った麦を買おう
古びておおきな共和国をひとつ
それがおれの不幸の全部なら
つめたい時間を荷作りしろ
ひかりは桝に入れるのだ

さて　おれの帳面は森にある
岩蔭にらんぼうな数学が死んでいて
なんとまあ下界いちめんの贋金は
この真昼にも錆びやすいことだ

（『谷川雁詩集』思潮社刊）

「大地の商人か……」
私は遠くのヤクの群れに混ざり込んで行くかのように消えてしまったバスのほうを見

つめたまま、そんなことを胸の内でつぶやいた。

「つめたい時間を荷作りしろ、か……」

男が何を生業《なりわい》として生きているのか、私にはわからなかったが、私は決してあの男のようには生きられないだろうと思った。その思いは、長く私のなかで尾を曳《ひ》いた。

ワリちゃんが精神安定剤を服んで四十分近くたっている。私は具合はどうかと訊き、フーミンちゃんと運転手を捜した。

「少しらくになりました。やっぱり精神的なもんだったんですかね」

とワリちゃんは、たしかに赤味を取り戻した顔色を私に向けて微笑《ほほえ》んだ。

ワリちゃんの精神的な疲れは、なにもきょう一日のことだけではないのだ。日本を出発する前から、長い険難な旅の責任をになって、すでに疲労は始まっていたことであろう。

「フンザは桃源郷やからな。桃源郷では仕事はしない。ぼんやりと桃源郷にひたって、疲れを癒す。それにはいささかの酒が必要やなァ」

私は言い、食堂に戻って来たフーミンちゃんに向かって、自分の腕時計を指先で突いてみせた。そろそろ出発してはどうかと促したのだった。

「でも、ウイスキーを税関でみつけられたら、事ですからねェ」

とワリちゃんは言った。

私は売店でコーラを二本買い、ウェイウェイの腰かけている席に行った。ウェイウェイも標高の高さで気分がすぐれないようだったが、私が手渡したコーラを飲んだ。

「コーラなんて飲むの、何年ぶりかなァ。大学生のときは、よく飲みましたよ。コーラの販売会社で配達のアルバイトをしてね。あれは力仕事やったなァ。一ダース入りの木箱をこう持って、配達用の車の屋根に、こうやって積み上げて行くんです」

私が身ぶり手ぶりで作業のやり方をウェイウェイに説明しているのに、フーミンちゃんは通訳しようとはしない。フーミンちゃんも、気分が良くないのだ。

「なんともないの？　元気やなァ。体が弱いなんて嘘やったんや」

ダイがコーラを飲みながら、あきれたように言った。

「三千六百メートルなら大丈夫なんや」

「なんで？」

「高校生のとき、富士山にのぼったから。富士山は三千七百七十六メートル。つまり、三千六百メートルは経験済みというわけやな」

「何年前の話やねん……」

ダイは笑いながら計算している。

「高校二年生のときやから、十七歳やったかな」

「三十年も前の経験が生きてるかなァ」

「おれは大地の商人になろう」

「えっ? なに、それ」

「きのこを売ろう。あくまでにがい茶を。色のひとつ足らぬ虹を」

「頭がこわれたふりをしても、同情なんかせえへんで」

「谷川雁の詩や。この人の詩に感化されて、わけのわからん詩を書いてた文学青年がぎょうさんいてる。俺よりも十歳くらい上の世代かなァ」

運転手がクラクションを鳴らし、私たちを呼んだ。三時前に、私たちはカラクリ湖からタシュクルガンへと出発した。厚い雲の切れめから、ときおり光が丘陵を黄金色にさせた。そのたびに、遊牧民たちの赤や青の原色の服が、夜の川面に映るネオンのように光った。だが、光が雲にさえぎられると、それらは寂しさに沈む辺境の漂流物に見えた。

——なんとまあ下界いちめんの贋金は　この真昼にも錆びやすいことだ——

そういえば、谷川雁には「毛沢東《もうたくとう》」という詩もあったなと私は思った。この途轍もなく大きな中国を、主義や思想でまとめあげられるなどと、若き毛沢東が考えたとは、私には信じられない。

いや、若き毛沢東も、彼とともに長征《ちょうせい》に旅立った青年たちも、最初の一歩は、主義や思想という軍靴を履いたであろうが、生死のはざまを通るあいだに、その靴はぼろぼろにすりへっていったのではないのか。その靴は、敵が何かを少しずつ知っていったのではないのか。
民衆を救う闘いなのに、自分たちの主義や思想になびかない民衆を殺戮《さつりく》しつづけなければ前に進まないという革命が、彼等の軍靴を血にひたし、神出鬼没の柔軟性を加味していったのではないのか。だからこそ、谷川雁という人は、「毛沢東」と題して、次のような詩を作ったのではないのか。

いなずまが愛している丘
夜明けのかめに
あおじろい水をくむ
そのかおは岩石のようだ
かれの背になだれているもの
死刑場の雪の美しさ
きょうという日をみたし

熔岩のなやみをみたし
あすはまだ深みで鳴っているが
同志毛のみみはじっと垂れている

ひとつのこだまが投身する
村のかなしい人達のさけびが
そして老いぼれた木と縄が
かすかなあらしを汲みあげるとき
ひとすじの苦しい光のように
同志毛は立っている

このカラクリ湖にも、毛沢東率いる紅軍は、その軍靴を入れたのであろうか。もし踏み入れたとしたら、ここで生きる遊牧民たちに、どのようにして共産主義のありがたみを植えつけたのであろう。

共産主義……？　それは何ですか？

資本主義……？　それは何ですか？

わたくしどもは、そんなものは知りません。私たちのこの貧しい緑を見て下さい。私の乳房からは、乳が出ません。私の飢えた子を、お腹いっぱいにさせてくれるなら、共産主義だろうが、資本主義だろうが、まあいちおうそれぞれの名称のつけられた、なんとか主義だろうが、私はその主義者になります。

ええ、そうですとも、私は昔から一貫して、そのなんとか主義者でした。信念でも変節でも随順でもなく、私の飢えた子が、お腹いっぱいになれば、私は何者にでもなりましょう。毛よ、どうかよろしくお願いします。

だが、「同志毛のみみはじっと垂れている」そうだ。谷川雁はなぜ「耳」を「みみ」と書いたのであろう。耳という漢字が嫌いだったのかしら。王様の耳はロバのみみなのか……。

私は毛沢東と逢ったことがないので、彼の背負った苦しみも、彼の得た権力の巨大さも、真実も虚構もわからない。谷川雁のこの詩が発表されたのは昭和二十九年で、日中の国交回復はまだ為《な》されてはいなかった。彼が日本共産党を脱党し、除名されるのは、これより六年後の昭和三十五年である。

カラクリ湖からタシュクルガンまでの風景を、私はほとんど覚えていない。まどろんでは目醒め、まどろんでは目醒めをずっと繰り返していたのだ。それは私だけではなかった。運転手以外はみんな、そうやって車に揺られていたのだ。

目醒めるたびに、ムスターグアタ峰は近づいたり遠ざかったりし、ヤクや羊の群れは忽然《こつぜん》とあらわれ、忽然と消えた。荒地はふいに緑地となり、タジク族らしい遊牧民の子供たちが、丘陵を駆け降り、緑地はふいに恐ろしいまでの荒地に変わった。

タシュクルガンに着いたのは四時前だった。カシュガルから三百キロである。

中巴《ちゅうぱ》公路と名づけられた道を私たちは進んで来たのだが、その中国とパキスタンを結ぶ一本のアスファルト道が細くなったところにタシュクルガンの町はあった。細いアスファルト道の両側に、似たような高さの建物が並び、ポプラ並木がつづいている。町は三百メートルも行けば終わってしまうように見えた。人の少ない、汚いゴミの落ちていない閑散とした高原の町だった。

薄い一枚のセーターでは寒くて、私たちはホテルの玄関のところで、厚いセーターに着替えた。

ホテルは、なんだか昔の高校の宿舎のような造りで、いやに部屋数が多く、おそらくタジク族であろうと思われる若い女性服務員が穏やかに私たちを迎え、部屋に案内してくれた。

廊下は板なので、静かに歩かないと階下に響いてしまう。ヤルカンドのホテルよりもはるかに清潔だが、毛布は一枚きりで、部屋に暖房はない。

シャワーはあるが、まだ湯は出ないという。

「これは、シャワーを浴びたら風邪をひくなァ。お湯はいつ出るのかなァ」

私の言葉で、フーミンちゃんは階下に降りて行った。

たった三百キロで、これほどまでに何もかもが変貌するものだろうか。ポプラの色も民族も、町のたたずまいも、雲と太陽の色も……。

「ここ、富士山の頂上とほとんど同じ高さなんですねェ」

とワリちゃんは言って、ベッドに腰を降ろすと、大きくゆっくりと息を吸ったり吐いたりした。

タシュクルガン。中国表記で塔什库尔干。正式には、「塔什庫爾干・塔吉克《タジク》自治県」である。

私たちが泊まるホテルは、パミール賓館。パミールは、帕米爾。パミール高原の東端に位置するのだが、カラクリ湖の近くから見えていたコングール峰もムスターグアタ峰も、じつはカラコルム山系ではなく崑崙《こんろん》山脈の西端の山だということを、私はあとになって知った。

きのうまではゴビ灘の世界。きょうは七千メートルから八千メートル級の、氷と雪に年中覆われている峰々の世界。

そのことが、不思議でも何でもなくなってしまっている自分こそ、不思議な対象である。中巴公路という一本のアスファルト道は、ゴビ灘からふいに緑の丘陵と神々しい峰々とのあいだへとさまよい込むのだが、その約三百キロ先の中国領に、タシュクルガンというタジク族の町があり、小さな町の中心部には、役所や公共の建物、それにみやげ物屋や生活必需品を売る店があって、その向こうのなだらかな丘や野に、タジク族たちが木と土と煉瓦の家々で暮らし、パオに住む人々もいて、ヤクや羊や牛が草を食《は》んでいて……。

ただそれだけの感懐しか抱かなくなっている自分が、静まり返ったホテルの一室でベッドに腰を降ろして、何を考えるでもなく、ガラス窓の向こうの尖った白い峰を見やっている。

ポール・ニザンは『アデン アラビア』（篠田浩一郎訳、晶文社刊）でこう書いている。

――もうこれ以上、海底とか、多くの国々とか、森や山々や万年雪におおわれた山の頂きとか、三十階建ての家などを背景にして奇妙な服を着た作中人物たちとかの現われる、詩的で救い主だという誘惑的な旅行の絵なぞ、描いてみせないでくれ。

（中略）

しかし、ぼくは農民出身のフランス人だ。ぼくは畑が好きだ。たったひとつの畑しかなくてもいい、それが好きなのだ。ただ隣人たちがそこを通ってくれさえすれば、ぼくにのこされた生涯を、このたったひとつの畑で満足して過すだろう。──

『アデン アラビア』は、「ぼくは二十歳だった。それがひとの一生でいちばん美しい年齢だなどとだれにも言わせまい」で始まり、「いまではもう、旅行についてのこっているのは、大混乱のイメージだけだ。つまり、人間の敵どもの潰走、地球の表面上での紛争、黒い背広を着て、人気のないコンコルド広場の只中で、舗道の上で両腕をひろげている何人かの男たちだ」で終わる。

このポール・ニザンの、紀行ともエッセーとも評論ともつかない作品には、いったいどれほどの数の「人間」という言葉が登場することであろう。

『アデン アラビア』の訳者・篠田浩一郎氏は、昭和十年に日本で翻訳刊行された『文化の擁護─国際作家会議報告』におけるニザンの発言を紹介して、「各人が孤独と戦争の××にされているこの世界」というニザンの発言の、伏字となった××について触れている。

しかし、昭和十年の当局における検閲官が伏字にすることを命じた部分が、いったいどんな言葉だったかを考えなければならないのは、何を言っても書いてもお咎《とが》めなしの、現代に生きる我々だ。

だが、タシュクルガンのまだ日の高い夕方に、私が考えていたのは、「いったいぼくは、これほどまでにあたりまえの真理を掘り出すために、熱帯の砂漠にまで出かけ、パリの秘密をアデンに探しにゆくなどという必要があったろうか?」というニザンの言葉だった。

パリを日本に、アデンを天山南路、もしくはクチャ、もしくはシルクロードに置き換えれば、いまこの瞬間の恐ろしいほどの静寂の意味が見えてくる。

アデン。アラビア半島の南端。旧南イエメンの首都で、ギリシャ・ローマ時代から紅《こう》海《かい》とインド洋を結ぶ良港であった。七世紀にイスラムの支配下に入り、十六世紀以降は、インド洋貿易の支配を狙う西洋諸国の経済的、軍事的重要拠点となった三日月形の地である。

篠田浩一郎氏は、ヨーロッパが、イギリスが、フランスが、世界を支配するための根拠地、それがあの詩情に満ちていると思われたアデンの真相だったと書いた。アデンは、むきだしの人間の地獄だった、と。

シルクロードのオアシス・ルートもまた、ある意味では往古からアデンと同じ役割を担ってきている。

そこを母とともに歩いていった少年・羅什……。

ニザンが多用した「人間」と、羅什が仏典から観た「人間」……。

人間は、心のなかに、何か不思議なものを感じられるときがある。理屈では納得も解決もできない不思議なるもの。しかし、たしかに具体的、かつ現実的な現象をもたらす不思議な何か……。

それを感じ、それを信じられる人間が、ひとり、またひとりと増えていくならば、やがて百人になり、千人になり、「むきだしの人間の地獄」のなかで「孤独と戦争の××にされている世界」を変えられる。

だが気をつけなければならないのだ。

「不思議なもの」は手品でも奇術でもなく、我々の知らない法則の奥で、共通の波長のもとから発動されているものだけに限られるのだ。

「町を歩こうか」

と私はワリちゃんを誘った。

ワリちゃんは、ハヤトくんを誘い、フーミンちゃんを誘った。ダイもハシくんも元気を取り戻し、厚手の服に着替えると、ホテルの玄関を出た。自転車が置いてあった。借りてもいいかと従業員に訊くと、こころよく貸してくれたので、私は自転車にまたがって、通りへ出た。

自転車に乗るのは何年振りであろう。

私はブレーキの利きの良くない自転車を漕《こ》いで、パミール賓館の玄関口から門までの、コンクリート敷きの敷地を大きく二、三回廻って通りへ出たのだが、うしろから歩いて来るダイの驚きの声で振り返った。

「自転車に乗れるのん？　嘘やろ……。お父さん、自転車に乗れるのん？」

これには私のほうこそ驚いてしまって、

「自転車くらい、乗れるよ」

と半ば茫然《ぼうぜん》と、半ば憮然《ぶぜん》と言い返した。

私の息子は、父親が自転車を漕いでいるのを初めて見たと言うのだった。そんなはずはあるまい。お前がまだ小さかったとき、俺は、お前を自転車に乗せて、近所の公園に行ったり、スーパー・マーケットに買い物に行ったりしたもんだ。

私はそんなことを言って、

「ハンドルから両手を離しても乗れるんや。中学生のときは、曲乗りの名人と言われたこともあるぞ」

と少しの嘘も混ぜた。ダイは身を屈めて笑い、

「これは大発見やなァ。俺、自分の親父は、自転車に乗れない人やとばっかり思てた……」

と言った。

こいつ、自分の親父を、いったいどういう人間だと思っているのであろう。小説を書

く以外は何もできないはんぱ者と思い込んでいるのではあるまいか。心外な思いで、何か言い返そうとすると、フーミンちゃんも自転車に乗ってホテルの門から出て来て、一キロほど先に石頭城《せきとうじょう》という遺跡があるそうだとハヤトくんに教えた。そこからだと、タジク族たちの住居群や湿地帯やムスターグアタ峰がよく見えるという。

ダイは自転車に乗っている私と並んで、日溜《ひだ》まりのなかなのに空気の冷たいタシュクルガンの通りを歩きだした。息子と体が触れ合う近さで道を進むのも何年振りだろうか……。

「柳田國男《やなぎたくにお》っていう民俗学者が書いた『山の人生』って知ってるか？」

と私はダイに訊いた。ダイは知らないと答えた。

「この『山の人生』の第一章、『山に埋もれたる人生ある事』を、俺はほとんど一字一句間違わずに暗誦することができる。どう？　聴いてみる？」

ダイは、さして興味はないが、せっかく親父がそう言ってるのだから、まあ、つきあってやろうかというふうに頷《うなず》き返した。私は道の両側のポプラ並木が、ゴビ灘のそれよりも萌《も》えているのを感じた。

――今では記憶して居る者が、私の外には一人もあるまい。三十年あまり前、世間のひどく不景気であつた年に、西美濃《みの》の山の中で炭を焼く五十ばかりの男が、子供を二人まで、鉞《まさかり》で斫《き》り殺したことがあつた。

女房はとくに死んで、あとには十三になる男の子が一人あつた。そこへどうした事情であつたか、同じ歳くらゐの小娘を貰つて来て、山の炭焼小屋で一緒に育て、居た。其子たちの名前はもう私も忘れてしまつた。何としても炭は売れず、何度里へ降りても、いつも一合の米も手に入らなかつた。最後の日にも空手で戻つて来て、飢ゑきつて居る小さい者の顔を見るのがつらさに、すつと小屋の奥へ入つて昼寝をしてしまつた。眼がさめて見ると、小屋の口一ぱいに夕日がさして居た。秋の末の事であつたと謂《い》ふ。二人の子供がその日当りの処にしやがんで、頻《しき》りに何かして居るので、傍へ行つて見たら一生懸命に仕事に使ふ大きな斧《おの》を磨いで居た。阿爺《おとう》、此でわしたちを殺して呉れと謂つたさうである。さうして入口の材木を枕にして、二人ながら仰向けに寝たさうである。それを見るとくら〳〵として、前後の考も無く二人の首を打落してしまつた。それで自分は死ぬことが出来なくて、やがて捕へられて牢に入れられた。

此親爺《おやじ》がもう六十近くなつてから、特赦を受けて世中へ出て来たのである。さうして其からどうなつたか、すぐに又分らなくなつてしまつた。私は仔細《しさい》あつて只一度、此一件書類を読んで見たことがあるが、今は既にあの偉大なる人間苦の記録も、どこかの長《なが》持《もち》の底で蝕《むし》ばみ朽ちつ、あるであらう。——

柳田民俗学が、その底に何を秘めたのか、私にはわかるような気がするが、それをおいそれと口にするわけにはいかない。この貧しい木こりと二人の子供の一件も、貧困や飢餓の苦悩だけが問題なのではない。我知らず子供の首を斧で切り落としたということの、人間の哀しみ、もしくは無惨さも、たいした問題ではない。もっともっと、ここには大きな何かが隠されている。それが柳田民俗学であるが、この広大な中国に、綿密に分類された民俗学が確立されるならば、我々は中国という国を、そしてそこに生を受けた人々の情念や処世術や夢や絶望の依《よ》ってきたるものを少しは理解できるはずだ。

「俺は、この『山に埋もれたる人生ある事』を何回繰り返して読んだかなァ。覚えてしまうくらいやからなァ」

私はそう言って、うしろを振り返った。カメラをあちこちに向けながら、ハヤトくんは息を切らしている。

「やっぱり、富士山の頂上とおんなじ高さですねェ。動くと空気の薄さがわかりますよ」

とハヤトくんは言った。

タシユクルガンの町に入ったとき、通りは、せいぜい二、三百メートルに見えたのだが、それは道が下っていたせいで、実際には二キロほどあった。

ワリちゃんとハヤトくん、それにハシくんとダイは、真っすぐなアスファルト道が終わるところで、民家の並ぶ左側への坂を下って石頭城へと向かった。私とフーミンちゃんは、そこで自転車から降り、石段に並んで腰かけて、煙草を吸った。

「アシタ、トウトウ、オ別レデス」

とフーミンちゃんが微笑みかけてきた。

予定では、あしたの昼の一時か二時ごろに、パキスタンの国境検問所であるスストに着くという。

「長イ旅デシタ。先生、疲レテイマセンネ。トテモ元気ソウ。私、疲レタネ」

フーミンちゃんは言って、皆さん方の「鳩摩羅什の足跡を行く」という旅に、自分がたいして役に立たなかったことを申し訳なく思うと、ひどくしょんぼりした口調でつづけた。

「そんなことないよ。フーミンちゃんには、本当にお世話になりました。感謝してますよ。杭州《こうしゅう》に帰ったら、奥さまにどうかよろしくね」

「イエイエ、私、至ラナイガイドデシタ」

「いや、フーミンちゃんでなければできないことがたくさんあったよ。あなたは優秀なガイドや。日本人は、いつのまにかタフでなくなった。あらゆる分野で、タフ・ネゴシエーターがいなくなった。フーミンちゃんは、タフ・ネゴシエーターやな。その若さで、たいしたもんや」

「イエイエ、本当ニ私、至ラナイデス」

「ほんとにそう思ってんの？」

「思ッテマス。思ッテマス。反省バッカリ」

「そう思ってるんやったら、西安であげた三千元のチップ、返せ」

「アレハ、モウ使ッテシマッタ。コウイウノ、日本語デ何テ言イマスカ……」

「ない袖は振れない。あれ？　ちょっとちがうかな」

「タフ・ネゴシエーター、ッテ、何デスカ？」

鳥の囀りが聞こえ、石頭城のほうからハヤトくんとダイの声も聞こえてきた。

「ネゴシエーターってのは、『交渉者』っていう意味やな。政治や商売における取引とか協議とか折衝とかをする人。タフは、強い、とか、へこたれない、とかの意味。たしか、こう書くはずや」

私はフーミンちゃんの煙草の箱に（tough-negotiator）と書いた。

「コノ言葉、覚エマス。イイ言葉ネ」

それからフーミンちゃんは、どうして石頭城に行かないのかと私に訊いた。

私は、遺跡というものに心を動かされないのだと答えた。その点では作家として失格だろうが、自分でも不思議で仕方がない。自分はかつて一度も、遺跡で何物かを触発されたことがないのだ、と。

「莫高窟《ばっこうくつ》にもキジル千仏洞《せんぶつどう》にも、仏陀《ぶつだ》の涅槃《ねはん》図があった。涅槃て、知ってる?」

「ネハン?」

私はこんどは足元の土に、石のかけらで「涅槃」と書き、

「仏教用語やな。梵語《ぼんご》でニルヴァーナ。消滅とか、吹き消す、とか……。『死』とは違うんや。釈迦《しゃか》の『涅槃』のことについて、ガンジーが意味深い解釈をしてるよ」

だが私はそのガンジーの言葉を正確に思い出せなかった。あとになって、私はある本でその一節をみつけた。

——仏陀の生涯の中心的事実を私が理解できた限りにおいては、我々の内なる、不純なるものすべて、不道徳的なるものすべて、堕落しまた堕落しやすいものすべての、完全なる消滅が「涅槃」なのである。「涅槃」は、墓場の暗くて生気のない平安ではなく、魂の生き生きした平安、生き生きした幸福である。——

(『私にとっての宗教』マハトマ・ガンディー著、竹内啓二、浦田広朗、梅田徹、鈴木康之、保坂俊司訳、新評論刊)

「方便としての仏像、方便としての涅槃図ってものが、俺は嫌いなんだろうな。その文化的価値の大きさに感動するし、それを残し、守り、復元した研究者の労苦には頭を下げるけど、文物遺跡の類は、いまのところ、なぜか俺を消沈させる。なぜかは、自分でもわからん」

私たちが腰を降ろしている石段の左側には、青海苔《あおのり》を薄くまぶしたような丘陵が見え、右側には、古い民家群と、石頭城の先端部、それに青空と渡り鳥の群れが見えた。私は渡り鳥が北のほうへ飛んで行くのをいつまでも目で追った。

「どこへ帰るの、うみどりたちよ、って演歌が日本にあるよ。あの渡り鳥、タクラマカン砂漠の上空は避けて飛ぶのかな。『空に飛鳥なく、地に走獣なし』の死の砂漠やからね」

私はそう言って笑った。

「宮本サンモ、タフ・ネゴシエーター、デスネ」

とフーミンちゃんが言った。私は、自分をタフ・ネゴシエーターとは到底思えなかった。しかし、ひとつの小説を書きだして、それを書き終えるために費やす生命力は、ある種の狂的な集中力と持続力をともなうことであろう。そのような作業を二十年もつづけて来たのだから、私のなかにもタフな部分はあるにちがいない。

「こんなにのんびりした午後が待ってたとはなァ。フーミンちゃんと、タシュクルガンで渡り鳥を見つめ、石段に並んで坐って、煙草を吸いながら、涼しい大気のなかで日なたぼっこをするとは思わんかったよ」

ワリちゃんの声が聞こえたが、それが西のほうからなのか、東のほうからなのか、わからない。ハシくんの笑い声も、四方八方から響いている。

急な坂道から、少年がひとり歩いて来て、私たちを見つめた。麻袋を縫い合わせて作ったような服を着ていて、十歳前後かと思われる。面長の顔は荒れて、頬や口の周りは白い粉がふいているかのように見える。髪は少し金色が混じっていて、目尻が垂れて、鼻が高い。タジク族であるが、その容貌はどこかギリシャ的でもある。

少年は、私とフーミンちゃんの口から出る日本語が珍しかったのか、近くまで来て、私たちの会話に耳を傾けてから、私の隣に坐った。そうやって、私の顔を見つめつづけた。

なんだか通りかかった顔見知りの少年が、何の抵抗もなく、顔なじみのおじさんの傍らに腰かけたといった案配だった。

人なつこいのか、よほど私たちが珍しくて、日本語の会話を聞いていたいのか、少年は私に体をすりつけるようにして石段に坐りつづけた。少年の体からは枯れ草の匂いがした。

近くに坐るのはかまわないが、そんなに体を密着させてこなくてもよかろう。ほかに腰かける場所はいくらでもあるだろうに。私は、そう思いながらも、フーミンちゃんと話をつづけた。

「先生ハ中国ハコレデ三回目デスネ。前ノ二回ハドコヘ行キマシタカ？」

「一回目は、北京《ペキン》から西安へ。それから四川《しせん》省の成都《せいと》。成都から桂林《けいりん》へ行って、南京《ナンキン》、上海《シャンハイ》と廻った。二回目は、北京から雲南《うんなん》省の昆明《こんめい》へ。それから広州《こうしゅう》へ。広州から南京、上海っていうルートやったな」

「昆明……。何ヲシニ行キマシタカ？」

「水上勉《みずかみつとむ》さんの要望でね。昆明には円通寺《えんつうじ》っていう禅宗の名刹があって、水上さんはどうしてもその寺を見たかったらしい。俺は昆明の円通寺の門前で、水上さんが寺を見学して出てくるあいだ、近くをぶらついてた。そのときのことを短い小説にしたよ。『昆明・円通寺街』って題で」

私は昆明のあとに行った広州での一夜のことをフーミンちゃんに語った。

日本作家訪中団は、二週間の日程で各地を表敬し、地元の作家たちと交流するが、とにかく昼も夜も宴会がつづく。一週間もつづくと、神経も疲れてくるし、だいいち体の調子が悪くなる。たまには梅干しとお粥《かゆ》だけで一日をすごしたいという胃腸の状態になってしまうのである。

広州で、ついに水上さんは予定されていた行事を辞退し、休ませてもらおうということになり、私たちだけでラーメンをすすって、今夜は早く寝ようと各自の部屋にひきこもった。

しばらくして、水上さんから電話があり、

「テルちゃん、のんびりと、一杯やらんか」

と誘われ、水上さんの部屋に行った。

ソファに脚を投げ出し、酒を飲んでいるうちに、どんな小説が好きかという話になったのだった。

水上さんの口から出たのは童話で、小川未明《おがわみめい》の「牛女」であった。水上さんはこの「牛女」という童話を何回読んだかしれないが、そのたびに泣いてしまうのだと苦笑した。

――ある村に背の高い大きな女がありました。あまり大きいので、頸《くび》を垂れて歩きました。（中略）性質は至つてやさしく、涙もろくて、よく一人の子供を可愛がりました。女は、いつも黒いやうな着物を被《き》てゐました。たゞ子供と二人ぎりでありました。まだ年のいかない子供の手を引いて、途《みち》を歩いてゐるのを、村の人はよく見たのでありま す。而《さう》して、大女でやさしいところから、誰《だれ》がいつたものか、「牛女《うしをんな》」と名づけたのであります。――

女は耳が聞こえず、口もきけなかったが、力が強くて、やさしかったから、村人は女に力仕事を頼み、いくばくかの金を払った。女はその金で子供を育てていた。女の、子供の可愛がり方は尋常ではなく、子供も母をしたって、どこへ行くのも一緒だった。

しかし、女は重病にかかり、もし自分が死んだら、何かに化けて来ても、たったひとり残されたこの子の行末を見守ろうと決意する。

牛女は死に、幼い男の子が残された。

――村の人々は、牛女を可哀さうに思ひました。どんなに置いて行つた子供のことに心を取られたらうと誰しも深く察して、牛女を憫《あは》れまぬ者はなかつたのであります。人々は寄り集つて、牛女の葬式を出して、墓地に埋《うづ》めてやりました。而《さう》して、後に残つた子供を皆《みん》なが面倒を見て育て〻やることになりました。――

子供は大きくなると、町へ出て懸命に働き、かなり金持になって村に帰ってきた。この貧しい村を豊かにするために、自分の金でできることはないか。そうだ、リンゴを植えよう。

子供はリンゴの苗を買い、村に植えた。だが収穫の時期が来ると害虫が取りついて、リンゴを全滅させた。

次の年も、その次の年も同じだった。

子供は、出世ばかり考えて、母親への恩を忘れていたことを深く恥じた。

すると、翌年、また害虫がリンゴの実に取りつきかけたとき、たくさんの蝙蝠《こうもり》が飛んで来た。そのなかに一匹、とびぬけて大きな蝙蝠がいて、女王のようにほかの蝙蝠をひきいて、害虫をすべて食べてしまい、リンゴの実を守った。


――村の人々は、互《たがひ》に語らひました。

「牛女が蝙蝠になつて来て、子供の身の上を守るのだ」と、其《その》やさしい、情の深い心根を哀れに思つたのであります。

（中略）

かうして、其れから四五年の後には、牛女の子供はこの地方の幸福な身の上の百姓となつたのであります。――


（『日本児童文学大系5・小川未明集』ほるぷ出版刊）

水上勉さんは、害虫がリンゴに取りつくたびに、牛女よ、早く飛んで来て、子供を助けてやってくれと、思わず口に出してしまいそうになるのだと言って、照れ笑いを浮かべたのだった。

話しながら、私は「牛女」という日本の童話を、傍らのタジク族の少年に語って聞かせているような気持になっていった。

渡り鳥の群れが、こんどはムスターグアタ峰のほうへと飛んで行くのが見えた。私は、ヤルカンドの葡萄畑の近くで物乞いをしていた盲目の母親と少女を思った。

日本でも欧米でも、母親による幼児虐待が急増して、大きな社会問題になっている。虐待といっても、少々強く殴るとか、しつけに熱心なあまり、やりすぎてしまうといったところなのかと思っていた私は、ある精神科医から、その実態を説明されて、愕然としてしまった。

いま、日本や欧米で起こっている子供への虐待は、もはや虐待という言葉を超えて、異常なヒステリックな傷害、もしくは憎悪による暴力の範疇《はんちゅう》に入れるべきだと思うほどに残酷な行為がなされている。

自分の幼い子供を、どうして実の母親や父親がこれほどまでにいじめられるのか、私の理解の及ぶところではない。

いったい、人間に何が起こっているのか……。そしてその根本の因は何なのか……。

私は、日本に帰ったら、幼児虐待の問題に直接かかわっている医師やカウンセラーに逢って、その病理のよってきたるところを教えてもらおうと思いながら、フーミンちゃんに「牛女」のあらましを語り終えた。

「先生ハ、子供ノトキ、ドンナ本ニ感動シマシタカ？」

とフーミンちゃんが訊いた。

「生まれて初めて自分で本屋に行って買ったのは、漫画以外では『秘密の花園』っていう少年少女のための本やったな。俺、題を見て、これは子供が読んではいけない本やと思って、お金を払うときドキドキしたんや。『秘密の花園』って、なんとなく妖しいやろ？」

「エロチックナ感ジネ」

私とフーミンちゃんは笑い、石頭城のほうを見た。

フーミンちゃんも、さっきから気になっていたようで、どうしてこの子はこんなにぴったりと俺たちの傍らに坐っているのかという表情で少年に何か言った。同じ言葉を三回繰り返し、四回目は怒りの口調で言った。

「アッチへ行ケ」

少年は、なんとなくなさけなさそうな表情で立ち上がり、私たちから離れて坂道を下って行ったが、三、四歩行くごとに立ち止まって振り返った。

「そんなに怒ってやらなくても……。べつに側《そば》にいたって、かまわんよ」

「デモ、気持悪イ。他ニ坐ルトコロ、イッパイアル。何カ盗ムツモリカモシレナイデス」

フーミンちゃんは、ウイグル族もそうだが、イスラム圏の、アラブ系の人たちは、他に坐る場所はたくさんあるのに、自分が坐りたいと思った場所なら、そこに見知らぬ人間がいようとも頓着せず、まるで親しい間柄のように近くに坐り、そのくせこちらが挨拶しても知らぬ振りなのだと言った。

振り返るたびに、少年の顔に西日が差した。朱色に染まった顔には、叱られて追い払われる寂しさのようなものがあって、私は、かまわないからここに坐ってなさいと言って呼び戻しかけたくらいだった。

二十七歳の夏、会社勤めを辞めた日の私も、あの少年のように社のビルから駅へと帰る道々、何度も振り返ったのだった。いったい何度振り返ったことか。

小説家になろうとして会社を辞めた私は、お世話になった上司や同僚に挨拶して、六年近く通った道を阪急電車の梅田駅へと歩いた。

この騒音、この汚れた空気、この人混み、歩き慣れたこの地下街、この駅の改札口。

俺はそれらと訣別《けつべつ》する。俺は駅の改札口から吐き出される人間の群れが嫌いだった。

そんなものとは、きょうでおさらばだ。

小説家になれる保証など何ひとつないのに、私はそう思ったのだった。駅へと歩きながら、生き返る心持ちで、大学を卒業して以来のわずか六年弱のことを思ったが、歩を進めるにつれて、たったひとりで、誰も助けてくれない場所へと歩き出した気がして、妙な恐怖を感じた。

阪急電車の梅田駅の改札口を通り、ホームへの階段をのぼりかけて、私は、また改札口のところに戻り、ひしめきあって行き来している人々の群れを見つめた。

決して俺は再びこの群れのなかには戻らないぞ、と自分に言い聞かせたことを鮮明に覚えている。

私は、その日のことを日記に書き残していたが、阪神・淡路大震災で失《な》くしてしまった。

どんなことを書いたのか、ほとんど思い出せないが、その日の日記の最後を、ヘーゲルの言葉で結んだことだけは覚えている。

「ミネルヴァの梟《ふくろう》は時代の黄昏《たそがれ》とともに飛び立つ」

ギリシャ神話では、梟は思想や哲学を象徴する鳥で、ミネルヴァと名づけられた。当時の私が、ヘーゲルの言うところの「時代の黄昏」をどうとらえていたのかわからないし、「飛び立つ」ということが、「立ち向かう」ことなのか「逃げ去る」ことなのかも、よくわかっていなかったかもしれない。だが私は、二十世紀の終わりを「時代の黄昏」ととらえ、私の書く小説が「ミネルヴァの梟」の羽根の一枚にでもなればと心に期したのだった。ひたすら、「人間のために。人間のために」という思想こそが、私における「ミネルヴァの梟」だったのだ。

少年の姿は湿地帯の近くの土壁の住居群に消え、石頭城のほうからワリちゃんたちが戻って来た。

石頭城にのぼると、コングール峰もムスターグアタ峰も、もっとよく見えるとワリちゃんは言い、ハヤトくんも、写真がたくさん撮れたが息切れがして仕方がないと言った。

私は、ワリちゃんたちの歩く速度に合わせて自転車を漕ぎながら、ホテルへのポプラ並木の道を戻って行った。

ロシアの作家、アントン・パーヴロヴィッチ・チェーホフが死ぬ少し前に、かつての恋人に送った手紙の一節が胸に沁み入って来た。

――ごきげんよう。なによりも、快活でいらっしゃるように。人生をあまりむずかしく考えてはいけません。おそらくほんとうはもっとずっと簡単なものなのでしょうから――

（『世界文学体系46　チェーホフ』木村彰一訳、筑摩書房刊）

ホテルに戻り、しばらく部屋でひとりきりになり、何をするともなくベッドに腰かけているうちに、日が落ちた。

ワリちゃんとハヤトくんの部屋から、「ドボン」というダイとハシくんの声と、「クッソー、また負けた」と舌打ちをしながら叫ぶハヤトくんの声が聞こえてきた。きのうの夜からのトランプの勝負が、タシュクルガンで再開され、ハヤトくんひとりが負けつづけているのだった。

ワリちゃんが私の部屋にやって来て、今夜も日本食パーティーにしませんかと提案した。

「食べても食べても減らないんですよ。パキスタンは、食料事情がいいそうだから、このままだと、日本から持って来た食料、また日本に持って帰ることになりそうで」

「しかし、もうカレーには飽きたな。パキスタンはカレーの本場やからね。よし、俺はクリーム・コーンスープとホタルイカの煮つけで、ご飯をかき込もう」

「クリーム・コーンスープにホタルイカの煮つけ、ですか……。どうも合わないような気がしますけど」

そう言われて、二つのものが口のなかで混ざるのを想像すると、私は胸が悪くなってきた。

「インスタントの赤だし味噌汁《みそしる》がありますよ」

「お湯を注ぐと出来あがるスパゲッティがあったよな」

「あれはダイちゃんが予約してしまいまして……」

「予約……。そんなのありか？」

「早い者勝ちだそうです」

とワリちゃんは笑い、カシュガルで買ったジョニ赤の壜を持って来た。

「ちょっと試してみませんか。富士山の頂上とおんなじ高さのところで飲むと、どうなるか……」

ワリちゃんは、飲んで苦しくなったら吐いてしまおうというのだった。

「試してみようか。中国最後の夜を祝して。あしたからは、どんなに飲みたくても飲めない国ですからね」

私とワリちゃんは、ウイスキーの水割りを恐る恐る同時に飲みかけて、互いの表情を見やった。

どうやら、考えていることは同じだったらしい。私はワリちゃんが飲んで、さて、どうなるか様子を見てから飲もうと思ったのだが、ワリちゃんとて魂胆は同様だったのだ。

「若い人から先に」

と私は笑いながら言った。

「とんでもない。先生が口をおつけにならないのに、若輩者の私が先に飲むなんて」

「きみは、俺の体で人体実験をしてからっちゅうのか？　悪党！」

私たちは、一、二、の三で、同時に飲むことにした。カラクリ湖畔の食堂では、出てきたものにほとんど手をつけなかったので、空きっ腹にアルコールはたちまち沁みた。

二分間ほど体の変化を探ったが、別段、なんともない。私はもう一口飲み、さらにもう一口飲み、五分ほどで茶碗のウイスキーを飲み干した。心臓の動悸《どうき》に変化はなく、胸苦しさもなく、気分が良くなって、朗らかな気持は窓から見えるカラコルム山脈の濃い朱色を溶岩のように感じさせてきた。

「なんで勝てんのだろう。クッソー、勝つまでやめんぞ」

トランプを放り投げる音と、ハヤトくんの悔しがる声が聞こえ、

「カモネギ、カモネギ、いくらでもかかってこい」

というダイの笑い声も聞こえた。

「ハヤト先輩は、ほんとに勝つまでやめませんよ。負けん気が強いですから。あの負けん気は、もう病気です」

ワリちゃんはそう言って、新しい水割りを作り、

「長かったですねェ」

とつぶやいた。

「中国から出られると思うと、全身に解放感が……」

「でも、俺たちが辿って来た道だけが中国ではないよ。ただ、共産主義国とか社会主義国が、警察国家であることは当然やからな」

私とワリちゃんは、いつもより多くウイスキーを飲み、夕食の時間になると、ハヤトくんたちもトランプ・ゲームを中断して、日本食を作った。

セーターを重ね着し、さらに薄いアノラックを着込まなければ、部屋のなかでも寒くてたまらない。夜のタシュクルガンは静まり返り、ときおり遠くから羊の鳴き声が聞こえてくる。湿った草の匂いが、ホテルの建物に忍び入ってくる。

ハヤトくんたちは夕食のあと、またトランプ・ゲームに興じ始め、ワリちゃんは最後の打ち合わせをするために、フーミンちゃんの部屋に行った。

私は服を着たまま、ベッドに横たわり、薄い毛布をかぶって、しみだらけの天井を見ていた。

毛沢東率いる紅軍は、長征の最中、幾多の想像を絶する困難に直面する。そのひとつに揚子江《ようすこう》水系と黄河《こうが》水系を分ける標高三千三百メートルのチベットに近い大湿原に踏み込んだ際の、兵士の夥《おびただ》しい死があった。

戦闘で倒れたのでもなく、飢えや病気で死んだのでもない。兵士たちは体が弱ってはいたが、原因は別のところにあった。

私は、ハリソン・E・ソールズベリーの『長征・語られざる真実』に書かれたことは、人間というものがいかなる生き物であるかを教えているなと思いながら、夜更けまで眠らなかった。

——医師の戴は、「大湿原に人間がいなかったからです」と断言した。彼は次のように述べている。「いや、まったく単純な理由と言っていいでしょう。人がいなかったのです、ひとりも。私たち中国人を理解してください。私たちは、人を見かけない、人の声を聞かない、話しかける人もいない、などという世界に身を置いた経験を、まったくもったことがないのです。（中略）一人ぼっちです。自分たちがこの地上に残された最後の人のように、私たちには思われたのです」。

それが、彼の考えでは重要な原因であった。多くの兵がそれで死んだのだ。——

（岡本隆三監訳、時事通信社刊）

第十六章 遠くの雪崩

中国・パキスタン国境

六月十九日。きょう、中国国境を出てクンジュラブ峠を越え、パキスタンのフンザへと向かう。

標高約五千メートルのところで自分の体がどうなるかという緊張感もあるが、心はどこか浮き立っている。「河を渡って木立のなかへ」という言葉が、朝からずっと口をついて出て来るが、木立となるはずの、「世界最後の桃源郷・フンザ」までは、約三百二十キロの行程である。峠を越え、カラコルム渓谷を縫って進む三百二十キロもまた難路であろう。

中国側とパキスタン側での国境審査に、いったいどれくらいの時間を要するかわからないが、朝の十時にタシュクルガンを出て、フンザ到着は夜の十時か十一時になるのではないかと予測される。

中国とパキスタンでは三時間の時差があるので、クンジュラブ峠の、ここまでが中国領、ここからがパキスタン領という標識を越えた瞬間に、腕時計の針を三時間戻そうと私は思った。中国の夜の十時は、フンザでは七時である。

それにしても、タシュクルガンからフンザまでおよそ十二時間かかるのだから、その三百二十キロは、私たちが西安《せいあん》から天水《てんすい》へと向かった秦嶺《しんれい》山脈の険難なつづら折りの道に匹敵すると覚悟しておいたほうがよさそうだった。

我々はもっと早朝に出発したかった。いっときも早く「桃源郷」の木立で憩いたくて、そのためには、夜明けとともに中国から出てもいいとさえ思ったのだが、タシュクルガンの国境検問所は十時にならないと仕事を始めないのだった。

「あーあ、共産主義国の国境検問所か」

私は、荷物を車に積むのを手伝いながら言った。

かつての、ドナウ河の源流から、それがルーマニアの黒海へと注ぎ込んでいくスリナという小さな港町までの旅で、私はいったい何回、共産圏の国境を越えたことであろう。オーストリアからハンガリーへの国境。ハンガリーからユーゴスラヴィアへの国境。ユーゴスラヴィアからブルガリアへの国境。ブルガリアからルーマニアへの国境。そして、ルーマニアから旧西ドイツのフランクフルトへ戻る空港での検問。

その計五回の国境検問所ほど、私たちに無為な時間と陰鬱な疲弊をもたらすものはなかった。自動小銃を突きつけられ、旅行鞄の中身をすべて床にぶちまけられ、しつこく旅行目的を訊かれ、パスポートやカメラを取り上げられ……。

ブルガリアからルーマニアへの入国審査は列車のなかで行われたが、その際、国境警備兵は、私たちの持っていたカメラ用の水銀電池を没収しようとした。当時のルーマニアでは、まだあの小さな水銀電池が普及していなくて、国境警備兵は、私たちがいくらこれは電池であると説明しても納得せず、銃床で電池を叩きつぶしたあげく、すべてを取り上げようとしたのだった。

旧東ベルリンの、あの東西の壁の国境では、車のガソリン・タンクのなかまでもしらべたあげく、私たちのパスポートもビザも検問所の事務所に持って行ったまま、女の係官は三十分も戻ってこなかった。

いったい私たちのパスポートやビザに、どんな問題点があるのかと思いながら、私たちはあとに並ぶ車の延々たる列を見ていたが、やがて女の係官が、事務所のなかで同僚と世間話に興じている声が聞こえてきた。

やっと戻って来た女係官から、スタンプを捺《お》したパスポートを受け取り、国境の遮断機が上げられた瞬間、車を運転していた私の友人は、その女係官に何か言った。

すると、女係官はこめかみに青筋を浮きあがらせて何か言い返し、私の友人もまた何か言い返した。そして車を急発進させた。

遮断機の向こうには西ベルリンの国境検問所があり、そこにいる数人の警備兵が笑いながら、私たちに「急げ、急げ」と手を振った。

女係官のヒステリックな声で、いま上げられたばかりの遮断機は降りて来たが、私たちの車はかろうじてそれをすり抜け、西ベルリンへと入った。振り向くと、女係官はすさまじい形相で私たちにわめいていたが、西ベルリン側に入ってしまったとあっては、もう手も足も出せない。

私は、友人に、どんな会話があったのかと訊いた。

「これだけの車が通関審査を待ってるんだ。どうしてもっと迅速に仕事をしないのか。同僚と井戸端会議をやってる場合じゃないだろうって言ったら、あたしは手も足も二本ずつしかないってぬかしやがった。だから、その代わりにお喋りな口は五つも六つもあるんだろうって言ってやったんだ」

そのやりとりは、西ベルリン側の兵士たちにも聞こえていたのだった。だから彼等は、私たちに味方して、西ベルリン側の遮断機を急いで上げてくれたというわけなのだ。


タシュクルガンの国境検問所は、町の入り口を左に曲がったところにあった。すでにパキスタンへ向かう大型トラックが何十台も並んでいた。全員のパスポート・チェックと荷物検査が終わるのに一時間半かかった。

私は、ダイに、係員に訊かれたことには、腹を立てずに答えるようにと事前に言ってあったが、女係官の悪相に嫌悪の思いがこみあげ、スタンプを捺してもらった瞬間、「ありがとう」の代わりに「この鬼ガワラ」とダイは笑顔で言ったそうである。

私たちの車も出てもいいという許可が下りて、全員が車に乗ると、若い警備兵が停止を命じて、銃を持って車内に入って来た。

たったいま検問所を出たばかりなのに、いったい何を調べるのかと思っていると、まだ二十二、三歳にしか見えないその中国兵は、帽子をあみだにかぶって鼻歌をうたいながら私たちの顔を見つめ、それからウェイウェイに近づくと、何か言った。ウェイウェイは、うんざりした表情で何か言い返し、それから小さく頷いた。兵隊は軍服のポケットから紙幣を出し、それをウェイウェイに手渡すと、運転手に、「行ってもいい」と促し、車から降りた。

どこまでが中巴《ちゆうぱ》公路なのか、どこからがカラコルム・ハイウェイなのかわからない大平原と丘陵が交互にあらわれるアスファルト道を走り出したとき、私はウェイウェイに、さっきの兵隊は何を言ったのかと訊いた。

パキスタンのストの国境検問所で煙草を買って来てくれと頼まれたという。

そんな時間的余裕はないと、ウェイウェイは断ったのだが、それならばこのタシュクルガンに戻って来たとき、中国入国に時間がかかることになると脅され、仕方なく紙幣を預かったのだった。タシュクルガンでは外国製の煙草が手に入らないので、兵隊はいつも中国の旅行社の者に煙草を買ってこさせるのであろう。

「二十二、三歳で、もうあの尊大さか……。中国の未来は暗いなァ。あんなやつでも権力と武器を行使できるんだからなァ」

私は言って、中国という国は、古《いにしえ》から、民衆の力によって革命が起こったことはないのだと思った。日本もそうかもしれない。わずかに、江戸時代の農民一揆《いっき》がある程度で、お上にさからわない国民性は、中国も日本も似ている。権力者にとっては、じつに御しやすい国民どもということになる。しかし逆の見方をすれば、したたかで、恐るべきアナーキストたちの国だというべきかもしれない。

車は、たちまち一木一草ない巨大な丘陵地帯に入り、パミール高原の南側へとのぼり始めた。

遠くに、ラクダの隊商らしきものが見えた。隊商と言うには規模が小さいが、ラクダの背に荷を載せて、ショールを顔に巻きつけた男が別のラクダに乗り、私たちと同じ方向へ悠然と進んでいる。

「『アラビアのロレンス』みたい……」

と私はつぶやき、青い空を見あげた。

――ここに空はなく、ただ天だけが君臨している――と感じたのは、天山南路のどこでだったろう。だが、いま私たちは、天の国ではなく、青い空の国に入ったようだった。

――天道、是か非か。

――天網恢恢《てんもうかいかい》、疎にして漏らさず。

――天の時、地の利、人の和。

——五十にして天命を知る。

中国五千年の歴史は、天という超越者への信仰の歴史であったのかもしれない。無意識のうちに天を拝みつづけたこの巨大な共産主義国家は、じつは共産主義などというものを信じてはいない。それは、信じる信じないの精神の問題ではなく、政治という技術の基盤にすぎないのだ。

五センチの穴をあけるためには五センチの太さのドリルが必要だ。十メートルの穴を五センチのドリルではあけられない。中国には中国用の太さのドリルをとなれば、いまのところ共産主義に代わるドリルはないということになる。十二億人以上もの、さまざまな民族をかかえて、あてにならない天に頼るわけにはいかない……。

緑と花々の平原に入り、すぐにまた荒涼とした丘陵に入り……。その繰り返しがどこまでもつづいた。

豊饒と荒涼の市松模様の世界にさまよい込んで、私はついに富士山の頂上よりも高いところに達した。

ゴビに乾河道《かんかどう》があるとすれば、パミール高原にはアメーバーのように増えつづける水路があって、それは日々動きつづけている。

岩山に囲まれた地域に入ると、私たちは雪解けの濁流のほとりで遅い朝食をとった。ウェイウェイが、タシュクルガンのホテルで作ってもらった茹《ゆ》で卵をおかずに、きのうの朝、カシュガル郊外で買ったナンを食べると、私たちは、しばらく濁流のほとりで遊んだ。

その濁流は、ふいに清流に変わる。清流の塊が、濁流と混ざり合うことなくカラコルム山系のほうから流れて来るのだ。清濁併《あわ》せ呑《の》まない、いや、清濁混ざり合わない斑《まだら》の河というものを、私は生まれて初めて見たのだった。

「不思議なことが起こるもんだなァ……」

私は、おととい、ここに河はなかったという運転手の言葉を聞きながら、そうつぶやくしかなかった。

「さあ、これからですねェ」

車に戻ると、ワリちゃんは高度計を出しながら、そう言って笑った。

「大割、もうやめろよ。標高を俺に教えるんじゃないぞ」

ハヤトくんは、ワリちゃんの手から高度計を取り上げてしまいたいのだが、三台のカメラを準備して、シャッター・チャンスに神経を集中しなければならないので、取り上げることができないのだった。

「三千九百メートル」

「やめろって。その言い方が、もう心臓にこたえるんだよ」

「四千メートル」

「大割、やめろって。日本に帰ったら、おぼえてろ！」

「四千百メートル」

「大割サン、ヤメマショウ。私カラモオ願イシマス」

とフーミンちゃんが顔をしかめて言った。

「四千二百メートル」

ワリちゃんは、憑かれたように高度計に見入っている。

白い峰が迫って来て、緑の平原が四方にひろがった。さっきとは別のラクダの隊商が平原の右側からあらわれたので、私は車を停めてもらい、ここで全員が記念写真におさまろうと言った。

草原と丘陵の向こうには、尖った氷の山がつらなっている。クンジュラブ峠が、いったいどのあたりなのか見当もつかない。ラクダに乗った遊牧民は、私たちを一瞥《いちべつ》もせずに、流氷を運んでくる川のほとりへと進路を変え、無言で進んで行く。

ハヤトくんがカメラを構えて、遊牧民たちを前後左右から撮りつづけたが、彼等はそんな日本人のカメラマンすら意に介していないようで、いささかの興味を示す視線すら向けない。泰然自若、悠揚迫らざる風情は見事というしかない。

『アラビアのロレンス』に登場するベドウィン族は砂漠の民だが、いまラクダに乗って私たちの近くから消えて行こうとしているのは高原の民。パミール高原の民である。パミールは、往古、葱嶺《そうれい》と呼ばれたから、明確な国境などなかった時代は、まさに「世界の屋根」を股にかけて、現在のタジキスタンやアフガニスタン、トルクメニスタン、ウズベキスタンなどを、ラクダで行き来していた「葱嶺の民」を祖先としているのであろう。「葱嶺の民」という言葉はないが、私にはそういう表現がふさわしいと思えた。彼等にもまた人生があり、社会があり、涙も笑いもある。だが、それらは長いショールによって包み込まれて、目の部分しか見せてはいないので、近寄り難い威厳によって防備されているかに思える。

遊牧民たちが行ってしまうと、ハヤトくんはアスファルト道の真ん中に三脚を立て、カメラをセットした。左右の平原と丘陵と、彼方の氷の峰々を中心にして、そこに私たち全員を並ばせ、自動シャッターを押して、走って来たが、ハヤトくんは途中で足がもつれて、シャッターが切れたとき、まだうしろ向きだった。

「駄目だ。走ると眩暈《めまい》がして、足がふらつくよ」

そう言いながらも、ハヤトくんは再びカメラのところに走って行き、シャッターをセットすると、走り戻った。

こんどは間に合った。

シャッターが切れる瞬間、私は無意識のうちに片方の腕を高くあげていた。どうして、そんなことをしたのかわからない。生きてここまで辿り着いたぞ、という意味だったのかもしれないし、さあ、これから五千メートルの峠を越えるぞ、という決意をあらわしてみせたのかもしれない。いや、そのどちらでもなく、西安からここまでの旅をともにした面々に感謝の意を捧《ささ》げたのかもしれない。いずれにしても、私の片方の腕は、自然に高々とあげられたのだ。

だが、高々とあげたつもりだったのに、私の肩に激痛が走った。どうして痛いのかと、私は記念撮影が終わってから、何度も腕をあげてみた。そのたびに肩に痛みが走る。その痛みが、五十肩の前兆であったことを、私は日本に帰ってから知ったのだが……。

ダイと二人きりの写真。ハシくんと二人きりの写真。ワリちゃんやハヤトくんとの、二人きりの写真……。

何枚も何枚も写真を撮っていると、それを笑顔で見やっていたウイグル人の運転手が、ときおり腕時計に視線を走らせた。

あまりのんびりと構えている場合ではないのだ。行く手には難所が待っている。

「さあ、行くぞ。ここは地獄の何丁目あたりかなァ。ここは標高四千二百メートル。残りの八百メートルが……」

私が言いかけると、

「やめましょう、そういう言い方」

とハヤトくんが顔をしかめて言った。

「先生、モウジキオ別レデスネ。寂シイデス」

車が走りだすと、フーミンちゃんが少し涙ぐんで手を差し出した。

私はその手を強く握り返し、

「別れの儀式は、最後の難所を越えてからにしようぜ」

と言った。そう笑って言い返さなければ、私も涙がこぼれそうだったのだ。

「四千三百メートル」

とワリちゃんが高度計の目盛を読みあげた。こんどは誰も文句を言わず、さあ、始まったぞといった意味の笑い声をあげた。

突然、平原も丘陵も消え、道は曲がりくねった急坂となり、黒い雲と氷と根雪の世界に入った。検問所があり、そこで防寒具に身を包んだ中国兵によるパスポート・チェックがあった。運転手は中国兵に何か訊いた。どこか自慢気に、中国兵が応じ返し、雲の向こうを見やった。

「クンジュラブ峠は、ほんとは何千メートルなんだ？　五千メートルもないよなァ」

「何言ってんだよ。五千七十二メートルだよ」

「ほんとか？　四千九百七十六メートルじゃないのか？」

「あれはパキスタンの連中の計測だ。中国人の計測のほうが正確だ。クンジュラブ峠は五千七十二メートルだよ」

そんなやりとりだったそうである。

「中国人もパキスタン人も、そこらへんはどうも、いいかげんな民族って気がするけどなァ」

と私は笑い、窓を少しあけたが、音をたてて吹き込んでくる風のあまりの冷たさに慌てて閉めた。

「四千四百メートル。ちょっと胸苦しいですね」

「四千五百メートル。頭が痛くなってきたみたい」

ワリちゃんは、自己催眠にかかったようだった。

「四千六百メートル」

「大割、やめないと、ぶっ殺すぞ」

そんなハヤトくんの声にも力がない。

私たちは雲のなかに入ってしまっている。車は、雪と氷に覆われた岩のあいだをゆっくりとのぼっていく。

「四千七百メートル」

とワリちゃんは言ってから、

「あれ？」

と高度計に見入った。その高度計に、四千七百メートル以上の目盛はなかったのだった。つまり四千七百メートル以上の高さは計測できないということになる。

どうして、これまでにこんなことに気づかなかったのかといった表情で、

「なんだ……、こっから先は測れないいんだ……」

とワリちゃんは憮然とつぶやき、なんだか無念そうに高度計をリュックにしまった。

道はさらに急坂になり、雲は濃くなったが、私の体には何の変化もなかった。試しに煙草を吸ってみたが、べつにどうということもない。

「お前の、死のカウントダウンみたいのがなくなって、なんだか胸苦しさが消えたよ」

ハヤトくんはワリちゃんにそう言ったが、顔色は悪かった。

どうやら最も体調が悪いのは常さんらしく、ほとんど土色の顔のなかで唇が青味がかっている。私が「大丈夫？」と問いかけても返事をしない。

「常さん、ちょっと危ないなァ」

私の言葉で、ワリちゃんはリュックから利尿剤を出した。そしてそれを服ませようとしたとき、運転手が笑顔で前方を指さし、

「クンジュラブ峠のてっぺんだ」

と言った。

銃を持った中国兵が、どうやらガールフレンドらしい二人の娘をカメラに収めていて、

その横に高さ二メートル半ほどのコンクリートの四面体の柱があった。峠の下り坂に面したほうに漢字で「中国」と刻まれ、その反対側の面に英語で「パキスタン」と刻まれていた。

私たちは車から降り、その石柱の周りで深呼吸したり、根雪の下の石を掌に載せたりした。

車の走行距離を示すメーターを見ると、タシュクルガンの国境検問所を出てから百三十一キロ走ったことになっている。

西安を出てから、このクンジュラブ峠のてっぺんまで何キロに及んだのであろうと、私はワリちゃんに訊いた。ワリちゃんはノートを取り出し、かじかんで動きにくくなっている指でボールペンを握って計算した。

「五千百六キロメートルです」

私も自分のノートに挟んである地図をひろげ、西安、天水、蘭州《らんしゅう》、武威《ぶい》、張掖《ちようえき》、酒泉《しゅせん》、安西、敦煌《とんこう》、ハミ、トルファン、コルラ、クチャ、アクス、カシュガル、ヤルカンド、カシュガル、タシュクルガン、そしてクンジュラブ峠までをボールペンで何度もなぞって一本の線にした。

たしかに、つながっている一本の線になる。だが、その線のなんと短いことであろう。恐しく長い道程を経て、やっとここまで辿り着いたはずなのに、私の地図の上に引かれった線は、中華人民共和国の北西部を、かぼそいひっかき傷のようになぞったにすぎなかったのだ。

私たちは点と点を旅して来たのではない。来る日も来る日も、摂氏四十二度を超える熱砂のなかを、砂嵐や竜巻や蜃気楼に幻惑されながら、ひたすら進んで来たのだ。

さまざまな民族の営みの一端をこの目で見つめながら、シルクロードのオアシス・ルート、天山南路（西域北道《さいいきほくどう》）を走破し、西域南道《なんどう》の入口を経て、標高約五千メートルのクンジュラブ峠に、いま着いたのだ。

だが、一本の線のなんとかぼそく短いことであろう。振り返ってみれば、私たちのこれまでの旅は、点と点に毛がはえたごときにすぎなかった。私たちが見た中国人は、ごく限られた地域における中国人でしかなかったし、私たちが酷暑にあえいだゴビ灘《タン》もタクラマカン砂漠の南西端も、この中国のなかでは、ほんの一部分でしかなかったのだ。

私はそう思うと、私たちが見てきたものだけを、決して中国と言ってはならないと、あらためて自分に言い聞かせた。

「大きな国の縁を、ほんのちょっとなぞっただけなんやなァ……」

私のなかから低い笑い声がこみあげて来て、それは止まらなかった。

ハヤトくんは、カメラと機材を持って、国境の標識の周りを撮っていたが、雲はいっ

そう濃くなってきて、ほとんど何も見えなくなり、

「駄目だ。絵にならないし、俺はもう動けん」

と言って、岩の上に坐り込んだ。

私とダイは、コンクリートの標識の前に並び、右に一歩跳んで「中国」と叫び、左に跳んで「パキスタン」と言って遊んだが、息が弾んで三回も同じことをつづけられなかった。

常さんは車から出ないで、座席に坐って目を閉じている。

「五千メートルのところに立ったら、パミール高原もカラコルム山脈も崑崙《こんろん》山脈も一望できるかも、なんて思ってたけど、そんなロマンチックなところやなかったなァ。やっぱり山っちゅうやつは、下からありがたく仰ぎ見るにかぎるなァ」

私は常さんの状態が気にかかって、ここに長居は無用だという思いが強くなった。フーミンちゃんの姿も、速い速度で流れつづける雲にさえぎられて見えない。ウェイウェイはどこだろう……。

「よし、行こうか。ここから一気に下る。常さん、一千メートルも下ったら、嘘みたいにらくになるよ。一千メートルなんて、あっというまや」

私が声をかけると、常さんはかすかに頷き返した。ダイは名残り惜しそうだった。拾った丸い石に、ボールペンで自分の名を書こうとしてやめた。どうしてやめたのかと訊

こうとして、私は出かかった言葉を抑えた。ダイにはダイの思いがあるのであろう。

私たちが車に乗ろうとしたとき、ふいに厚い雲が消えて、青い空がひろがり、万年雪に覆われた近くの峰々があらわれた。中国兵同士が写真を撮り合っている。ハヤトくんは再びカメラを持って、烈しい息遣いで被写体を探すために岩場を移動した。

風の音がうなって、常さんの顔は土色になりつつある。

五千メートルは、空気が薄く、私たちには未知の高度だが、徒歩でのぼったわけではないので、負担が少ない。しかし、常さんは、どうやら体質的に高地への順応が遅いのであろう。

私は、早く下ろうと運転手とフーミンちゃんを急がせた。高山病を甘く考えると命取りで、常さんの体調はすこぶる悪い。

「行きましょう」

写真を撮り終えたハヤトくんが車に乗りながら言った。

「レッツ・ゴー！　人相の悪い漢人とは、これでおさらばや。あばよ」

私は中国兵に言って、運転手の肩を叩いた。ウイグル人の運転手は、心得たとばかりに、道を下り始めた。すぐに、パキスタン側のパスポート・チェックがあったが、国境警備兵は、車内の私たちを見ただけで、パスポートも荷物も調べようとはしなかった。

曲がりくねった道を下れば下るほど雪は厚くなり、渓谷の流れは激流と化していく。

雪解けが最盛期を迎えれば、たしかに流れは氾濫し、道も通れなくなる箇所が幾つも生じて、そのたびに応急の別の道を作るための工事が繰り返されることであろう。

高度が四千メートルほどに下がったころ、常さんの顔に血の気が戻ったが、まだ後頭部のあたりが痺《しび》れたようになっているという。

「もう五百メートルほど下ろう」

運転手は、そのあたりに二つ目の検問所があると言った。

カラコルム・ハイウェイは、激流に沿って下りつづけ、気温は次第に上昇した。荒れ果てた河原に似た場所を通過し、検問所を抜けたところで、運転手は車を停めて、

「休憩しよう」

と言った。

カラコルム山脈は四方を取り囲んで、私たちはあたかも氷の山に包み込まれた格好になっている。日は差しているが、まだアノラックを脱ぎたくなるほどには気温は上昇していない。どこに目をやっても緑というものがない。

私は、日本の森というものが、いかにありがたい存在かを、このときあらためて実感していた。

森に吸い込まれた雨は、夥しい腐葉土や樹木の根に濾過《ろか》されて、さまざまなミネラルや、まだ科学では識別できない大自然の恵みのなかに浸透し、おそらく別の命を与えら

れていくのであろう。そして地下水となり、泉となり、小川となり、大河となる。それはひとえに森のお陰である。

日本という国自体が、いわば土のスポンジからできているようなものなので、とりわけ緑が育ちやすいのだという説がある。その説を逆手に利用して、あちこちの森を壊しダムを造ることに賛成するグループもある。そのような人たちは、森が森として生命を得るために費やした厖大《ぼうだい》な時間のことを無視している。

カラコルム山脈のど真ん中にたたずみ、その堅牢《けんろう》な岩盤だらけの、緑のない風景を見れば、森というものが、ただ単に豊かな水だけをもたらしているのではないことに思い至るだろう。

森は祈りを捧げている、という言葉がある。森は何を祈っているのか……。

H・D・ソローは、その名著『森の生活』の「村」の章の最後をティブルスの詩と『論語』の一節とで結んでいる。

――「ひとは戦《いくさ》に苦しまずとよ。

ブナの木の椀のみ欲《ほ》りしそのころは」

「政《まつりごと》をおこなうのになぜ刑罰を用いる必要があろうか？（中略）君子の徳は風のごと

くであり、小人の徳は草のごとくである。風が草の上を吹き渡れば草はなびく」。——

(飯田実訳、岩波文庫刊)

カラコルムとは「黒い岩」という意味らしいが、日本の緑の山が、日本や日本人に与えつづけてきたものは、自然への畏敬というある種の信仰であった。分相応な道徳心が、森によって知らぬまに人々に植えつけられていく結果となった長い時間は、森を壊すことによって、一緒に壊されるのだ。謙虚であることが、その瞬間に壊されていくのだ。

常さんは元気を取り戻し、生き返る心持を全身にあらわして煙草を吸った。

「先生、モウスグ、オ別レネ。私、寂シイネ」

フーミンちゃんが轟音をあげている激流に小石を投げながら言った。

「うん、寂しいなァ。ススト の国境で別れるときは、ぱっと別れようぜ。あばよって」

「ケンカ別レノ振リデスカ……」

「そう。また逢おうぜ、って」

「私、ソウデキナイネ。自信ナイネ」

「いつまでも見送ったりしないでくれよな。俺は、見送られるのは嫌いなんや。今生の別れかと思ってしまうんや。そやから、あっさりと、あばよ、またな、って別れような」

「先生、イスラマバードマデノ道モ、危険ナトコロガイッパイアルソウデス。毎年、必ズ、何人カノ旅行者ガ死ニマス。先生、危ナイトコロニ行カナイデ」

「そういうことを言うなっちゅうねん。泣きそうになってきたがな」

だが、ススト の国境検問所で、私たちとフーミンちゃんは、たくまずして、じつに淡泊すぎる別れ方をしてしまうことになる。


道を下るにつれて、両側の山から無数の小石が落ち始めた。

山のてっぺんあたりには大岩石が、いまにも落ちて来そうな格好でひしめいている。小石が転がり落ちるのは大きな落石の前兆だと聞いていたので、私たちは緊張して、車の窓から山や断崖を見つめつづけた。

知らぬまに腰が浮き、座席の肘掛けを強くつかみ、いつでも車内から逃げ出せる体勢を取っている。けれども、大きな岩が落ちてくるのに気づいても、いったいどこへ逃げ出せるというのだろう。どこにも逃げ場はないのである。

フーミンちゃんが、黒い岩だらけの急斜面を見つめながら、運転手に「大丈夫か？」と訊いたら、「たぶん」と答えたという。

「たぶん？　アバウトなお答えですなァ。それはつまり、運を天にまかすしかないっちゅうのとおんなじやがな。中国を出たとたんに、桃源郷への山道で落石のため、ぺちゃんこになって死んだりしてたら大笑いやで」

私が言うと、

「ゴビ灘や砂嵐よりも、こっちのほうが百倍ほど危険でしたね」

とワリちゃんが不気味な言い方でつぶやいた。

山が途切れると、私たちの体から力が抜け、顔を見合わせて意味不明の笑みが浮かぶが、また山の下にさしかかると、全身に力が入って腰が浮く。その繰り返し。落石の前兆の、小石の落下は絶えることがない。

ハシくんが突然、ヒャアーという声をあげた。山とは反対側は、いつのまにか谷底になっている。百メートルほど眼下に河がある。道の幅は車が二台やっとすれちがうことができる程度で、もし向こうから大型トラックが来たら、いったいどうなるのか。

私の頬や首のあたりに鳥肌が立った。

「私……」

とフーミンちゃんが煙草のフィルターを嚙《か》みながら言った。

「来タクナカッタ……。コンナ仕事、私、イヤ」

一時間半ほど走って、やっと山肌が優しくなり、反対側の谷もせりあがり、車が落ちても、なんとか助かりそうなところまで来た。そこに、検問所があり、パスポート・チェックを受けた。国境警備兵は、頭にショールのようなものを巻きつけていて、まったく『アラビアのロレンス』のようである。

「私……」

　車が走りだすと、またフーミンちゃんが、憮然としたような、なんだかべそをかきかけているような顔で私を見つめた。

「コノ道ヲ、私、マタ、戻リマスカ？」

「うん……。この道しかないよなァ」

「私、イヤ」

　返す言葉がなくて、

「この道より我を生かす道なし。この道を行く。ちゅう言葉があるよ。あれは何ていう小説やったかなァ」

　そう私が言うと、フーミンちゃんは、それはどうもこのような状況を表現した言葉ではないと思うとつぶやいた。

「この運転手さん、ベテランやから」

「先生、人ノコトダト思ッテ……」

「鳩摩羅什《くまらじゅう》と彼の母親は、どうやって、このあたりを旅したのかなァ」

「私、羅什ノコトナンカ、モウ知ラナイ。私、コノ道ヲ戻ルノ、イヤ」

「嵐のなかに飛び込むんだ。思ったほど怖くはない。ってのはどんな映画のセリフやったかなァ」

「黙ッテテ下サイ。人ノコトダト思ッテ……」

　再び山と谷に挟まれた曲がりくねった道へと入った。谷底はさらに深くなり、頭上の岩石は数を増し、路肩はあちこちで崩れかけている。どこを探しても緑がない。岩も黒。山肌も黒。谷底も黒。心のなかも真っ黒。

　大きな曲がり角でトラックとぶつかりそうになった。どちらも時速三十キロほどで走っていたが、山から落ちつづける小石がアスファルト道に敷きつめられていて、ブレーキをかけてもタイヤが滑るのだ。

　私たちの車の後方には、すれちがうための場所がない。トラックのほうがバックしてくれて、なんとか二台が通れそうな場所をみつけた。

　日本であれば左側通行だから、私たちの車は断崖絶壁側の崩れかけた路肩のところを通るはめになる。

「パキスタンが右側通行でよかったなァ」

　私が言うと、フーミンちゃんがまた睨みつけてきた。

「私タチ、帰ルトキ、アッチノ谷底側ニナルネ」

「ああ、そうか……。まあ、とにかく気をつけて……」

「ドウヤッテ、気ヲツケマスカ。先生、モウ何ニモ言ワナイデ」

危険な地域を過ぎると、私たちは疲れ切って、誰もひとことも発しなかった。

カラコルム・ハイウェイの全道完成は一九七八年六月十八日である。クンジュラブ峠からイスラマバードの北百八十七キロのところにあるタコットまでの六百四十五キロ。パキスタン陸軍と中国人民解放軍との共同工事は十数年間を費やす難工事で、三千人以上もの犠牲者を出したと伝えられている。

いつ巨大な岩が落ちてくるかわからない山と千尋《せんじん》の谷底に挟まれた箇所は、いま私たちが通って来たところだけではない。ススト からフンザへの道にも、フンザからギルギットへの道にも、ギルギットからチラスへの道にも、さらにはイスラマバードまでのカラコルム・ハイウェイのいたるところに待ち受けていて、毎年、多くの死者が出る。

私たちも、これからずっとそのような場所を通らなければならないのだ。

ススト の国境検問所に着いたのは午後五時半だった。いやパキスタン時間では午後二時半。私たちは、恐怖の道に心を凍らせてしまって、時計の針を戻すことを忘れていたのだった。

国境検問所全体は、鉄柵で囲まれていて、車をチェックする場所と、人間を調べる場所とに分かれている。

パキスタンから中国へ向かうトラックは一目でわかる。彼等は、世界のトラック野郎における抜きん出たチャンピオンと言っても過言ではない。まるで満艦飾の船に七色の塗料で絵を描きまくったといった派手さで自分のトラックを飾りたてている。運転手も陽気だが、中国のトラックはそれとは正反対で、運転手の表情はほとんど動かない。

バス、トラック、軽自動車が何十台もひしめきあって、いったいどこが入国のためのゲートなのかわからない。国境警備兵は、アフガニスタンやタジキスタンで密造される武器と麻薬をみつけだすことが最大の任務なので、タシュクルガンの国境検問所よりもはるかにその数が多い。

とりわけ荷物を満載しているトラックの荷台だけでなく、車体の下部やトランクのなかまでも徹底的に調べている。

ブレーキ用のオイル・パイプに似せた銃身、シリンダーに似せた弾倉、ラジエーターの一部に似せた銃床、等々。知恵の限りを尽くして、密輸業者は国境を越えようとする。うまく通り抜けて取引き相手のところに辿りつき、それら部品を車体から外して組み立て直せば、十丁の自動小銃が出来あがるという。あるいは、二つのバズーカ砲。

だから、国境警備兵は、よほど怪しいと目をつけないかぎり、日本人の旅行者をしつこく調べることはない。

やっとパスポート・チェックの場所をみつけて、その列に並んだが、立派な口髭をたくわえた初老の警備兵は、

「ジャパニーズ？　サイトシーイング？　フンザ？　ワンダフル」

と笑顔で言って、パスポートにスタンプを捺し、荷物なんか調べようともせずに入国させてくれた。

ダイには、

「スチューデント？　ハイ・スクール？」

「ノー、ユニバーシティー」

「オー、ワンダフル」

それで終わり。

私たちのチェックは十分もかからなかった。ワリちゃんが、迎えに来ているはずのパキスタンの旅行社の車を捜した。

旅行社のマイクロバスは何十台も停まっていて、みなフロント・ガラスのところに客の名前を書いた紙を貼っているが、どこにも私たちらしき名はみつからない。

「まだ着いてないのかなァ」

私たちは手分けをして車を捜した。

チェックを終えたトラックが何台もうしろから押し寄せて来て、同じ場所に一分も立っていられない。トラックの運転手たちはしつこくクラクションを鳴らし、口々に何か叫んでいる。

「こらァ、そんなとこでうろちょろするなァ」

と怒鳴っているのであろう。トラックのタイヤが巻き上げる砂煙と喧噪、怒声、そして排気ガスで眩暈がしそうである。警備兵も、チェックを終えたのなら、さっさと出て行けと身振りで促す。

一般のパキスタン人はみなズボンと同じ色の、膝下まである服を着ているが、ひとりだけ、横縞《よこじま》のポロシャツとコットン・パンツというでたちの、眼鏡をかけた青年がいた。その青年が、私に、じつに流暢《りゆうちよう》な日本語で、

「北日本新聞社の方ですか?」

と問いかけて来た。私がそうだと答えると、青年は人混みのほうに手を振った。運転手とおぼしき屈強そうな男と、七十歳を少し越えたかに見える気難しそうな男とがやって来た。

ガイドの名はカエサル・マハブー。老人は、ペシャワール博物館の元館長であったフイダウラー・シエライ氏。運転手はバットさん。

自分たちは、みなさん方を待ちつづけて、まだ昼食を取っていない。検問所を出たところにレストランがあり、ランチ・タイムが過ぎたら店を閉めてしまうので、必ずここで昼食を取るから、閉店時間を遅らせてくれるよう交渉していたのだとカエサルは説明した。

フーミンちゃんとウェイウェイと常さんが、私たちのところにやって来た。

「先生、気ヲツケテ。マダ旅ハ長イネ」

「ありがとう。フーミン、ウェイウェイ……」

私はフーミンちゃんの目に滲《にじ》んだ涙をなるべく見ないようにして、これまでの長い旅への感謝の言葉を述べかけた。すると、大型トラックがクラクションを鳴らし、

「そこをどけェ！」

というふうに叫び、国境警備兵は、早く行けと促した。

これから再び断崖絶壁の道を引き返し、クンジュラブ峠を越えてタシュクルガンへ戻らなければならないウイグル人の運転手も、フーミンちゃんたちを呼んだ。

カエサルも、早く検問所から出ようとマイクロバスのドアをあけ、

「急いで下さい」

と言った。

気がつくと、私たちとフーミンちゃんたちとのあいだには、数台のトラックが割り込んで来て、もうウェイウェイの赤いスラックスが喧噪と雑踏の奥に遠ざかって行くのが垣間見えるだけだった。

「えっ！　俺、何のお礼も言ってない」

とダイが怒ったようにつぶやき、

「ちょっと待てよ。これでお別れかよ。冗談じゃないよ。人間てのはなァ……」

とハヤトくんが言った。

けれども、私たちはそれきりフーミンちゃんたちの姿をみつけだすことはできなかった。

荷物を車に積むのを手伝っていたハシくんが走り戻って来て、

「えっ？　フーミンさん、帰ってしもたんですか？　そんなアホな……。ぼくは、お礼を……」

そうつぶやいて茫然と立ちつくした。

私たちは追い立てられるようにススtの国境検問所を出て、その近くのレストランに入った。

あらためてシエライ氏に挨拶し、すでにご承知だとは思うが、私たちは四世紀半ばに出現した訳経僧・鳩摩羅什の足跡を訪ねる旅に出て、ガンダーラ地方では羅什がどのあたりにいたのかを知りたいと願っている。羅什に的を絞って、彼の足跡だけを追ってみたいと説明した。

するとシエライ氏は、自分は鳩摩羅什という人物についてはほとんど何も知らないと、困惑したような、機嫌の悪そうな顔で言った。

旅行社に請われて、日本からガンダーラの仏教遺跡を訪ねるためにやって来る作家に同行し、その知識を教えてやっていただきたいと説明されただけだったのだ。

私も困惑した。どれほどの仏教遺跡が、このパキスタンというイスラム教国に保護されているのかわからないが、それほど豊饒なものが遺《のこ》されているとは思えないし、私にとって遺跡は興味の範囲外なのだ。

私はシエライ氏に羅什についてのおおまかな説明をし、パキスタンとインドの地図をひろげ、クチャへの帰路は、どこかの峠を越えてカシュガルへと向かったことだけは確実なので、羅什はインドのカシミール地方だけでなく、パキスタンのガンダーラ地方に滞在したことも間違いのないところだと言った。

けれども、内心、困ったことになったなと思った。羅什について何の知識もない学者と、これからイスラマバードまでの約十二日間を、ともに行動することに精神的な負担を感じた。それはシエライ氏とて同じであろう。ペシャワール博物館の元館長という肩書きは、私たちの旅に対してほとんど生かされることはないと知りつつ、十二日間も同行する意味がどこにあるのか……。シエライ氏は、そう感じたはずだった。けれども、旅行社との契約がある。老学者の矜持《きょうじ》もある。

お互い、疲れるな。私はそう思いながら、運ばれて来たタマネギのカレー風味スープを飲み、ナンをちぎり、すりつぶしたホウレン草をペースト状にした料理を口に運んだ。

レストランは清潔で、日本でも売られているヨーロッパのミネラル・ウォーターもよく冷えている。

「大盆鶏《ターパンツィー》ともお別れしたんですねェ」

とハシくんが言い、

「カレー風味のスープ、うまいなァ」

とダイは感に堪えぬといった口振りで言った。鶏肉のからあげもうまかった。

カエサルとバットさんは、ナイフとフォークを使ったが、シエライ氏は右手だけでナンにホウレン草を載せ、鶏肉のからあげを口に運ぶ。それがパキスタンのイスラム教徒のやり方である。そしてイスラム教徒ではないパキスタン人はほとんどいない。

四世紀半ばあたりのガンダーラは、だいたいどのあたりを指しているのかと私はシエライ氏に訊いた。彼は右手の指についたホウレン草と鶏肉の脂を紙ナプキンでぬぐい、その指で私の地図をなぞった。なぞったあとには、ぬぐい切れていない脂がついた。その脂の線で囲まれた地域は、ペシャワールからギルギットの手前あたり。スワート渓谷全体を収めたパキスタン北東部だった。

「フンザは、ガンダーラではないんですか?」

私の問いに、シエライ氏は、

「フンザ人だけが、ブルシャスキー語を使っています。フンザは昔から一個の独立した王国でした。約九百七十年前に、イランからやって来た人々がフンザ人の先祖です」

と答えた。

ということは、羅什在世の時代、フンザという国も、フンザ人たちもいなかったことになる。それならば、ギルギットから北も四世紀半ばにはガンダーラと総称される地域だったのではないのか……。

私はその疑問をシエライ氏に投げかけようとしてやめた。シエライ氏の表情に険しさが見て取れる。自分は何のために、この日本人の作家と新聞記者に同行するのかという不満のあらわれのような気がしたのだった。

「羅什は、現在のフンザのあたりを通って、カシュガルへ向かったと考えられますか?」

私の問いに、シエライ氏は、

「通ったと思う」

と答えた。

「クンジュラブ峠は?」

「千七百年近い昔も、人間は最も通りやすい道を選んだでしょうから、このあたりではクンジュラブ峠へと向かう以外ありません。それ以外にも中国へ入る峠らしきものはありますが、それらは当時もいまも険難すぎる。羅什も、ガンダーラからクチャへの帰路、カシュガルに立ち寄ったとすれば、クンジュラブ峠以外に、人間が越えられる峠はなかったはずです」

シエライ氏は、食後、チャイと呼ばれるミルク・ティーを注文し、いささか唖然《あぜん》とするほどの量の砂糖を入れた。

「うまいなァ、このミルク・ティー」

私は砂糖を入れずに飲んで、そう言った。日本人がお茶を飲むのと同じように、この国の人々はチャイを一日に何度も楽しむ。紅茶の香りは豊かで、つまり紅茶のいれ方の経験の差が歴然としてあるのだった。

カエサルの日本語があまりに上手なので、どこで日本語を勉強したのかと訊くと、日本に留学していたという。そして日本人の奥さんとのあいだに二人のお子さんがいるらしい。

立派な口髭をたくわえたバットさんは、第一印象と比して、こまやかな気遣いをする人であった。

「荷物、しらべられないとわかってたら、ウイスキー、フーミンちゃんにあげなければよかったですね。まだ三分の二以上残ってたのに」

とワリちゃんが私の耳元でささやいた。フーミンちゃんたちは、いまごろ千尋の谷底に沿った道にさしかかっていることであろう。

私たちはススのレストランをパキスタン時間の午後三時四十分に出発した。中国時間では六時四十分なので、タシュクルガンのホテルを出てから、すでに八時間半以上が経過している。ススㇳからフンザまで約三時間だというから、きょうは合計十二時間の旅をすることになる。

標高約五千メートルも大過なく越えた。落石と千尋の谷底に挟まれた恐怖の道も、事故なく通り過ぎて、国境でもトラブルはなかった。レストランでのパキスタン料理はうまかったし、香り高いミルク・ティーは、疲労しきっていた胃や腸を温めてくれた。まだ難所は幾つかあるだろうが、そして尖った不揃いなノコギリの刃のようなカラコルムの峰々はつづくだろうが、とりあえずパキスタンという豊かな農業国に入ったのだ。

そんな安堵感が、たちまち不覚にも私を眠りに落ち込ませた。タクラマカン砂漠も、ゴビ灘も、私のなかでは遠くにあった。遠い遠い過去のようである。

だが、フンザへのカラコルム・ハイウェイでは、途中、あちこちで道路補修工事が行われていて、そのたびに、小型ブルドーザーや削岩機の音で目を醒ました。

目を醒ますたびごとに、私のなかでは不安が増幅されていく。旅を終えて約三ヵ月ののちから、私は「ひとたびはポプラに臥す」と題した紀行文を北日本新聞に週に一度連載しなければならない。それなのに、私は西安からススㇳに至るまで、いったい何を見たというのか。鳩摩羅什の影はどこにあったというのか。

紀行文の連載以外に、帰国後の私を待ち受けているのは文芸誌での連載が三つ、女性グラビア誌の連載がひとつ……。

作家になって、私が最も多く仕事をしたのは三十四、五歳から四十四、五歳までのあいだだったと思う。

新聞小説を連載し、文芸誌二誌に小説を連載し、季刊誌にも連載をつづけ、同時に五つの小説を書いていた時代が、十年以上つづいた。

なぜ、そこまでたくさんの仕事をするのかと同業の者たちにあきれられたことが再三あるが、答は、「書きたかったから」というしかない。

一九七八年に『螢川《ほたるがわ》』で芥川賞を受けたあと、私は肺結核で入院し、それから約二年の療養生活をおくった。

自分が真に健康を取り戻したと自覚したのは、医師が、もうこれで薬の服用をやめましょうと言ってから半年後で、入院してから四年後だった。そのとき私は、薬というものの体への負担を痛感したし、仕事をしたくてもできないつらさも切実に知ったのだ。

だから、体が元気なときは、仕事をしなければならないと思った。そうでなければ悔いを残す。その思い、切なるものがあって、私はある人から聞いた「量のない質というものはない」という言葉を自分に課したのだった。

けれども、小説というものは、右のものを左に書き写す作業ではない。千枚の長篇《ちょうへん》にとりかかるとき、真っ白な原稿用紙に最初の一字か二字を書いた瞬間、地の底に落ちて行くような不安と絶望を感じる。

俺にはできない、俺には無理だ。途中で気が狂うのではないか、途中で病気にかかって書き終えることができないのではないか……。字も言葉も突如忘れてしまって、宮本は駄目になった、書けない小説家になりはてた、と言われて見捨てられていくのではないか……。

実際に小説を書く苦労よりも、そのような恐怖を乗り越えることのほうがはるかに大きな闘いを必要とした。

だが、あるとき、私は、そんな恐怖で書斎の椅子に坐ることもできず、あまつさえペンを握って原稿用紙を前にすることさえできないとき、冷や汗と心臓の動悸に包まれながらも、連載中であった小説を書きだした。

五行書き、十行書き、二十行書きしているうちに、私の恐怖心は消えていったのだった。「書く」という行為が「書くという恐怖」を消したのだ。

この事実は、私には驚くべき発見だった。「行く」ことが怖いときは、とにかく前へと歩きだせばいいと知ったのだった。それこそが最も速効性のある処置であり、それ以外に解決方法はないのだと、私は思い知ったのだ。「ひとたびはポプラに臥す」が、いったいどれだけの量の紀行文になるのか、いまは見当もつかない。毎日毎日、ゴビばっかり。そんな数千キロに及ぶ変化のない風景のなかから、何が生まれてくるというのか。小説を書くほうが、よっぽどらくではないのか。

私はそう思いながら、それがフンザ河なのか、別の河なのかわからない眼下の流れを見つめ、一字一字自分の手で書いていくしかないのだと言い聞かせた。

百文字をいっぺんに同時に書けはしない。一文字一文字、原稿用紙に書いていくしかない。

――衆流あつまりて大海となる微塵《みじん》つもりて須弥山《しゅみせん》となれり――

私の書き上げた世界が大海などではなく、小さな泥の池であろうが、須弥山のような世界を見おろす山ではなく、蟻塚ほどの盛りあがりにすぎなくても、衆流と微塵を原稿用紙の升目に置いて行く以外、いかなる方法もない。

私は正宗白鳥《まさむねはくちょう》の恐ろしい言葉を思い出す。

――文筆生活五十餘年わが痛感した事は努力の効乏しくて偏へに天分次第である事である――

やがてまた私は少し眠った。腹の底に鈍く響く音で目を醒ました。

「雪崩《なだれ》です」

とカエサルが言った。どこか遠くの峰の一角で雪崩が生じて、その音は幾重にもつらなるカラコルム山脈のなかで谺《こだま》するのだ。

この時期、遠くで雪崩の音が聞こえるようになると、フンザに近づいたということなのだとカエサルは言った。いつのまにか、ポプラ並木が始まっていた。世界最後の桃源郷に、ついに辿り着こうとしている。

私は自分の四十八歳という年齢を思い、これまでの四十八年は、いわば、トレーニング、もしくはウォーミング・アップの期間であったと知った。人生、まだ始まっていなかった。これからがいよいよほんとの人生だ。

第十七章
星と花園

フンザ

前略

きのう、六月十九日の現地時間で夜の七時半にフンザに着きました。

かすかに黄昏の気配がする山と渓谷に挟まれたカラコルム・ハイウェイを南下していると、農具を肩にかついだ男や、山羊《やぎ》の群れを追う女があらわれ、緑濃い畑や麦畑や、あんずの樹林が遠くに見え、一本の橋を渡りました。その橋から曲がりくねったのぼり道となり、羊と山羊とロバが土の道に溢《あふ》れるようにして、それぞれの塒《ねぐら》に帰って行く群れに巻き込まれた瞬間、峰々に囲まれた小さな盆地にひろがる不思議な静謐《せいひつ》のなかの村が（私には、それが小さな小さなひとつの王国に見えました）あらわれたのです。それがフンザの中心地・カリマバードでした。

道をのぼって行くに従って、かつてのフンザ王国を包み込むかのように、そのおごそかな威容を誇る三つの名峰も輝いたのです。

ディラン、ラカポシ、ウルタルの三つの白く神々しい峰々に目を奪われるよりも、フンザのカリマバードの集落の、豊かで平和な黄昏は、私にはなんだか夢のようなものとして映りました。

畑、トウモロコシ畑、桃の樹林、あんずの樹林、リンゴの樹林、葡萄の樹林、麦畑、西瓜《すいか》畑、トマトやニンジンやホウレン草やエンドウ豆などの畑が、開墾された幾重もの段々畑に整然と並んでいて、畦道《あぜみち》では、生まれて間もない仔山羊が、村の女の子に抱かれています。

険難なカラコルムの峰々のなかにあって、フンザは、楽園という表現も適していないし、花園というのでもなく、桃源郷という陳腐な言葉が正しいとも思えない……。別世界……。いや、どうもそれもふさわしくありません。それらをすべて併せ持つ秘境というしかないようです。

私たちの車は、ひしめきあう羊と山羊の群れに囲まれるようにして、村の道をウルタル峰のほうへと十五分ほどのぼって行きました。そこに、私たちの泊まるヒル・トップ・ホテルはありました。その、木と土と石とで建てられたホテルの部屋数は二十室。どの部屋にも鍵はありませんでした。

二階の私の部屋の横に、宿泊客が集うベランダがあり、幾つか椅子が置いてあって、手が届きそうなところにそびえるウルタルと、夕日に染まりかけているディラン、そしてラカポシ、さらには眼下の畑と果樹園と石積みの民家を眺めることができます。

それぞれの部屋に荷物を置くと、私たちは誰が声を掛けるでもなく、そのベランダに集い、おそらく頂上付近は吹雪《ふぶ》いているのであろうウルタルを声もなく見上げ、雲ひとつかかっていないディランの白い峰を見やり、その横に並んでいるかに錯覚するラカポシに見入っていました。

この手紙で、いったい私は何を書きたいのか……。それは、フンザの美しさでもなければ、「世界最後の桃源郷」に、やっと辿り着いたことの報告でもありません。フンザの最初の夜に、私がいかに深く長く眠ったかを書きたいのです。

私は八時にホテルのレストランで食事をとり、自分の部屋に戻り、ベッドに横たわりました。たしか九時でした。私は西安《せいあん》からずっと旅の途中にさまざまな事柄を書きなぐってきたノートを開き、隣の部屋なのに、どこかはるか遠くからのもののような、北日本新聞社の若い二人の記者と、息子と、私の秘書の声に、ときおり耳を傾けました。

あいつら、またトランプのゲームをやってやがる……。

私はそう思いながら、ノートに書かれてある「穿天楊」という漢字に首をかしげました。これは何と読むのであろう。この三つの漢字は私の字ではない。誰が書いたのだろう。そうだ、フーミンちゃんだ。だが、「穿天楊」とは何を意味する言葉であろう。そんなことを考えているうちに眠ってしまったのです。

目を醒ますと夜の十二時でした。私は靴を履いたままであることに気づき、それを脱ぎ、あまりの寒さにセーターを重ね着し、ひょっとしたらみんなは私が起きてくるのを待ってくれているのではと、朦朧とした頭で考えながら、歯を磨き、煙草を吸って、それを消しました。それなのに、私はまた眠ってしまったのです。

冷気と、山羊の群れの通りすぎていく響きで目を醒ますと、朝の七時でした。ドアは半分あいたまま、部屋の明かりも灯ったままでした。

一九八〇年に聖教新聞社から刊行された松本和夫《まつもとかずお》氏の『カラコルム紀行——仏法伝来の道をゆく』には、その序として井上靖《いのうえやすし》氏が「フンザ渓谷《けいこく》の眠り」と題して一篇の詩を寄せています。それを引用させていただくことにいたしましょう。

——フンザの夜の眠りはどうしてあんなに安らかだったのでしょう。

フンザの旅から帰って半年程の間は、時折、あのカラコルムの山々に包まれた渓谷の夜の眠りの安らかさを思い出しました。渓谷の闇は深く、星は高く、本当の夜があそこにはあったためかと思いました。

しかし、今は少し考え方が異って来ています。フンザという集落は、本当の意味での異国だったのですね。大体あの渓谷の人々は、いかなる人種か判っていません。ブルショ族と呼ばれてはいますが、その正体は不明、往古のギリシャ人の血が入っていても不思議ではありませんし、アーリヤ系、トルコ系、チベット、モンゴール、漢民族、何が入っていても、別にどうということはありません。血ばかりでなく、言葉だって同じです。ブルシャスキー語という特殊な言葉を使っていると言われていますが、そのくらいの誇りはあります。ソグド語でも、トカラ語でも、今は消えた北方遊牧民の言語でも、みんな勝手に取り入れ、ミキサアにかけて、もとの姿はすっかりなくしています。だからこそ、弓と矢が、フンザ溪谷の人たちの紋章なのです。

このような溪谷の眠りが、どうして安らかでないことがありましょう。本当の異国が、東洋でも西洋でも、古代でも近代でもない本当の異国が、――その異国の眠りが、あそこにはあったのです。――

フンザの標高は二千五百メートル。フンザ河の北岸にその中心の村々があって、ほとんどが南面に開けているので、とても日当たりが良いのです。

フンザもまたイスラム教ですが、そのイスラム教のなかでもイスマイール派に属していて、他の宗派と比べて戒律はゆるやかなので、数年前までは葡萄酒も作られていたそうですが、パキスタン政府の禁酒策が、フンザ・パーニーと呼ばれた葡萄酒造りを禁じてしまいました。

イスマイール派は、女性はショールで顔を隠さなくていいので、フンザの女性にかぎって、とりわけ、おおらかで快活に見えるのでしょう。男も女も、みんな立派な顔立ちですが、他のパキスタン人よりも小柄な人が多く、体型は日本人と似ています。

私は西安以来、いったいどれほど多くのことを考え、そしていかに多くのものを感じつづけたことでしょう。それらはすべて一瞬の火花のような、不連続なフラグメントで、ひとつながりの系統的なものではないにせよ、私の脳味噌も心も、ほとんど休むということがありませんでした。深く眠っているときでも、どこか内部にざわめくものがあったのです。ああ、なんとよく寝たことだろうと思う目醒めの奥に、思考や夢や妄想の残《ざん》滓《し》はありました。

それなのに、フンザの一日目の夜の眠りは、眠っていたという自覚がどこにもひとかけらもなくて、私はいま「死」の世界がもし「無」の世界ならば、なんと恐ろしいことであろうという恐怖にかられています。

「無」という世界があるのかないのか、私にはわかりません。私には「無」というものをイメージすることができないのです。空間も時間もない世界。「心」のない世界……。

私には、そんな世界が想像できないのです。だからこそ、私は、スリランカ人の宇宙天文学者の、チャンドラ・ウィックラマシンゲ氏が、あるところではからずも語った短い言葉を忘れることができません。

――人間がいなければ、宇宙もむなしいものにすぎません。――

フンザ渓谷の夜にひたった人間は、ひとりとして宇宙のことを考えないわけにいかないでしょう。

昨夜、私は夕食のあと、自分の部屋に入る前に、ベランダでフンザの夜空を見つめました。その私を包み込んだ感動は、いま言葉では表現することができません。

けれども、小林秀雄は『ゴッホの手紙』（新潮文庫刊）のなかでこう書いています。

――ゴッホについて書くという様な事は、僕には殆《ほとん》ど瓢簞《ひょうたん》から駒《こま》を出したいと希《ねが》うのに似て来るという事であった。一方、感動は心に止《とど》まって消えようとせず、而《しか》もその実在を信ずる為には、書くという一種の労働がどうしても必要の様に思われてならない。書けない感動などというものは、皆嘘《うそ》である。ただ逆上したに過ぎない、そんな風に思い込んで了って、どうにもならない。――

まったくそのとおりだと恥ずかしく顔を伏せるしかありません。書けない感動などというものは、皆嘘である。ただ逆上したに過ぎない。……まったくぐうの音も出ないといったところです。

そろそろ出発の時間なので、いったん筆を擱《お》くことにいたします。つづきは、今夜、ベッド脇の小さなテーブルに置いてあるロウソクの灯《あか》りを頼りに書くことにいたしましょう。

ああ、朝食は熱いミルク・ティーと、蜂蜜とミルクを入れて焼いた、ナンというより厚めのクレープと言ったほうがいいものと、それぞれの好みの時間どおりに茹でてくれた卵でした。その卵の黄身の、なんと濃い美しい色だったことでしょう。日本のスーパーで売っている卵、あれは卵ではないのだということがよくわかりました。

いいお天気で、もう羊たちも山羊たちも、牧草地へと行ってしまい、男たちも女たちも、畑や果樹園で働き始めた。

私たちは途中までバットさんが運転するマイクロバスに乗り、カリマバードの南東に向かい、段々畑の畦道を歩いて、足の向くまま気の向くまま、村々を散策した。

ハヤトくんは、野良仕事をしている人々にカメラを向けるが、男も子供も笑顔を返してくれるのに、女性はきつい目で「撮るな」という仕草をする。初めのうちは、戒律のゆるやかなイスマイール派といえども、女性の顔を写真に撮ってはいけないのかと思っていたが、どうやらそれだけの理由ではないらしいとわかってきた。

かつては極く限られた人しか知らない秘境だったが、近年になって世界にその名を知られるようになり、多くの観光客がやって来る。日本人はまだ少ないが、ヨーロッパやアメリカの観光客も、やはりフンザの女性にカメラを向けたがる。女性たちは、つまり、観光客のカメラに快く応じることに疲れてしまったのだ。もういい加減にしてもらいたくなったのだ。

桑畑の横を歩いていると、山羊の一群が向こうからやって来た。私たちは山羊たちに道をあけるため桑畑に入った。カエサルが桑の実を摘んで、私の口に放り込んでくれた。

私はそのとき、桑の実というものを初めて食べたのだった。

「うまいなァ。こんな柔らかい甘さだとは思わなかったなァ」

私はもっと食べたかったが、野生の桑の実ではないので遠慮するしかなかった。

迷子になった仔山羊が、親を捜して桑畑に入って来た。体長も体高も四十センチくらいで、まだ足元がおぼつかない。

「きみのおっ母さん、もう向こうへ行ってしもたで」

と私が仔山羊に話しかけると、山羊の群れを追う少女がやって来て、その仔山羊を抱き上げた。生まれてきょうで三日目だという。

その桑畑のところから、標高七千メートル級のウルタル峰の頂上が見えた。雲ひとつかかっていない。ハヤトくんもワリちゃんも、ハシくんもダイも、みんな楽しそうな笑顔をたたえている。

「世界に、こんなところがあったんだなァ」

桑畑の近くに咲いているさまざまな色のバラを見つめ、熟した桑の実を採っている人々を見つめ、たしかに百歳を越えていそうな老人が鍬《くわ》をふるっているのを見つめ、緑色の目の美しい中年の婦人が、背負った籠いっぱいに何かの薬草とおぼしき草を入れて道を歩いて行くのを見つめながら、私はそう言った。

フンザの人々とて、日本や欧米の先進国と比較すれば決して豊かではない。ホテルや公共の建物以外にテレビはなく、冷蔵庫のある家庭もなく、車も持っていない。日常品は自給自足であり、子供たちはファミコンなんて見たこともない。そんなテレビ・ゲームがこの世にあるということさえ知らない。

そして、この豊かな土と水に恵まれたフンザ王国を我がものにしようと企《たくら》む連中もいたのである。そのために、外敵の侵略から小国を守ろうと、農民は鋤《すき》や鍬を弓と矢に持ち替えて闘ってきたのだ。

フンザという言葉は、弓と矢を意味しているという。周辺国はすべて大国である。アフガニスタン、中国、かつてのソ連邦などに囲まれて、政治的にも危険な地域であった。だからフンザ人は往古から獅子《しし》の威厳を持ちつづけなければならなかった。いつなんどきでも、外敵から自分たちの小さな国を守るために、弓と矢を持つ覚悟を決めていなければならなかったのだ。かつてのフンザ王国の国章に、獅子と弓と矢が描かれているのはそのためである。

私は花の香りのする涼しい風を受けながら、西安からこのフンザまでの旅を思った。

――人はいったい何を幸福と感じて生きるのであろう。――

映画評論家の故・荻昌弘《おぎまさひろ》氏が何かのエッセーで書いた一行を思い浮かべる。

天水《てんすい》の貧しい農村の人々。ゴビの熱いアスファルト道に死んだように倒れていた道路工事の人々。尊大で下品な公安警察官たち。武威《ぶい》の刑務所の看守たち。敦煌《とんこう》の鳴沙山《めいさざん》からパラグライダーで飛んでいた若者たち。果てしない乾河道《かんかどう》の向こうから羊の群れとともにやって来て、三日間、一滴の水も飲んでいないので水をくれないかと事もなげに言った青年……。ウイグル人の物売りの少女たち。白い蝶に見えたヤルカンドの盲目の母と、その娘……。

まったく、人はいったい何を幸福と感じて生きるのであろう。

私は？　私はどうだ。私は何を幸福と感じて生きているのか……。

ワリちゃんは？　ハヤトくんは？　ハシくんは？　ダイは？　フーミンちゃんは？

ウェイウェイは？　そしてこのフンザの人々は？

山本周五郎《やまもとしゅうごろう》の『青べか物語』に「人はなんによって生くるか」という章がある。

出稼ぎに行っていたあいだに妻と娘が死んでしまった男がいる。男は月に一度、町役場にやって来て、自分は海軍兵曹長だと言い、国から自分に金が支払われるはずだが、まだ届いていないかと訊く。兵事係が首を横に振ると、小首をかしげ、それではまた来ようと言いながら去って行く。毎月、男はやって来て、兵事係が「まだ通達は来ない」と答えるたびに、ではまた来ようと言うのである。男が心を病んでいることを町の人々はみな知っている。

ある日、主人公は釣りをしていて男と出逢う。男は突然、人差し指と中指の間に親指を差し入れるという例の形をした手を主人公の眼前に突きだして、こう言ったのだった。

「人はなんによって生くるか」

主人公はうろたえて、男から離れて行くのだが、出稼ぎに行っているあいだに妻と娘を失くした男の痛切な哀しみが、主人公のなかにいつまでも残りつづける……。

たしかそのような小説であった。

――人はなんによって生くるか。

――人はいったい何を幸福と感じて生きるのであろう。

私は数年前、あるところで、驚くべき論文を読んだ。それが何かの雑誌だったのか機関誌だったのかは忘れたし、その論文の筆者がどこの国の人間だったのかも覚えていない。ただ欧米人だったということだけが記憶に残っている。

その論文は、二十一世紀に確実に訪れるであろう食料問題と人口問題に触れてから、この地球にはやはり優秀な民族と劣悪な民族が存在すると主張し、劣悪な民族がこれ以上子孫を増やさないための方策が急務であると論考していた。それこそが、食料問題と人口問題を解決する合理的かつ効果的な政策でもあるのだ、と。

子孫を増やさないようにさせるとは遠廻しな言い方であって、本音は、そんな民族は皆殺しにしてしまってもかまわないと、堂々と論じたに等しい。

「なるほどな。これがこいつらの本音か」

私はその論文を破り捨てて、そうつぶやいたものだった。なるほど、彼等にとって、広島や長崎に原爆を投下することなど、たいしたことではなかったのだ。彼等は自分たちにとって必要とあらば、また同じことをやるだろう。だがいまのところ、国際社会及び世界市場という論理がそれを抑制させているだけにすぎない。

自分たちの国にないもの。金、銀、プラチナ、鉄、銅、コーヒー、紅茶、ゴム、砂糖、ダイヤモンド、ルビー、エメラルド、ミンクや鯨の最上質な油……。探せばもっとあるだろうが、それらを得るために、欧米列国がどれほど残酷な植民地政策を実行し、どれほど多くの奴隷をこき使ったか。

世界はいつか必ずこの事実をも総括しなければならないときが来る。私はそう思っている。人にしたことは、きっと自分に返ってくるというのを、私は固く信じている人間だ。

「もっと下のほうに降りてみましょうか」

とカエサルが言った。私は、カエサルが誰に似ているのかに気づいた。ミュージカル映画の名作と言われる『ウエスト・サイド・ストーリー』に出演したジョージ・チャキリスに似ているのだった。

桃の樹林の横の坂道を下っているうちに、私はノートに書かれてあった「穿天楊」という漢字が「ポプラ」と読むことをやっと思いだした。

「そうや、ポプラや。クチャの夜、フーミンちゃんと酒を飲んでたとき、俺がポプラって中国ではどう書くのかって訊いたんや」

ズボンの尻ポケットにねじ込んでいるノートを出して私がそう言うと、ダイがそのノートに「好汉」と書き、どんな意味だと思うかと訊いた。鞠《きく》さんに教えてもらったという。

「うーん、さっぱりわからんなァ」

私が首をかしげていると、ダイは「ハオハン」と発音して、「男のなかの男」あるいは「男一匹」という意味なのだと教えてくれた。

「フーミンちゃんは、きょうは、まだカシュガルかなァ。ウルムチへ行く飛行機は週に三便しかないて言うてたから……」

そのダイの言葉に振り返り、

「あしたはウルムチへ行って、ウルムチで一泊して、杭州《こうしゅう》へ帰るはずですよ」

とワリちゃんが言った。

石積みの家が並んでいて、老人が日なたぼっこをしている。子供たちの声が聞こえ、水の音が次第に大きくなった。

樹林に囲まれるようにして大きな池があり、子供たちが泳いだり、潜りっこをして遊んでいる。子供たちのなかのガキ大将とおぼしき金髪の少年が走って来て、柔道を教えてくれと私にせがんだ。どうも日本人というのは誰もが柔道と空手ができると思い込んでいるらしい。

「おっちゃんはなァ、柔道は得意やないんや」

そう言いながらも、一本背負い、とか、内股《うちまた》とかの技のかけ方を教えてやると、たちまちたくさんの子供たちが集まって来て、見よう見真似で技のかけ合いを始め、そのうち、とっ組み合いのケンカになってしまった。

まったく、どこの国の男の子もおんなじだ。私たちが子供のころも、初めは相撲や柔道のつもりだったのに、いつのまにか本気のケンカに発展してしまったことが何度もある。

「こらァ、ケンカするんやったら、柔道、教えへんぞォ。柔道にも空手にも攻撃はないんや。こら！　そこのでかいの。自分より小さい子をいじめるな」

私の言葉をカエサルが通訳すると、子供たちはいっせいにケンカをやめて、池に飛び込み、元の水遊びに戻った。

「私が通訳しなくても、子供たちには先生の言った意味がわかりましたね。先生の大阪弁は万国共通です」

カエサルが笑いながら言った。

私たちは、あちこち歩き廻っているうちにアルチット村の本道に出てしまった。そんな私たちをみつけて、バットさんが車でやって来た。どこかで、私が子供たちを叱っているのを見ていたらしく、おかしそうに笑って、何か言った。

「村人が叱っているのだと思ったら、宮本さんだったのでびっくりした」

とカエサルが訳してくれた。

「フンザの男性と比べたら、ぼくの顔つきなんて貧相なもんですよ」

私は言って、どこかの家を見学させてもらえないかと頼んだ。それはワリちゃんもハヤトくんも同じ思いだったようだ。

カエサルとバットさんは相談しあってから、とにかくホテルの前まで車で戻ろうということになった。

ホテルの前からウルタル峰に向かう道は、もう車は通れない。私たちはそこから急な坂道を歩いて行った。石と木と土壁の民家は、どれもこぢんまりとしているが、丹精込めて丁寧に建てられてあり、どの家の庭にも花々が咲いている。

石の階段をのぼり、路地を曲がり、さらに急な斜面をのぼりかけると、正面の家の窓から私を見つめている老婆と目が合った。白髪で、目は茶色というよりも一風変わった金色だった。

なるほど井上靖氏の詩のとおり、フンザ人には、ありとあらゆる民族の血が入り、長い年月を経るうちにそれらはミキサーにかけられ、フンザ人という特殊な民族が誕生したのだと思いながら、私は帽子を取って、家のなかの老婆に挨拶をした。

だが、老婆は窓辺から私を見つめたまま、何の反応も返してはこない。私はもう一度お辞儀をしかけて、

「ありァ……」

と言った。それは老婆ではなく、一頭の山羊だったのだ。私たちは、身を屈めて笑った。私だけではなくみんなも、その山羊を、肩掛けをして窓辺で日なたぼっこをしている老婆だと思い込んだのだった。

「きみ、なんでそんなとこにいてるのん?」

私が訊くと、山羊は家の奥に逃げて行ってしまった。

「撮った?」

と私はハヤトくんに訊いた。

「撮りましたよ。シャッターを押すまで、てっきり、おばあさんが家のなかの窓ぎわの椅子に腰かけてるんだって思って。なかなか、面構えのいいおばあさんだなァと思って……」

「イソップの童話みたいやなァ」

道を曲がると、あちこちに銃を持った兵隊が立っていた。カエサルが村人にその理由

を訊くと、パキスタンの大臣が、きょうミールの邸を訪問することになっているのだという。ミールとは、かつてのフンザ王の末裔で、現在の藩主である。

やがて南の空から数機のヘリコプターが飛んで来て、二度、フンザ上空で旋回し、緑深い小高い丘の一角へと降りて行った。そこがミールの邸なのだ。

入口に桑の実が干してある一軒の農家にカエサルは入って行き、三十五、六歳の男と玄関に出て来た。家のなかを見せてくれるという。なかは洞窟のようで、暗くて、目が慣れるまでほとんど何も見えなかった。家の主は、長い棒で天井の一部を押し上げた。それは天窓で、陽光が台所を照らし、寝室と居間も照らした。

家の中央には日干し煉瓦と木を組み合わせた土間があり、その土間には暖を取ったり料理をするためのストーブがある。

そのストーブのある部屋が居間であって、居間を中心としてその両隣に寝室がある。部屋と部屋とは壁にもカーテンにもさえぎられていない。使い込んだ絨毯《じゅうたん》が敷いてあり、羊毛の毛布が折り畳んで置いてある。

居間につづく形で台所があり、大きな水甕《みずがめ》と粘土で固めた竈がある。家の様式は、貧富の差によって大小はあるにしても、フンザではどこも同じだという。

家の主の母親が、自分が手仕事で作ったという民族帽やポット・ウォーマーや、肩に掛ける布製の袋やらを持って来た。いかにも観光客用にあしらわれた刺繡《ししゅう》の柄で、フンザで実際に使われているものよりも華美だった。

なるほどカエサルは、無作為にこの家を選んだのではなく、フンザの一般家庭を見学したいという客は、すべてここにつれて来るのだなと思い、それならば、見学させてもらったお礼に何か買わなくてはならないと私は思い、帽子とポット・ウォーマーを買った。

チャイハナと呼ばれるミルク・ティーのうまさにびっくりしたと私が主人の母親に言うと、母親は、自分たちが子供のころにはミルク・ティーに砂糖は入れなかったと教えてくれた。砂糖がなかったのだった。

甘い物は果物で取る以外になく、砂糖は特別に貴重な品で、よほどのお祝い事やお祭りのときにふるまわれたものだが、いまは少し贅沢をすれば、砂糖が簡単に手に入る。だから、フンザの人々にも虫歯ができるようになったという。

何代にもわたって使い込まれてきた家具は黒光りして、その家具の上に、民芸品作りのための布や糸が載せられている。土間にはストーブ用の木の枝が積み上げられている。家の主人も、主人の弟も、その母親も、物静かで、こちらが質問したことに口数少なく答えるだけだった。

私は間《ま》が取れなくて、煙草を一本ずつ差し出した。どうも中国でついた癖が抜けていないようだが、二人の男は無言で煙草をくわえて煙を吸った。

天窓からの明かりだけが頼りの土間に腰を降ろしていると、私は自分の妙な落ち着きのなさの理由が少しわかってきた。フンザに流れている時間と、私の思考や動きのための時間とに大きなずれがあるのだった。

私は本来せっかちだが、身のこなしは日本人のなかでは緩慢なほうである。歩く速度も、食事のとり方も、何か物を取るときも、喋り方も。この喋り方が、他の人と比してゆっくりだということに、私は長い間気づかなかった。

たまにテレビに出演したり、新聞記者のインタビューに応じたりすると、限られた時間のなかで自分の意を伝えなければならないので、通常よりも早口で喋ろうと努力する。それは私の神経を疲れさせる。だがそれでも、「もっと早く喋ってあげたら？」と妻に言われる。

「えっ？　俺、そんなにゆっくりな喋り方か？」

そのたびに私は、もうこれ以上早く喋ることは自分にはできないと思ってきたし、自分が悠長な喋り方をする人間だったのかと驚きつづけてきたのだった。

だから、家族以外の者と喋るとき、私は無意識のうちに、早口で喋ろうと努め、それで疲れてしまう。その疲れ方が、あとあと神経にさわって、小説を書く作業に支障をきたすので、私は極力、インタビューというものには応じないようになってしまった。

まあ、インタビューが嫌いな理由は、それだけではないが、自分の喋り方は遅いので、相手のためにできるだけ早く喋ってあげようとして、言わずもがなのことを言ったり、しなくてもいいサーヴィスをしたりして、しかもそれが正確に報じられないときの腹立ちにこりごりしたのだ。

だが、そんな私でさえ少々苛立つほどに、フンザの人々の身のこなしや語り口は、静かでゆっくりなので、そのずれに私がついて行けなくて、「関係」というものの調整に狂いが生じているのだった。

フンザに流れているすべての時間に、私がとまどっているのだ。フンザの人々を、東京や大阪の人通りの多いところに放り出したら、ものの一時間ほどでノイローゼにさせてしまうことであろう。

「なんだか何もかもが、静かで、ゆっくりですねェ」

と私が語りかけると、家の主は、長いこと考え込んでから、口を閉ざしてしまった。彼は自分の静かさや、喋り方や身のこなし方の速度を、これが普通だと思っているので、私の言葉にどう対応したらいいかわからなかったのであろう。

「朝は何時ごろに起きるんですか?」

「山羊が起きるころ」

「夜は何時ごろお休みになりますか?」

「暗くなって、眠くなったら」

たったこれだけの会話に要した時間が、私にはなんと長く感じられたことか。

私は、買った帽子とポット・ウォーマーを持ち、その家を辞した。

石積みの家が並ぶ急な坂道を歩いて下りながら、私の体の芯に固く重く存在していた何かが、ぬるま湯のなかの角砂糖のように溶けていくのを感じた。

「眠いなァ。昼めし食って、寝ようか」

私の言葉に笑い、ワリちゃんは、自分とハヤト先輩は昼食のあと、フンザの写真を撮りに行くと言った。

ホテルに戻り、羊肉のカレーとナンと小さなトマトとホウレン草のスープで食事をとると、私は自分の部屋のベッドに横になった。

ああ、靴を脱がなければと思いながら、私は三時間眠った。夢のなかで山羊と麻雀《マージャン》をしたと、ノートに記されている。

長い昼寝のあと、かつてのフンザ王国の城でもあり要塞でもあったバルチット古城へ行き、その高台からあらためて三つの名峰とフンザそのもの、そしてそこに複雑に積み上げられたかに見える段々畑と石積みの家々を眺め、ホテルに帰り、夕食をとって、いままた手紙のつづきを書いています。

夕食をとったのは七時で、そのあとガンダーラ文化を専門とするシエライ氏のレクチャーを受けましたが、やはり学問的な話題に及ぶと、カエサルの日本語も、ワリちゃんの英語も足りない部分が多くて、いたずらにシエライ氏をわずらわせただけのようです。氏は、頑迷な老学者に見えますが、そこは敏感に、私がいまのところ鳩摩羅什《くまらじゅう》以外のことに関心を示さないのを見抜いてしまっていますし、食後のわずかな時間でガンダーラを語れるはずがないとあきらめていて、お互い「おつきあい」しあっただけという結果になりました。

いま、夜の十時。カエサルは、どこかに内緒の酒はないかという私の言葉で、心当たりをあたってみましょうと出かけて行きました。

ワリちゃんは、世の中には必ず裏道というものがあるという私の言葉を信じて、いまかいまかとカエサルが酒を隠し持って帰って来るのを待っています。

シエライ氏のレクチャーが終わった九時前から、私はベランダで、星を探すよりも闇の部分をみつけるほうが難しいと思えるような天空を見つめつづけていました。

私がこれまで最もすさまじい数の星を見たのは三十一歳の秋。山形の蔵王《ざおう》温泉から少しのぼったところにあるダリア園でしたが、フンザの星は、それとは比較にならないほどに凄《すご》いものでした。

天の河は、うねっている巨大な筒として宇宙に横たわっています。河ではなく、星々の長い筒なのです。それを見上げているうちに、私は妙な感覚にひきずりこまれていき、腰かけている椅子の手すりを慌ててつかまえたりしました。

天空の厖大な銀河は、まぎれもなく私の頭上にあるのにもかかわらず、私の体は宙に浮いて、深い深い地の底の星々をのぞきこんでいる錯覚に襲われたのです。それは、ふいに心臓が速く打ち、掌に汗が噴き出るほどの恐怖を私に与えました。一瞬、私は自分がどうなったのかわかりませんでした。

眩暈……。いえ、そんな不明確な感覚ではありません。たしかに私は空中に浮きあがって、さかさまになり、自分の体よりもはるかに下にある天の河を見ていたのです。

『今昔物語集』には、幻術使いにちなむ物語があるそうです。これは作家の田辺聖子さんから教えてもらった話です。

世にも珍しい術を駆使する人間がいて、ある夜、貴族たちはその男を宴の席に招き、お前の不思議な術とやらを見せてみろと迫ると、男は、それではと軽く手を打ちました。すると、庭から荒れ狂う大波が音をたてて座敷に押し寄せて来て、驚いた貴族たちは大波に飲み込まれまいと必死でもがきつづけます。けれども、その波は、男の幻術によるものであって、男が再び手を打つと、荒れ狂う大波も、その音も忽然と消えてしまうのです。

それを目のあたりにしたひとりの小僧は、自分の住まいへと帰って行く幻術使いのあとをそっと尾《つ》けて行き、どうか弟子にしていただきたいと願い出るのです。

初めは拒否していた幻術使いも、小僧のあまりの熱心さに折れたようで、それならばついてくるがよかろうと、住まいに伴うのですが、弟子にするにあたって、お前を試そうと言い、川の畔につれて行きます。

これから一本の木が流れて来る。いかなることがあっても、その木をつかんで岸に上げなければならない。もし、それができなければ、弟子にはしない、と。小僧は、必ずその流木をつかんで岸に上げてみせますと約束します。

やがて、一本の木が上流から流れて来ますが、小僧の近くに到ったとき、木は恐ろしい妖怪と化して襲いかかって来ます。あまりの恐ろしさに逃げだして、恐怖に震えながら妖怪を見ると、それはただの流木でした。

なぜ逃げたかと幻術使いに問われ、恐ろしかったのでと答えた小僧に、幻術使いは、それならばもう一度チャンスを与えようと言います。

これからさっきと同じように流木が川を下ってくる。だが、こんどは、どんなことがあろうとも、その流木に指一本触れてはならぬ……。

小僧は、こんどこそ、言われたとおりにいたしますと約束し、川辺に立ち、流れて来た木を見ていたところ、その流木は、いまにも溺れそうな小僧の母親に変じて、必死に助けを求めたのです。

自分は試されているのだと思いながらも、小僧は、もがきながら川に沈んでいく母親を見捨てることができず、ついに母親の体をつかんで岸辺に引き上げるのですが、それも幻術であって、岸辺に転がっているのは、ただの流木でしかありませんでした。

人間の感情というものを捨てられない者は、幻術を会得できないし、また会得しようとこころざしてもならない。幻術使いにそう訓《さと》され、小僧はあきらめて去って行きます。

この『今昔物語集』の逸話と、私が夜のフンザのホテルで宙に浮かび、さかさまになって地の底の銀河を見たことのあいだには、少なからず乖離があるかもしれません。けれども、この手紙を書きながら、私の奇妙な感覚、いや感覚ではなく、私だけのなかに生じた不思議な現象を、心理的、あるいは生理的「錯覚」ではないものとして、私は信じられるような気がしてならないのです。

それを説明するためには、私が椅子に腰かけていた時刻と場所について、あらためて詳しく書き記さなければならないでしょう。そして、そうすることが、いかに小説家である自分をみずから冒瀆《ぼうとく》するものであるかをも書き加えなければなりません。

深い漆黒の夜であるにせよ、あまりにも澄みきった空気は、私のすぐ右側のウルタルの輪郭を淡い光で縁取っています。

左のほうにあるディランもラカポシも、月明かりで浮かびあがって、昼間見るよりも大きく感じられます。

この三つの桁外れの高い峰と峰が結ぶ三角形の線のなかにフンザはあるのです。そのフンザのホテルのベランダからは、小さな家々の灯が見えています。その家々の灯も、私の坐っている場所からはかなり低地にあって、夜ともなると、それは実際よりも低いところで朧《おぼろ》に光る星のようで、つまり、井戸の底に映る星に似ているのです。

私は、八千メートルに近い峰々のトライアングルのなかで、その峰々に覆いかぶされる恰好《かっこう》でベランダの椅子に坐り、狭い盆地の底の灯《あか》りを見おろしつつ、夜空の星を眺めている……。これがその瞬間の状況でした。

さて、ここで話を私のホーム・ドクターである後藤精司《ごとうせいじ》さんの、医学生のころのひとつの体験に移さなければなりません。

後藤さんの知人に、催眠術の名人と呼ばれる人がいました。その人に、さあこれから催眠術をかけるよと言われて見つめられた瞬間、どんな人間も瞬時にかかってしまうという噂に興味を持ち、後藤さんはその人の住まいを訪ねました。

自分も催眠術にかかるのかどうかを試してみたかったのですが、心理療法の分野でも催眠術を利用するケースはあるので、その使い方を知っておきたいという思いもあったそうです。

知人は、自分の催眠術についてあまり詳しく話したがらなかったのですが、それを身につけるために、たとえば時計の振り子を何時間も見つめつづける時期が何年もあったとか、そのほか、さまざまな方法で訓練を重ねたことなどを話してから、どうしてもと頼む後藤さんに、それではと催眠術をかけようとして、後藤さんを見つめました。

目と目が合った瞬間、後藤さんは意識が遠くなりかけ、そんな自分に抗《あらが》って懸命に知人の目から視線を他のものに移しました。それは一瞬などというものではなく、もっともっと短い時間でしたが、たしかに後藤さんは、くらくらっとしてから、自分の意識にねじれが生じて、自分が自分でなくなるような、眩暈とも浮遊ともつかない感覚に襲われながらも、知人の目がいかなる動きをしたのかを見逃しませんでした。

どんな目だったのかと私が訊くと、後藤さんは、片方の目は十センチ離れたところにあるものに焦点が合っていて、もう片方の目は何キロも先のものに焦点が合っているという目だったと言いました。知人は、その二つの目で俺を見たのだ、と。

考えてみて下さい。たとえば自分の右目で十センチ離れたところの字を見ながら、同時に左目で二キロ先の電線をも見るということが、我々にできるものでしょうか。けれども、それまでは普通だった両の目が、突然そのような奇妙な目に変じて、そんな目で見つめられたら、たしかに私のなかに眩暈や意識のねじれに似たものが生じるかもしれません。

その話を聞いて私が思い出したのは、マジック・ハウスという名の、遊園地にあった部屋でした。

お金を払って、小屋のなかの部屋に入ると、四方の壁は鏡になっていて、真ん中に何人か腰かけられる椅子が置いてあります。椅子がブランコのように前後に動きだすと、鏡張りの壁も回転を始めるのです。すると、体の揺れと鏡による目の錯覚で、自分が小部屋のなかで宙に浮かんで回転しているような感覚になり、怖がって泣きだす子や、気持が悪くなって吐いてしまう子などもいました。

このマジック・ハウスのからくりは、実に単純なものですし、後藤さんの知人の両目の不思議な焦点の合わせ方も、理屈では簡単です。ただ後者は、よほどの訓練や練習を積み重ねなければ、人間であるかぎり、そのような目の働きをしてみせることができないということでしょう。

それでは、夜のフンザのホテルのベランダで、私に何が起こったのか……。

古くなって、腰かけていると絶えず小さく揺れる椅子があり、三方に迫り来る高い峰々の、月明かりに浮かび出る輪郭が、その絶え間ない光の振幅によって、遠くに見えたり近くに見えたりしつづけている……。これはマジック・ハウスに似ているかもしれません。

天空には何千光年、何万光年彼方からの星の光があって、足下にはフンザの家々のランプの灯がある……。これは催眠術師の二つの目です。

私は、偶然にも、それらのなかに置かれて、闇と光を見、三つの峰の朧な光沢を見、その光沢の底の家々の灯りを見、そして天空のすさまじい筒状の銀河を見、寒さのために小さく体を揺らして、きしむ椅子と一緒に揺れていた……。

「解釈を拒絶して動じないものだけが美しい、これが宣長《のりなが》の抱いた一番強い思想だ。解釈だらけの現代には一番秘められた思想だ」（『モオツァルト・無常という事』新潮文庫刊）

小林秀雄は「無常という事」のなかで、そう書いています。そして最後の仕事となった『本居《もとおり》宣長補記』においては、宣長の『紫文要領』に触れて、『源氏物語』とその作者・紫式部への思考の一端を、こう書いたのです。

――「側ヨリ人ノモノイフモ、耳ニイラヌ」ほど「心上スミキラズンバ、秀逸ハ出来マジキ也」という断言は、「源氏」の作者の事を言っているのだと、端的に受取ればいい。式部は「よろづの事にふれて感《うご》く」己れの心情《ココロ》を、感《うご》くがままに物語る事によって、明瞭に意識したわけだろう。其処で、式部が、物語作者として体験しているものは、自分自身の心と、これに直結して離す事の出来ぬ「世の有さま」という、たった一つの疑いようのない実在である筈だ。――

（『本居宣長（下）』新潮文庫刊）

夏前のフンザのある夜、うねる銀河の筒を見ているうちに、いつのまにか私は宙に浮き、さかさまになって地の底の星々を見たのだった……。私はそう書けばいいのです。

それによって明瞭に意識するのは、書いた私だけではなく、読み手の「感《うご》く心情《ココロ》」が感《うご》く心情《ココロ》のままに、みずから物語るところとなるのではないのか。私たちの国の文学とは、本来、そのような言霊の世界ではないのか。

私たちの国の言葉は、無用な論理や解釈なしに、忽然と言霊と化していく唯一無二の力によって支えられているのではないのか。

私がフンザで考えつづけたことは、それでした。それなのに、私は『今昔物語集』の説話を引き、マジック・ハウスの子供だましを説明し、催眠術師の、焦点の大きく異なる左右の目について解釈を講じたのです。

それは、作家としての私の力、もしくは自信の衰えに他ならないと思えてなりません。

北杜夫《きたもりお》氏は『どくとるマンボウ航海記』(新潮文庫刊)をこう結んでいます。


——このような話はとても信じがたいという人々のために、私は最後に、紀元二〇〇年ころの賢人《けんじん》テルツリアヌスの箴言《しんげん》を書きつけて、この航海記を終ることにしたい。

「われ信ず、荒唐無稽《こうとうむけい》なるがゆえに」——

そして小林秀雄は十一年間に及んだ「本居宣長」の連載を終えたあと、「新潮」（第七十四巻・第十二号、新潮社刊）誌上で、評論家の江藤淳《えとうじゅん》氏と対談し、

「知識というものにも、その機微というものはある。いまの学問は割り切れるところだけで学問をしているから、学問の喜びというものも生れない。情《こころ》が脱落しているからね」

と述べたあと、

「情《こころ》を欠くのは、人間を欠く事だからな」

と語っています。

仏教という領野においても、現在、その研究は細分化され、古代のサンスクリット語を解読できる仏教学者はたくさんいますし、インドにも漢語や日本語に通達した学者も、これもまた珍しくありません。そのような学者のなかには、鳩摩羅什の訳を意訳、もしくは省略訳として言外に小馬鹿にしてみせる大家もいるのです。けれども、たしかに意訳や省略訳が為されたとしても、たとえば名訳中の名訳と称される『法華経《ほけきよう》』二十八品の壮大なドラマには、虚空会《こくうえ》の儀式や地湧《じゆ》の菩薩《ぼさつ》の出現、霊鷲山《りようじゆせん》の説法や宝塔《ほうとう》の湧出が有機的につながりあって、「仏とは何か」「みずからのなかの仏を開く実践とは何か」を、さまざまなメタファの言霊に秘すための、智慧《ちえ》の限りが尽くされたうえでの意訳であり省略訳であったと私は考えています。

その思考と文章技法こそが、「よろづの事にふれて感《うご》く」「己れの心情《ココロ》」を、「感《うご》くがまま」にして、「これに直結して離す事の出来ぬ『世の有さま』」のすべてを解き明かす方途に他ならなかったのではないでしょうか。

ゆえに私はいつのころからか、羅什を単なる歴史上の訳経僧としてではなく、希代の文学者として位置づけてきました。


なんだか、しちむつかしいご託を並べたようですが、私は私の創りだす物語世界に、みずからの解釈や説明や理由づけを行ってはならないはずです。そのことを、あらためて肝に銘じるために、フンザの夜、宙に浮かんだことを書きました。

もうあと数分で日付が変わります。私はいったん部屋に戻って、ロウソクの明かりでこの手紙をしたためていますが、ワリちゃんはまだベランダに坐って、星々を見つめています。ハヤトくんは、さっきまで星の撮影をしていましたが、ひょっとしたらダイヤハシくんと、トランプのゲームを始めたのかもしれません。

あした、フンザでもう一泊して、あさって、ギルギットへ向かいます。日本に無事帰り着いたら、うまい寿司《すし》でもつまみながら、一杯やりましょう。いい酒をみつくろっておいて下さい。少し辛口の、人間の作為を感じさせない酒を。

草々

一九九五年六月二十日

カエサルが、ホテルの裏口から戻って来た。あんずの酒をやっとみつけたという。酒としてはもう少し寝かせたほうがいいのだがとしぶる相手に、若い酒は、あんずの香りが強いから、かえってそのほうがいいかもしれないと、強引に買って来たのだった。

私はベランダに行き、ワリちゃんの肩を叩いて、

「あるところには、あったぞ」

と耳打ちした。

「あんずで作ったドブロクってとこやな」

「えっ、あったんですか」

ワリちゃんは舌なめずりをしながら、私の部屋に入り、かすかに白濁している密造酒をグラスに注いだ。あんずの甘い香りが、部屋中に漂った。

「フンザの星に乾杯」

ワリちゃんはそう言って、香りを嗅ぎ、大事そうにグラスを両手で掲げ、あんず酒を少し口に含んだ。私もそうした。

充分に熟成されていないので、舌ではアルコールを感じず、ただのあんずのジュースにすぎないと思ったが、胃のなかにおさまると、まぎれもなく、酒であった。

「この手の酒を甘く見てると、とんでもない目に遭うぞ」

と私は言ったくせに、たちまちグラスのあんず酒を飲み干してしまった。

「せめて、三日は持たせたいですからねェ。今夜はこのあたりにしときましょうね」

ワリちゃんは、壜をロウソクの明かりに透かせて、三分の一にあたるところにボールペンで線を引いた。

「なんてったって、貴重な密造酒やからなァ。みつかったら、国外退去させられるかな」

私は声を忍ばせてそう言った。

酔いは柔らかくて、しかも体の奥に隠れていた首や肩のしつこいこりを表面に押し出してきた。夜中の二時に、壜のなかのあんず酒は、一滴残らず私とワリちゃんの体内に消えてしまったのである。


翌朝、私とワリちゃんを待ち受けていたのは、熟成されていない醸造酒特有の二日酔いであった。頭のなかに鉛が詰まったような痛みで息も絶え絶えのところへ、山羊の群れが道を下って行く地響きが加わってさらに鈍痛をあおってくる。

「ここが標高二千五百メートルだってことを忘れてましたね」

朝、顔を合わせるなり、ワリちゃんは苦笑しながら言った。

「いや、日本で飲んだとしても、二日酔いにかかる酒やったな。そこへもってきて、二千五百メートルの高地やから、そりゃあまあ、二日酔いになるよなァ」

ウルタル峰の霧は、フンザへと下って来る途中で雨に変わって、カリマバード全体を濡らしている。

山羊の群れの夥しい鳴き声は、さしずめ、集団で登園する幼稚園児の話し声のようで、女の子をいじめている男の子もいれば、誰かの悪口を言っている子もいる。きのうの晩ご飯の自慢をしている子もいるし、口ゲンカしあっている子もいる、といったありさまなのだ。

その山羊の群れが消えて行ってしまうと、雨もやみ、私たちは朝食をとるために食堂へ行った。

カエサルは、フンザ最後の日に、ホーパル氷河の観光を予定していた。

フンザ河の南、ディラン峰の北東に横たわるホーパル氷河へ行くためには、普通の車では到底無理なので、特別仕様のジープが必要だ。主に氷河観光を専門とする小さな会社が、ホテルの隣にあって、小型ジープが何台も待機している。だが、ホーパル氷河への道は、スストからフンザへのカラコルム・ハイウェイの、断崖絶壁の道よりもはるかに危険なのだという。

小型のジープが、やっと一台渡れる吊橋の下には、ヒスパー河の激流があり、落石はいつどこで突然生じても不思議ではない。

私は行きたくなかった。せっかくここまで無事に旅をつづけてきて、いまさらわざわざ金を払って、命の縮むような恐怖を体験するなどとは愚の骨頂だという気がした。

「ホーパル氷河からは、ウルタルの連峰やディラン峰が、フンザとは違う形で見えます」

とカエサルは言ったが、シエライ氏は不機嫌そうに、自分は行かないと答えた。ワリちゃんもハヤトくんも、行くべきか行かざるべきか迷っていて、最終判断を私にゆだねた。

私はシエライ氏に、鳩摩羅什の時代、このフンザ周辺は、どのような状況であったと思うかと訊いた。

フンザという国はまだ存在していないが、ガンダーラ全体という視点から見れば、クンジュラブ峠を中心とする山脈を境とする異国への通り道であったことは疑いようがなく、極めて険難な、命を賭《と》すほどの覚悟が要求されるシルクロードのひとつのルートであったと推定される……。シエライ氏はそう答えた。

「高山病、山の嵐、断崖の細道、当時は棲息《せいそく》したであろう幾種類もの猛獣、山賊、そして絶え間ない落石……。でもそこを越える以外、ガンダーラから北へは行けなかったし、タクラマカン砂漠の周縁の国々からガンダーラへと向かうこともできなかったはずです」

シエライ氏の「ガンダーラ」は、あくまでも現在のパキスタンを中心としている。パキスタン学派とインド学派との確執は、我々の思慮を超えて根強く、そのライバル意識は、もはや学問の論争の次元ではなく、民族問題の領域と化している。

だが、二世紀から三世紀にかけて、ガンダーラ地方を中心に栄えた大乗仏教は、主として西域南道の于闐《うてん》国、現在のホータン（和田）を経由して中国へ伝えられたという歴史的事実を否定することはできない。

ホータンは、ヤルカンドから東へ三百キロほどのところにあるから、羅什の留学の旅の往路は、アクス、カシュガル、ヤルカンド、ホータンを経由して、崑崙《こんろん》山脈のどこかを越えて行き、復路はガンダーラからヤルカンドへ向かったという説がある。

九歳の羅什が留学の地とした罽賓《けいひん》国。それは、漢の時代には、カブール川流域のガンダーラ地方のことであるというのは、東洋史学の白鳥庫吉《しらとりくらきち》氏の筋の通った論評によって、我々は納得せざるを得ない。「罽賓・烏弋《うよく》山離道」が、仏教を伝えた道であったという白鳥説は、いまのところ動かし難いが、大月氏《だいげっし》が衰える四世紀から五世紀にかけて、罽賓国は現在のインドのカシミール地方へ移ったというのも白鳥説である。

松本和夫氏は『カラコルム紀行』で、「九歳のとき、鳩摩《くま》羅什《らじゅう》は母に連れられて罽賓《けいひん》国に留学することになった。まだ年歯のいかない少年である。どのようなルートをとったか明らかでないが、おそらくタクラマカン沙漠の北辺をたどってカシュガルに出、そこからパミールの高嶺を越えて北インドに来たものと思われる。すでに当時の罽賓国はカシミールをさすものとすれば、どこから来てもギルギットの周辺に立ち寄っているはずだ。羅什《らじゅう》母子は『辛頭河』を渡って罽賓入りしているので、少なくともギルギットのやや上流でインダス川を越えたのであろう」と書いている。

さらに羅什の帰路について、「月氏の北山を越えて沙勒《さろく》に滞在し、そこから温宿《おんじゅく》国にいたって亀茲国王の出迎えを受けたという」とつづく。沙勒は現在のカシュガル周辺であり、温宿はアクスの北にあったオアシス国である。

ギルギットのやや上流でインダス河を越えたとすれば、まだフンザ国ではなかったこの秘境に羅什の足跡を思い描くことは可能だと思える。

「ガンダーラもカシミールも、もっと多くの地域もひっくるめて、罽賓国だったんですね」

と言いかけて、私はやめた。シエライ氏の機嫌をそこねるだけだろうと考えたのだった。

「ホーパル氷河には、エメラルドが、ごろごろ落ちています」

とカエサルが言った途端、ダイの表情が変わった。

「エメラルドって、あの宝石のエメラルド? 勝手に拾って持って帰ってもいいんですか?」

ダイは、椅子から腰を浮かせて、カエサルにそう訊いた。心はすでにエメラルド採りに向かっているといった態勢であった。

「落ちてるんだから、誰が拾ってもいいんです」

とカエサルは言った。

「行こう。ねェ、行こうよ」

ダイは、私の肩をつかんで揺すった。このシルクロードの旅に出て以来、私はこんなに意志的かつ意欲的な目の息子を初めて見る思いだった。

「みんな行けへんのやったら、俺ひとりでも行くぞ。カエサルさん、行きましょう」

「お前なァ……」

私は呆《あき》れて、ダイを見つめた。

「お前が、こんなに宝石に目がくらむやつゃとは思わんかったなァ。『金色夜叉《こんじきやしゃ》』の『お宮《みや》』みたい……。ダイヤモンドに目がくらみ、って……」

「コンジキヤシャって何？」

「お宮って女が、将来を約束しあってた貧乏学生の貫一《かんいち》を裏切って、ダイヤモンドをプレゼントしてくれた金持の男の愛人になってしまうっちゅう尾崎紅葉《おざきこうよう》の小説や」

「なんと言われても、俺はエメラルドを採りに行く。やっとこの旅行で、生き甲斐ができた」

「命懸けやぞォ。エメラルドよりも命のほうが大事やと思うけどなァ」

「俺ひとりでも行く」

「お前、誰に似たんや。俺か？　お母さんか？」

ダイは自分の部屋に行くと、ホーパル氷河へ行くための準備をして食堂に戻って来た。そんな危険なところに、息子をひとりで行かすわけにはいかなくて、私はホーパル氷河行きを承諾するしかなかった。

ホテルの隣の、主に氷河観光のためのジープと運転手たちを管理している会社の経営者は、このフンザにあって数少ない成功者である。

彼は何年か前、まだ二十歳を過ぎるか過ぎないかのころに、家の農業だけでなく、力仕事の出稼ぎで金を蓄え、イスラマバードまで出て、一台のポンコツのジープを買った。そのジープは、先進国にあっては、もはや廃車となってしまった代物で、エンジンもオイル・ポンプもラジエーターも、電気系統も、シャーシーも、ほとんど使い物にならないのにもかかわらず、彼が五年かかって蓄えた金でも、まだ足りなかったという。

彼はあちこちの自動車修理店や、中古部品屋に足を運び、自分でエンジンを直し、シャーシーの調整をし、車体を磨きあげ、苦労と工夫を重ねて、やっとそのジープが動くまでに修理して、フンザを訪れる外国人相手に氷河観光の仕事を始めたのだった。

いまや、彼の会社には十数台のジープと、彼のようになりたいという野心を胸に秘めた若い運転手が何人も働いている。

だが、観光客が最も多く訪れる時期になると、十数台のジープは早朝から夕刻まで、フンザのカリマバードから幾つかの氷河へと往復しつづけて、排気ガスと騒音によるストレスと、農業や酪農を捨てて金儲《かねもう》けへと走る青年たちを生みだした。

私たちをホーパル氷河へと案内する二十二、三歳の青年は、すでにホテルの前でジープのエンジンをかけたまま、タイヤの点検をして待っていた。

私たちが乗り込むと、小型のジープはカリマバードの土の坂道を下り、フンザ河に架かっている橋を渡って、すぐに右側の絶壁に沿った道へと曲がった。まだ出発したばかりなのに、すでに危険地域に入っていて、運転手は、ハンドルを握ったまま、落石の予兆である小石の落ち方をたしかめ、猛烈なスピードで走り抜け、また速度を落とし、小石の落下の程度を確認し、再び急発進して、危険地帯を抜けるという綱渡りのような運転を繰り返した。

やがて、吊橋が見えて来て、ヒスパー河の対岸の、さっきよりもさらに危険な断崖と、そこにへばりつくように造られた曲がりくねった砂利道が、まるで空の彼方へとのぼっているさまが目に入った。

「これは、中止したほうがいいんじゃないかなァ」

とワリちゃんが顔をしかめてつぶやいた。

けれども、道にはUターンする場所などどこにもない。ワイヤーで吊ってあるだけの橋は、運転手が慎重にジープを運転しても左右に揺れて、頼りなさそうな音をたてた。だが、その程度の危険地帯など、まだほんの序の口だったのだ。吊橋を渡って、石だらけの断崖の縁をのぼり始めると、たちまちヒスパー河は真下に遠ざかって行き、その距離は二、三百メートルにもなり、道はさらに細くなり、路肩は絶え間なく崩れつづけた。

あれほど行きたがったダイも、ひとことも発しない。ハヤトくんも、座席に設けられた鉄パイプの手すりを両手でつかんで、ジープから落ちないように体を支えるしかないので、カメラの撮影など到底できはしない。

「あの大岩石、なんか、俺たちが通るのを待ち受けてるみたい……」

私は路肩の下を見ないようにして、左側の断崖ばかり見つめて、そう言った。高さも幅も十メートルほどの大きな岩が、落ちないのが不思議なほどの危うい均衡を保って、断崖の急な斜面にとどまっていたのだった。しかも、その大岩石の下は急カーブになっている。

「おい、おい、おい……。たのんまっせ。これは、とんでもないことになったなァ」

私は思わず日本語で運転手に言って、鉄パイプの手すりを握りしめた。急カーブの向こうから、山羊の大群がやって来たのだった。

　車と路肩とのあいだには、山羊が二頭ほど通れる幅があるだけだった。ジープのハンドルを握っている青年は、頭上の大岩石を、首を前に突きだすようにして見つめ、山羊の群れを追う中年の男に何か言った。

「静かに通ってくれよ」

　と言ったそうである。

「山羊に、そんなこと頼んでもなァ……」

　じたばたしても始まらない。運が悪けりゃ俺たちは死ぬだろう。大岩石が落ちて来るか、路肩が崩れて、ジープごと何百メートル下の激流に転落するか……。

「静かに通れよ。なァ、そっと歩くんやで」

　とダイが山羊たちに言った。

　ふいに隊列を乱されて、山羊たちはこれまでの行動の秩序がこわれたのか、静かに歩くどころか、慌てふためいて我先にとジープの横に突進して来た。行き場を失って、大岩石の真下の絶壁を駆けのぼろうとする山羊もいる。

「落ち着け！　落ち着け！　山を揺らすな！　岩が落ちてくるやないか！」

　私も山羊たちに怒鳴った。山羊の通り過ぎて行く地響きは、私を絶望的にさせ、砂埃が視界を消した。

——木曾路《きそじ》はすべて山の中である。あるところは岨《そば》づたひに行く崖の道であり、あるところは数十間の深さに臨む木曾川の岸であり、あるところは山の尾をめぐる谷の入口である。一筋の街道はこの深い森林地帯を貫いてゐた。——

島崎藤村《しまざきとうそん》は『夜明け前』をそう書きだしたが、その木曽路の難所の何百倍、いや何千倍も危険な地点で、私たちは、ただひたすら、山羊たちが静かに通り過ぎてくれるのを待つしかなかった。

少年・羅什も、千六百年以上前、このような道をあえぎながら歩いたことであろうと思った。いつどこで不慮の死に遭っても、誰も同情もしてくれない旅であったのだ。あの時代のシルクロードでは、そこを旅することは死にに行くのと同義だった。

山羊たちが、なにやかやと文句を言いながら、一頭も谷底に落ちることなく通り過ぎ、ジープも急なカーブを無事曲がった。視界がひらけた瞬間、私は我知らず体の力を抜き、深い息とも声ともつかないものを喉元から吐き出した。断崖絶壁は曲がりくねって果てることなくつづいていたのだった。そして土の道は、巨大な石の山のへりに、哀れなほどに頼りなくへばりついている。

心象のはいいろはがねから
あけびのつるはくもにからまり
のばらのやぶや腐植《ふしょく》の湿地
いちめんのいちめんの諂曲《てんごく》模様
（正午の管楽《かんがく》よりもしげく
琥珀《こはく》のかけらがそそぐとき）
いかりのにがさまた青さ
四月の気層のひかりの底を
唾《つばき》し　はぎしりゆききする
おれはひとりの修羅《しゅら》なのだ

それにしても、宮澤賢治《みやざわけんじ》の「春と修羅」という詩は、どうしていつも私の心を打つのだろう。

無気力なとき、失意のとき、あるいは順境と逆境とのはざまの一瞬、私のなかにはときおり、「おれはひとりの修羅なのだ」とうそぶくでもなく吠《ほ》えるでもなく、「春と修羅」の一節が甦る。

心象のはいいろはがね、か……。いちめんのいちめんの諂曲模様、か……。いかりのにがさまた青さ、か……。おれはひとりの修羅なのだ、か……。

修羅――広辞苑では次のように説明している。

①阿修羅の略。②あらそい。闘争。

阿修羅についてはどう説明しているのであろう。

阿修羅――古代インドの神の一族。後には（中略）天上の神々に戦いを挑む悪神とされる。仏教では（中略）仏法の守護神とされる一方、（中略）絶えず闘争を好み、地下や海底にすむ、と。

だが宮澤賢治は「修羅」を、己のなかの命の一形態として捉えていたのだと私は思う。地獄、餓鬼、畜生、修羅、人、天、声聞《しょうもん》、縁覚《えんがく》、菩薩、仏という十界における六道のひとつとしての修羅は、心がねじ曲がっていて、物事を正しく見ることができず、すなおな考えを拒否し、弱いものにはいばりちらし、強いものにはこびへつらい、自分がいつも正しいと思い、つねに何かにつけて怒りの心を抱く生命状態をさしている。

そうであるならば、「春と修羅」における「春」とは何であったのか。「春」とは、この詩においては仏の生命であったはずなのだ。

その観点で「春と修羅」を考えれば、宮澤賢治の作品のすべてに隠された暗号が明かされてくる。

ならば、「仏」とは何なのか……。羅什が最も知りたかったのは、その一点に尽きるのであろう。「仏」とは架空のものではないのだ。

私は、昨夜の星空に戻りたいと思った。だが、引き返すことはできない。ここまで来たら、ホーパル氷河に行ってやろうじゃねェか。私はこんなところで横死に遭うような人間ではないのだ。

そんなことをちりぢりに考えているうちに、私は嵐のなかの一枚の木の葉のような状態を何とも思わなくなってしまった。

小石が落ちてくる。運転手が表情を険しくさせてジープを止める。大落石の前兆だ。だが、岩は落ちてこない。また進む。また小石。止まる。進む。路肩の崩れつづけるカーブを曲がる……。その繰り返し……。

いつのまにか、私たちは渓谷を縫って、小さな村に入った。そこから先へ行く者は警備兵の検問を受けなければならなかった。私たちはジープから降り、警備兵が指差すノートに氏名と国籍とパスポート・ナンバーを書いた。村は、フンザのカリマバードよりも五百メートルほど標高の高いところにあって、氷に冷やされた風が吹いていた。

そこはナガールという村で、村人たちはフンザ人ではなく、ナガール人なのだった。フンザ人よりも皮膚の色が黒くて、体も小柄で、同じイスラム教ではあっても、フンザ人はイスマイール派だが、ナガール人はスンニー派だという。

このイスラム教における「派」の違いは、私にはよくわからない。教義の違いにせよ戒律の違いにせよ、イスラム教は徹底して偶像崇拝を拒否するので、「本尊」に対する論争というものは生まれない。そこが世界で六億人とも言われるイスラム教徒の、混沌《こんとん》としつつも揺るがない強さであるのかもしれない。

ナガールの村にもポプラ並木がつづくが、それはいつのまにかあんずや桑の並木に変わった。牧畜が盛んらしく、乳牛が豊かな緑に埋もれるようにして草を食《は》んでいる。

やがて、別の村に入り、急な斜面をのぼったり下ったりしながら、ジープはホーパル氷河へと近づいて行った。千尋《ちひろ》の谷底も、あまりにも何度も体験すると、その恐怖に対する虚無感のようなものが生じて、恐怖心が麻痺《まひ》してしまう。裏返せば、それは注意力の散漫につながることになるのであろう。小さなジープが、遊園地の巨大なジェット・コースターに似た面白さを感じさせ始めたころ、ディラン峰とラカポシ峰は、たしかにフンザのカリマバードからとはまったく様相の異なる形で迫って来た。

私は、二つの峰以外の無数の峰々をひとつずつ指差し、カエサルに名前を訊いた。

「あのノコギリの刃みたいな山は？」

「名前はありません。ただの山です」

「じゃあ、その向こうのエヴェレストみたいな山は？」

「あれも、名前はありません」

「なんで？」

「パキスタンでは、七千メートル以下の山には名前をつけないんです」

だが私が指差した山は、どれも六千メートルを超えている。

「七千メートル以下は、どれも山ではないっちゅうわけか……。しょせん、高い丘なんだ」

「まあ、そういうことですね」

日本人を妻に持つ青年は、どこか自慢そうに微笑んだ。

「日本一の富士山は何メートルですか？」

「うん、いまカエサルは、きっとそう訊くだろうと、俺は予感したな。富士山は三千七百メートルと少し……」

「低いですねェ」

「なにかというとお辞儀をする国ですからね。鼻も低いし、精神性もどんどん低くなってる。政治家なんて、選挙のとき、票を下さいって土下座するんやぜ。そんな恥ずかしいやつが選挙に勝つ国や」

カラコルム山脈の、いったい幾つあるのか見当もつかない尖った峰のひとつから突き出た物干し台のようなところにホーパル氷河はあった。

ホーパル村の家々は、どれも瀟洒《しょうしゃ》で、石積みの土台に木と漆喰《しっくい》壁を組み合わせて建っている。村の最も高い場所に、ホーパル氷河を観に来た人のための小さなレストランがあり、日除け用の大きなパラソルの下にテーブルと椅子を並べたカフェ・テラスもあった。

フンザのカリマバードからはたったの三十五キロだが、二時間を要している。

亀裂だらけの岩盤を歩いて、恐る恐る氷河をのぞき込むと、眼下に灰色の岩と、同じ色の砂にまぶされた氷河があった。峰の向こう側にも、その右側にも左側にも氷河が横たわっているが、私たちのいるところからは見えない。

「落ちたら一巻の終わり。岩の亀裂に落ちても助からん。俺はなんでこんなところに来たのかな……」

私はそうつぶやいて、カフェ・テラスの椅子に坐り、熱いチャイを注文した。エメラルドは氷河の横に転がっているという。

「えっ！　あそこまで降りるの？」

ダイは二、三百メートル真下の氷河へとつづく「けもの道」のような一本の曲がりくねった細い道を見つめて、意を決したように降り始めた。

「俺の息子が、あんな欲のかたまりやとは、いままで知らなんだ」

私はあきれてしまい、勝手にしろと思いながら、ワリちゃんにそう言った。

「落石に気をつけて」

とカエサルは言って、ダイのあとをついて行き、そのあとをハシくんが追った。何かあったら、自分がいなければならないと思っているのであろう。

私はハシくんに、ついて行くことはない、戻って来るようにと言ったが、

「ぼくも行ってみたいんです」

という返事が返って来た。三人の姿は、たちまち、氷河の一部と化して、私の視界から消えた。

峰の先端を水平に切り取ったかのようなところに段々畑があり、そこで村人が農作業をしている。豆畑だという。空はこれ以上青くならないと思えるほどに青く、ラカポシ、ディランの峰は純白に輝き、ウルタルの南面が光る鏡と化している。燕《つばめ》が飛び、ヒバリの声が聞こえ、山羊の鳴き声が四方でひどく呑気《のんき》そうに谺《こだま》している。

「大丈夫かなァ」

三人が氷河へと降りるのを、岩盤のてっぺんから見つめつづけていたハヤトくんが、心配そうに言いながらカフェ・テラスの椅子に腰かけた。

「ここもかなりの標高ですよ。間違いなく三千メートルを超えてます。ぼくの体の調子では、三千二百メートルってとこですね」

ハヤトくんは顔をしかめて、熱いチャイを飲んだ。

村の男がやって来て、エメラルドを買わないかと、ポケットから白い石を出した。そ

の白い石のなかに縞模様を描くかのように、薄緑色の石が交ざっていた。それはエメラルドには違いないのではあろうが、貴石としての価値を持つためには、あと数万年ほどの時間と、さまざまな自然現象を必要とする、ただの薄緑色の模様でしかなかった。

これは、まったくエメラルドの色をしていないではないか……。本物のエメラルドは、もっと深くて濃い緑色だとワリちゃんは男に英語で言った。男は、ほんの少し、英語がわかるようだった。男は、私たちに、見ていろと言って、石を水で濡らした。白い石に溶け込むようにして頼りなげな薄緑色をくねらせている「エメラルド」に近い石は、水に濡れて、やっとエメラルドらしい色に変わった。

「なるほど、エメラルドですねェ」

私は男に言い、私たちは買わないと何度も念を押した。男は別のポケットから濃い茶色の石を出し、

「アクアマリーン」

と言った。

「へえ、アクアマリーンも、この氷河で採れますか?」

男は、その石を光にかざした。私の知っているアクアマリーンとは違って、それはコールタールの小さなかたまりに似ていた。宝石には興味がないと私が言うと、男はうなずいて去って行った。

「しつこくなくて、いいなァ。トルコのイスタンブールの宝石売りには、俺はひどい目に遭ったよ」

私が言うと、ワリちゃんは、遠くを見つめて何か考え込んでから、

「ジャックと豆の木、ですね」

と言った。

「フンザから、ここまでの恐ろしい道……。いったい、どこまでこの急な道を、命からがらのぼりつづけるのかって、ぼくは後悔しながら思ってたんです。そしたら、雲の近くに、フンザとは別の桃源郷が、ひょいとあらわれたって感じで……。これは何かに似てるなァ……、何だったろうなァって考えてて……、ああ、『ジャックと豆の木』だって、いま気づきました」

なるほど、たしかにここは雲の近くに忽然と現じた別天地だ。白く輝く峰々は、フンザからよりも近くて大きくて、氷河を挟んだ渓谷は、おとぎの国のカーペットのようだ。

「ジャックと豆の木、か……。小学校二年生か三年生のとき、なんか胸をわくわくさせながら読んだなァ。ジャックが植えた豆が、あっというまに芽を出して、それが、にょきにょきと天まで伸びつづけて、ジャックはその豆の木と一緒に空のあるところまで昇っていくんや。俺、朝顔の種を蒔《ま》いて、あのジャックの豆の木とおんなじように、俺の朝顔も、すぐに芽を出して、それが、ものすごいスピードで天まで伸びていけへんかな

ァって、息を殺して見とったことがある」

私の言葉に、ワリちゃんは笑い、自分も同じような思いを抱いて、畑に植えた何かの種に水を撒いたことがあると言った。

「ジャックが辿り着いた雲の上は、このナガールの村みたいだったんじゃないですかねェ」

「ここには、鬼はおらんけどなァ……」

イギリスにも民俗学的な昔話はたくさんあって、それらをジョーゼフ・ジェイコブズが、子供用の読み物としてまとめた『イギリス昔話集』に「ジャックと豆の木」も入っているという。

ヨーロッパの昔話にせよ、日本の昔話にせよ、それらは最初、口伝えで人の耳から耳へと伝わり、語る人の個性とともに微妙に変化しつづけたが、「口伝え」が「口承文学」としての位置を持つためには、その話の基本に「動かしがたい」暗喩の部分を必要とした。暗喩は、曰《いわ》く言い難い秘密を隠しつづけて、やがて文字による昔話と化していき、物語に秘められたものの本質は、次第にわかりにくくならざるを得なかった。

民俗学というものの魅力のひとつは、往古の人々が口伝えの物語に秘めた暗喩を解読し、その物語をありのままに受け取ることの重要性を示す点にあると私は思っている。

『日本書紀』にせよ『古事記』にせよ『今昔物語集』にせよ、それを寓話《ぐうわ》ととらえるのは間違いなのではないのか。

かぐや姫が竹のなかにいたというなら、まさしく竹のなかにいたのだと信じることによって、我々は我々の祖先の情念に触れるのではないのか。

「ぼくたちはジャック。あのジープは豆の木」

とワリちゃんは言って、頭上のヒバリを目で追った。

「こんなにのんびりしたところへ来たのは何年振りかなァ……。ひょっとしたら、生まれて初めてかもしれません」

と誰に聞かせるでもなくつぶやき、ワリちゃんはまた遠くを見つめた。

ダイとカエサルとハシくんが無事に氷河から帰って来たのは、それから四十分ほどあとだった。

エメラルドが含まれている石を探していると、岩が落ちて来て、それらは自分たちが立っている場所からほんの二、三メートルのところで砕け散ったという。

三人のうちの誰かが、落石に気づき、

「あっ、岩が落ちて来た」

と何気なくつぶやく。言われた二人も何気なく頭上を見上げ、ああ、岩だと思って身をかわす。そして再びエメラルド探しをつづける。世は事もなし、といった不思議な思いだったという。

けれども、たくさんの石をかかえて急斜面をのぼり、私たちが待つ場所に帰り始めると、死と隣り合わせの時間にいたことに気づいて足がすくんだ。自分たちは、なんと恐ろしい場所で、無防備になって、無邪気に宝石探しをしていたことかと、鳥肌が立った……。

ダイもハシくんも、およそ、そのように語った。

「石のなかに、本物のエメラルドが入ってるかもわからへん。もしすごいエメラルドやったら、どうする?」

そう言って、ダイは白い石をカフェ・テラスのテーブルの上に並べた。もし、そうなら、「ジャックと豆の木」は絵空事ではなかったのだ。暗喩のなかに宝石があったのだから……。

私たちはカフェ・テラスの近くに建てられた小さなレストランで昼食をとり、妙に名残惜しいような、恐怖の帰路に足を踏み出すのを少しでも遅らせたいような気分を抱いて、ジープに乗った。けれども、天上から下界へと戻って行く心持にはなれない。天上から別の天上へと居場所を変えるという、いささか心ときめく思いもあったのである。

途中で雨が降って来て、お陰で砂埃は来たときよりも少なく、それが多少の救いでもあった。カリマバードの坂道へ帰って来たとき、私は「また生きて帰って来たなァ」と胸のなかで言った。きょうは何曜日なのだろうか。フンザのカリマバードは、いつになく山羊や羊の群れが多い。草を求めてどこかへ出かけて行く山羊や羊たちは、まるで会社勤めをしている人のように、決まった時刻に坂道を下って行き、決まった時刻に自分たちの塒《ねぐら》に戻って来る。早朝の出勤、夕刻の帰宅というやつだが、きょうは、みんないつもより早く帰って来たようなのだ。

私はホテルの部屋で一服すると、食堂で熱いチャイを飲み、従業員たち同士のよもやま話に耳を傾けた。

ブルシャスキー語での会話は、私にはひとことも解せないが、五、六人の従業員たちは、誰も声高に喋る者はいない。穏やかな目、穏やかな語り口……。

そのうち、口髭の立派な従業員が「ホーパル氷河はどうだったか」と英語で訊いた。私は「怖かった」と答えた。みんな静かに笑った。腕時計を見ると三時だった。ウルタルの頂上は荒れていて、いつもは見える麓の村々は黒い雲に包まれている。雨はレストランの窓を強く打ち始めた。

私は自分の部屋に戻り、二時間ほど眠った。

目を醒ますと、雨はあがって、冷たい湿気がフンザ全体に靄をかけ、それが純白の動かない蒸気と化して村の底に沈んでいる。

煙草がきれたので、私はワリちゃんに一本貰おうと思って、ワリちゃんの部屋に行った。ワリちゃんも煙草がもうあと二本しかないという。ハシくんも残り少ない。

それで、みんなで歩いて、村の入口の三叉路のところにある小さな雑貨屋へ行くことにした。そこは、つまり「何でも屋」で、村人たちのための生活雑貨を売っている。チョコレートやガムを置いてあるが、そんなものを買う村人はいない。外国の観光客以外は高価で手が出ないのだ。そして村の子供たちにとっては、それらは指をくわえて見つめるしかない憧れの菓子である。

私たちは、雨あがりの夕暮れの道を歩いた。ロバの頭を撫《な》で、山羊の背をさわり、ときおり立ち止まって、カリマバードの果樹園を背景に並び、記念写真を撮り、みやげ物屋でフンザの男たち全員が着ている羊毛製のベストと民族帽を買った。

雨あがりの夕暮れは花々が美しかった。靄がかかっているために、逆に花々だけが地上に浮かびあがったかに見える。ディランもラカポシもウルタルも濃い霧にさえぎられ、まだ野良仕事をしている人々の姿さえもおぼろなのに、花々だけが生きてうごめいているかに見える。

私はフンザの民族帽をかぶり、買ったばかりの煙草に火をつけながら、フンザは「木立」だったかとハヤトくんに訊いた。

「木立どころか、花園でした」

とハヤトくんは言った。それなのに、またお腹の具合が悪いという。ひょっとしたら、西安を発《た》って以来、最悪の体調かもしれない、と。

「中国を出て、ほっとして、気がゆるんだからかもしれません」

「おいしいカレー味の料理を食いすぎたのかな」

私はそう言ったが、カメラを三つも肩から下げて、一日中写真を撮り続けてきたハヤトくんの疲れは、私たちの想像を超えているはずだった。

「日本に帰って現像したら、何も写ってなかったっていう夢を見るんです。そんな夢を見て目を醒ますと、しばらく心臓がドキドキして……」

ゴビ灘《タン》の微細な砂が、カメラの機械にどんな影響をもたらして、その作動を狂わせているかもしれない。絶えず砂の侵入を気遣って、宿舎では丹念に掃除と点検をつづけてきたが、それがどこまで功を奏したかは、フィルムを現像してみなければわからない……。

ハヤトくんは不安そうに言った。

「あけてびっくり玉手箱の心境やろけど、いい写真が撮れてるよ」

私が言うと、

「もう、いい写真なんか撮れなくてもいい。頼むから普通に写っててくれって心境ですよ」

ハヤトくんは顔をしかめて言った。そのハヤトくんの髭も西安以来剃《そ》っていないので、伸び放題に伸びている。

その夜、星は見えなかった。ときおり、雨混じりの強い風が窓を打った。それなのに、私たちはベランダの椅子に坐り、村の灯りに見入った。

私は、フンザの夜更けの冷たい風のなかで、からっぽになっていった。私の生活の大半を占める、馴れ親しんだ小説も、詩も評論も散文も、ことごとくがどこかに消えていってしまったようだった。自分が書いた小説の一行すら思いだすことができない。

山羊が鳴いている。仔山羊のようだ。深い霧の底で迷子になってしまって、鳴きながら親を捜しているような声だった。

私はその夜、死んだ父を思い、母を思って、いつまでも眠れなかった。私は、いつ死ぬのであろう。そして、死んだらどうなるのであろう。そのことを、これほどまでに考えつづけた夜はなかった。

第十八章
インダスという名の銀河

渓流

薔薇《ばら》の香りで目が醒めた。ベッド・サイドのテーブルの上では、皿に立ててあるロウソクの火が消えかけている。

窓もドアもあいたままだが、泥棒なんか、このフンザのカリマバードにはひとりもいない。むせかえるような薔薇の香りが、どこから漂ってくるのかわからない。けれども、まがうことのない薔薇の香りに私は包まれている。

きょうは一九九五年六月二十二日。私たちはフンザを発ってギルギットへと向かう。ギルギットでは二泊する予定だ。それからチラスへ。チラスで一泊してサイドゥシャリーフへ。サイドゥシャリーフで二泊。そしてかつてのガンダーラの中心地・ペシャワールへ。ペシャワールで二泊。そしてイスラマバードで一泊の後、カラチへ飛び、カラチから成田行きのパキスタン航空機に乗る。

八日後、私たちは日本の土を踏むはずなのだ。

朝の八時四十分。私たちはホテルをチェック・アウトしてギルギットめざして出発した。運転手のバットさんは、カリマバードに一軒だけあるガソリン・スタンドで給油し、車のタイヤを点検して空気を入れた。ギルギットまでは約百キロだが、危険な箇所が幾つかあるという。

道路状況に問題がなければ、昼の十二時ごろにギルギットに着いてしまうが、カラコルム・ハイウェイのどこかで落石でもあれば、復旧作業を待つしかなく、下手をすれば、きょう中に着かないという事態も起こり得るのだった。

灰色の岩肌のてっぺんを平らに削って、そこに木を植え、幾何学模様の段々畑を開墾したのか、それとも、もともとそのような地形であるところに人々が住みついたのか、曲がりくねった大渓谷のあちこちに緑濃い集落が点在していた。その集落の近くには、必ず一筋の滝のような川が、ほとんど垂直に流れて、フンザ河に落ちている。

黒い旗が立ててある村と、そうでない村とがあった。黒い旗がひるがえっている村は静まり返っていて、どこかよそ者を拒否するかのようなたたずまいがあった。

村で死者でも出たのか……。それにしては、黒い旗を立てている村の数が多い。私が不審に思っていると、バットさんが、

「シーア」

と言った。黒い旗のある村は、イスラム教シーア派の人たちが住む村なのだった。世界の六億人のイスラム教徒のうち、一割がシーア派で、その教義は過激だと言われるが、フンザやギルギット周辺のシーア派は、比較的穏健とされている。

イスラム教はアラブの預言者ムハンマドが、西紀六一〇年に神の啓示をうけて創唱し

た一神教で、羅什《らじゅう》が生きた時代には、この地球上にはまだ宗教としては存在していなかったことになる。

ムハンマドというアラビア語の発音は、日本に伝わったときにはマホメットになり、それは今日に至っても変わっていない。だがアラブ世界で「マホメット」と言うと、ひどく不愉快な顔をされた経験が私には幾度かある。

「マホメット？　お前、馬鹿にしてんのか？　マホメットって、いったい誰なんだよ」

一様にそのような表情で睨まれ、「ムハンマド」と正しい発音を教えてくれるのだが、アラビア語の発音も私には難しくて、どうしても「ムハムド」とか「マフモド」とか「ムフメド」とかに聞こえてしまう。だから私は、イスラム教の人の前では、その言葉を口にしないようになった。

きのうの雨が、ギルギット周辺の渓谷にもかなりの湿りをもたらしたのか、おそらくその先に隠れているのであろう氷河や峰々からの急流は、小さな村々を流してしまいそうなほどの勢いで、フンザ河へと落ちていた。

十一時四十分に、カエサルが、ここからギルギット河になると教えてくれたが、どこまでがフンザ河で、どこからがギルギット河なのか、その境界となるものが何なのか、わからなかった。

頭上の岩肌が道の上に屋根状につづくところで、弓を持った人が歩いていた。弓には二本の弦《つる》が張ってあり、矢は持っていない。

　このあたりの岩にはガーネットが含まれていて、その岩が落ちて砕けると、ガーネットも道に散乱するのだとカエサルが言った。するとダイが、慌ててバットさんに車を止めてくれと頼んだ。ガーネットを探すつもりらしい。

「お前……、なんでそんなに宝石に執着するのかなァ……。高く売れるような石なら、パキスタン政府がこのあたりを立ち入り禁止にして、国をあげて宝石採取するぞ。誰が取ってもええような石やから、落ちて散らばるままにしてあるんや」

　私はあきれて言ったが、ダイの目の色が変わっている。私の次男は、いったいどういう人間なのであろう……。

　私は車から降りて、足下のギルギット河に見入った。河まで二百メートルはありそうだった。対岸に、シーア派の村があるが、人間の姿は見えない。

　弓を持ったおじさんが、ポケットからガーネットを出し、私の掌に載せた。私が、買う気はないと身振りで示すと、「あげるよ」と言った。私はお礼に煙草を三本あげた。というより、自然に手が動いて、煙草の箱をおじさんに差し出していたのだった。

「あかん。この癖、早いとこ直さんとあかん。人を見たら、煙草をあげるようになってしもた。これはもう一種の病気や」

　私は言って、おじさんの弓を見せてもらった。これで鳥を落とすのだと説明してから、おじさんは足元の石を拾い、二本の弦でそれを挟んで、弓を引き絞り、飛んでいる小鳥を狙った。石は小鳥の体をかすめた。

「わざと外したんだ」

とおじさんは微笑んだ。

私は、そのおじさんに、小鳥を獲るのがお仕事なのかと訊いた。おじさんは首を横に振り、カエサルも解せない鳥の名を口にした。それから手で鳥の大きさを示し、その鳥を獲って毛をむしり、内臓も抜いてから焼いて、骨ごと食べるのだと説明した。

「雀《すずめ》ですか？　日本でも雀をそうやって食べるんです。焼鳥屋では『スズメ』と注文するんです」

私が言うと、おじさんは、雀ではないと答え、もっともっとうまい鳥なのだと説明してくれてから、空を見上げ、弓を貸してくれた。私は、おじさんが手渡してくれた石を二本の弦で挟み、それを引き絞ろうとしたが、どんなに力を入れても、弦は少ししか動かない。弓は固く、私の力ではどうにもならないのだった。

ダイは、小さなコールタールの塊のようなガーネットをたくさん拾って戻って来て、それをハンカチに包んだ。そして、売ったらどのくらいになるだろうかとカエサルに訊いた。カエサルは首をひねっている。バットさんが、ただであげると言っても誰も欲しがらないだろうと言った。そんなに金が必要なのか、と……。

ダイは、ハンカチに包んだガーネットをリュックにしまいながら、自分で金を儲けたいのだと言って、照れ臭そうに笑った。

そういえば、この子はあまり金を使わない。お小遣いを預金して、その預金通帳の数字を見るのを歓《よろこ》びとしているといったところがある。私はそう思い、車に戻りながら、どうしてそんなに自分で金を儲けたいと思うのかと訊いた。

「俺は、お父さんみたいに無駄遣いはせえへんねん。預金が趣味」

「俺は無駄遣いをしてるかなァ」

「お父さんは、自分で働いて、それを自分で使うてるんやから、それでええんや」

ダイは、さらに何か言おうとしてやめた。空模様を気にしている。洗わなければならない洗濯物が溜《た》まっているという。

ギルギットに着いたのは十二時前だった。パキスタンの北部における首都で、人口は三万人。四方の高峰からの雪解け水や、解けた氷河の水を引いて造りあげたオアシス都市である。崑崙《こんろん》山脈の南西側であり、ヒマラヤ山脈の北西端でもあり、ヒンドゥークシュ山脈の尾根の端とも接していて、カラコルム山脈ともつながっている。大山脈と大山脈とのはざまに、まるで手品のように拓《ひら》かれたギルギットからは、標高八千百二十六メートルのナンガパルバット峰が見える。

ギルギットの町の北側には空港があって、多くの登山家やトレッキングをする観光客にとってはじつにありがたい拠点となっている。

小型の民間機や軍用機が停まっている滑走路の横を通り、閑静な住宅地をさらに北にのぼっていくと、私たちが泊まるセレナ・ロッジ・ホテルの玄関に着いた。太い木材を組んだ豪華なホテルで、ロビーには民芸品や貴金属を売る店が並んでいるし、本屋まであった。

民族衣装を着たウェイターが、ウェルカム・ドリンクを運んで来た。あんずのジュースだった。私たちはロビーのソファに坐り、冷たいあんずのジュースを飲んだ。

「うまい。氷なんて口に入れたのは、何十年ぶりかなァ」

私は言ってから、あっと叫んだ。この氷が危ないのだ。いったい何のために、西安《せいあん》を出て以来、どんなに暑いオアシスの食堂やホテルにあっても、氷だけはひとかけらも口に入れないで我慢してきたというのか……。

「あーあ、飲んでしまった……」

ワリちゃんもグラスを持ったまま、つぶやいた。飲まなかったのは、ハヤトくんだけだった。腹が痛くて、寒気がするという。私が手を額にあてがうと、かなり熱い。

「もう、ぼくは駄目です。ついに病気になりました」

ハヤトくんは、土色の顔で言った。だがギルギットは大きな町であり、パキスタン北部の中心地なので、設備の整った病院がある。

それぞれの部屋に入ると、私は体温計でハヤトくんの熱をはかった。三十八度七分あった。私が日本を発つとき後藤医師から貰った幾種類もの薬袋を出し、「高熱、及び下痢のとき、二錠」とボールペンで書いてくれている袋のなかの薬を服むよう勧めて、きょうはもう写真のことなんか忘れろと言うと、

「ギルギットは、この旅では重要なところなんです。たったの二日間で、どれだけの写真が撮れるか……。寝てる場合じゃないんですよ」

ハヤトくんは苦衷の表情で言った。

「疲れが出たんや。命のほうが大切や」

私はハヤトくんにベッドで休むよう促し、自分の部屋へ行った。今夜、熱が下がらなかったら、病院へつれて行こうと思いながら、鉢植えの花々が咲くベランダに出ると、ホテルの庭に見入った。バドミントンのコートがあり、ブランコがあり、その横に芝生が敷きつめられ、手入れされた花壇がある。

私設ガードマンが二人、自動小銃を持ってホテル内を巡回している。

フンザからギルギットまでの順調な午前中のドライブで、私たちは約千メートル下って来たことになる。ギルギットの標高は千五百メートル。ヒマラヤ山脈の北側なので、南のほうからのモンスーンは、ギルギットには達しないため、年間雨量は少なく、空気は乾燥しているが、霧が多い。中央アジアとインドを結ぶシルクロードのオアシスとし

て、古くから重要な位置を占める町だったのだ。

それにしても、ギルギットにおける私たちの宿舎が、こんなにも静かで品格があり、かつ近代設備の整った豪華ホテルだとは思わなかったな……。私はそう思いながら、ロビーに行くと、オペレーターに日本への国際電話を頼んだ。先にワリちゃんが申し込んだらしく、本屋をのぞくと、ワリちゃんが絵葉書を買っていた。ハヤトくんを眠らせるために、部屋から出て来たということだった。ダイとハシくんは、豊富な湯に大喜びしながら、洗濯をしているという。

夕食はバイキング・スタイルで、レストランにはさまざまなパキスタン料理が並んでいて、野菜も豊富だった。

夕刻に飛行機で着いたという日本人の中年の観光客五人組が、料理を皿に取っている私に話しかけてきた。そのうちの六十歳近い婦人は、周りの客が顔をしかめるほどの大声で、

「あしたはどちらですか？　フンザですか？」

と私に訊いた。

「いいえ。ギルギットからチラスへ行きます。きょう、フンザから着いたんです」

「あら、フンザまで飛行機で行けるんですか？　だったら、私たちもそうしたいわ」

「いえ、フンザからは車です。飛行機は飛んでいません」

「じゃあ、どうやってフンザへ行ったの？」

「中国領から車で」

「中国のどこから？」

「タシュクルガンです」

「タシュクルガンまでは、どうやって？」

「西安から、ずっと車で」

「まあ、いいわねェ、そんなに旅をする時間があって。どんなお仕事をなさってるの？　旅行会社か何かなの？」

「ええ、まあ、そんなところですね」

「旅をしてお給料が貰えて、結構なことねェ」

私はその婦人の大声に辟易《へきえき》して、早く自分のテーブルに戻りたいのだが、婦人は、カレー粉でまぶした鶏のフライを指差し、これはどんな味なのかと訊き、西瓜を指差して、甘いかと訊く。

私がわからないと答えると、なんだかケンカ腰で、私を睨みつけてきた。

「旅行社の人なんでしょう？　説明できなきゃ仕事になんないわよ」

「きょう、ギルギットに着いたばっかりなもんで」

「ふーん、勉強不足ね。髭だけは現地人みたいなのに。何て旅行会社なの？」

「小さい会社です」

私はテーブルに戻り、ナンとミルク・ティーを部屋で寝ているハヤトくんに運んではどうかとダイに言いかけた。すると、ハヤトくんがレストランにやって来た。腹痛はおさまったし、熱も下がったという。

「あの薬、すごく効きました。もう大丈夫だと思います」

「でも、きょうは休めよ。食べないほうがええと思うなァ」

ハヤトくんは、ナンとスクランブル・エッグだけ食べて、もう一度薬を服んだ。

カエサルが、若い女性を伴ってレストランに入って来た。現地の女性が着る服を身にまとい、肩には長いショールを掛けているが、顔は日本人で、二十七、八歳に見える。

ギルギットのバザールで、ひょっとしたら日本人かと思い日本語で話しかけたら、一緒に旅をしている友だちが病気で苦しんでいるというので、気の毒に思ってつれて来たのだとカエサルは説明した。ワリちゃんが、このままだと大量に余ったまま日本に持ち帰ることになりそうな日本食を、この女性に差し上げたらどうだろうと私に言ったので、私は賛成した。

その若い女性は、パキスタン各地を転々と旅しつづけてもう一年になるという。長い旅のせいだけとは思えない生彩のなさが、人並以上の器量の女性を暗く見せている。

病気の友だちは旅の途中で知り合った日本人らしく、ギルギットのダウンタウンにある、日本的な表現をするなら安い「商人宿」に宿泊してすでに一ヵ月たつという。

私は、日本からたくさん薬を持って来ているので差し上げたいが、どんな症状かわからないし、医者ではないので、と言った。

「おつれの友だちは、女性ですか？」

私の問いに、そうですと小さな声で答える表情で、私は、ああ、男なのだなと思い、それ以上訊くのをやめた。

食事を終えると、ワリちゃんとカエサルは女性を部屋に案内し、インスタント・ラーメンやレトルト・パック入りのカレーや、せんべいや梅干しなどを進呈した。パックに入ったお粥だけは数が少なかったし、ハヤトくんには必要かもしれなかったので、それだけは残したのだが、そのお粥が数日後、他ならぬ私に必要になろうとは考えもしなかったのである。女性が帰ってしまうと、私はカエサルに、このパキスタンを一年も放浪する外国人は多いのかと訊いた。

「たくさんいますよ。日本人の若い女が多いです」

カエサルは意味ありげに笑った。もう少し南に下れば、マリファナがいつでも好きなだけ手に入るのだ、と。

「マリファナ？　どこでも売ってるの？」

「あっちこっちに自生してるんです。その葉っぱをちぎって、一日干しておいて、それを巻くか刻むかして吸うんです。それにはまってパキスタンにいつづける日本人の女は多いですよ」

「男じゃなくて、女？　どうして？」

「女は、旅の費用を、その気になればどこでも作れますから。美人だったら、食事付きのホテルに泊まれます」

「それって、体を売るってこと？」

「つまり、そういうことです」

「マリファナを吸いたいためにパキスタンをあちこち放浪して、その放浪の費用は体で調達するっちゅうのか？　日本人の若い女が？　アメリカやヨーロッパの女は？」

「たまにいるかもしれませんが、日本人の女が圧倒的に多いです」

私は日本人を愚弄されたような気がして、自分の部屋に帰るために廊下を歩いて行った。その絨毯を敷きつめた廊下を歩きながら、林芙美子《はやしふみこ》の『放浪記』（改造社刊）を思った。

――私は宿命的に放浪者である。

私は古里を持たない。

私は雑種でチャボである。

父は四国の伊予の人間で、太物《ふともの》の行商人であつた。

母は、九州桜島の温泉宿の娘である。

他国者と一緒になつたと云ふので、母は鹿児島を追放されて、父と落ち着いたところは、馬関の下関であつた。私が初めて空気を吸つたのは、その下関である。

両方の故郷に入れられない、両親を持つ私は、したがつて旅が古里である。それ故、渡り者である私は、この恋しや古里の歌を佗しい気持ちで習つた。——

放浪の旅か……。私も一度やってみたいものだ。しがらみを捨て、勝手気ままに、風の流れるにまかせ、雲の動きに身をゆだね、ありとあらゆる責任を回避し、金がなくなれば現地で何等かの稼ぎを得て、その日その日を浮かんでいく……。

だが、おそらく、どこかでそうありたいと夢想しつつも、私は三日もつづけることができないであろう。私が臆病で、意外に杓子定規《しやくしじようぎ》なところがあって、寂しがり屋だということもあるが、私は古里という言葉を、別の意味において理解しているからだ。旅人という言葉の意味も、私には私のとらえ方がある。

島崎藤村の『夜明け前』に、短いけれども深い一節があって、それはいつも心のどこかに置かれている。

——馬籠の駅長としての吉左衛門は、これまでに何程の人を送つたり迎へたりしたか知れない。彼も殺風景な仕事に齷齪《あくせく》として来たが、すこしは風雅の道を心得てゐた。この街道を通るほどのものは、どんな人でも彼の眼には旅人であつた。——

主人公である青山半蔵の父、吉左衛門《きちざえもん》は、木曽路の馬籠宿の本陣を守りつづけた律義で真面目な男だった。生涯を本陣の当主として、その責任をにないつづけた人の目には、いったい何が偽ものの「旅人」で、何が真実の「旅人」かがわかっていたのだ。鳥も馬も飛脚も、隣村の子供たちも、参勤交代で行列を組んで行き来する大名たちも、春に咲いて散る桜も、秋に燃えて消える紅葉も、「彼の眼には旅人であつた」のだ。

その意味においては、生まれて数時間で死んだ赤ん坊も、百歳の長寿ののちに生を終えた老人も、私には永遠の旅人に見える。

放浪か……。

私はベランダに出て花壇の香りを嗅ぎながら、さっきの若い日本人女性を思った。私には、彼女が「旅人」には見えなかった。「そこに滞る人」にしか見えなかったのだ。

あの女性が、カエサルの言葉どおりの日本人なのかどうかは、はなはだ疑問である。カエサルの先入観による誤解の可能性は極めて高い。にもかかわらず、私は彼女から

「朽ちかけていくもの」を感じていたのだった。

かつての大月氏《だいげっし》の都・ガンダーラは、紀元前五〇〇年ごろに史上に登場した。すでにガンダーラという名であった土地に、匈奴《きょうど》に追われた月氏が西方のアム・ダリヤ流域に逃げて、その一部が南へと進み、ガンダーラに自分たちの理想郷を得たという説もある。そしてそのガンダーラ国の首都が、現在のペシャワールだとする説は、いまや不動のものとなっている。ともあれ、いま私たちは、かつてのガンダーラの北部へと辿り着いた。

ギルギットの朝は、光が眩《まぶ》しくて、小鳥の囀りがうるさいほどで、遠くのバザールの賑《にぎ》わいが風に乗って伝わってきそうだった。

六月二十三日の朝、私たちはギルギット郊外の「カルガの磨崖仏《まがいぶつ》」を見るために出発した。

車に乗るなり、バットさんが、

「ピクニック」

と笑いながら言った。磨崖仏の近くに美しい水の流れるところがあるという。岩山に彫った仏像は、私には「猫に小判」「豚に真珠」であって、そんなものは絵葉書で見ればいいのだが、シエライ氏の面子《メンツ》も尊重しなければならず、私は行きたくもないのに車に乗ったのだった。ギルギットの下町のバザールをほっつき歩きたいのだが、ひょっとしたらその磨崖仏を鳩摩《くま》羅什も見たのではないかという思いもあった。

そこはピクニックに適している……。バットさんは、そう言いたかったのだ。

「ピクニックにはお弁当です」

とカエサルはホテルで作ってもらった八人分のランチ・ボックスを見せ、バザールで西瓜や桃やあんずやサクランボを買って行こうと促した。

ロバ車や牛車《ぎっしゃ》の通る大通りには、よくもこれほど念入りに絵を描いて色を塗ったものだと感嘆するしかないトラックが並んでいる。日本のトラック野郎なんか、しっぽを巻いて退散しそうなパキスタンのトラック野郎たちは陽気で、カメラを向けると、自分たちのトラックの絵柄を撮ってもらおうと、いっせいにクラクションを鳴らし、手を振って応じる。

これまでも、ときおり見かけたのだが、あきらかに日本の会社名を車体に書いたライトバンやマイクロバスが、町の至るところに走っている。

私たちがスストの国境から乗り込んだバットさんのマイクロバスには、漢字で「××商会」と書いてある。日本の中古車が、漢字の社名を消さないまま、パキスタン中を走っていることになる。どうして消さないのかという私の問いに、

「この日本の字が書いてあるのがかっこいいのです」

とカエサルは答えた。「××工業株式会社」、「△×自動車教習所」、「○○電機設備」、

「新鮮魚介の△△屋」……。これほどまでに日本の中古車がパキスタンに輸入されていたのかと、いささか仰天しそうになる。

交差点にさしかかるたびに、兵隊が車を調べている。よく訓練された麻薬犬までが、交差点の真ん中で、やって来るトラックを睨んでいる。

香辛料屋、果物屋、お菓子屋、羊肉屋、装身具屋、帽子屋、生地屋、錠前屋、そしてここでも歯医者の露店……。

バットさんは何軒かの果物屋を覗《のぞ》き、西瓜を叩き、パパイヤの皮を嗅ぎ、ちゃんと熟しているか、ほんとに甘いか、と何度も主人に念を押してから、西瓜二個とパパイヤを八個買った。

ギルギットは、パキスタン北部における大都市で、空港や病院、警察署、刑務所、銀行、さらには映画館やポロ・グラウンドもある。ギルギット周辺には、これに匹敵する施設を持つ町はない。にもかかわらず、最も賑やかなバザールに立っても、喧噪のなかに妙な静けさがある。トルファンやカシュガルのバザールに共通していた「無秩序な秩序」といったものもなく、「寂寥《せきりよう》とした静寂」のなかにあるのでもない。程よい静けさというべきなのだが、どこかでざわめくものも感じられる。

集会所のようなところに武装した警官が何人か立っている。バザールから西への道には、西部劇に出てくる町のように、さまざまな店が軒を並べているが、そこを過ぎるとすぐに豆畑になり、農家がつづき、トウモロコシ畑へと変わり、樹齢百年に近いという桑の木が、ポプラ並木のあいだに枝と濃い葉をつけている。

「いやァ、あの薬、ぼくにはすごく効きました。夜には完全に元気になって、またダイちゃんとハシくんと三人でトランプをやりました」

ハヤトくんが言った。やっとゲームのこつがわかってきたので、そろそろ負けを取り返す番だと張り切っている。

道は細くなり、小さくて粗末な農家が増えるごとに、道で遊んでいる子供たちの数が多くなった。おとなも子供もフンザの人々と比べると容貌が険しい。民族が異なっているのであろうが、ここは往古から生き馬の目を抜く生活の町だったという歴史にもよるのであろう。

すでにダレル山という山のなかに入っているとシエライ氏が教えてくれたのは、ギルギットの中心部を出て十五分ほど走ったあたりだった。

「山ですか……。でも山なんかないなァ」

私はそう言って地図を見た。そして気づいたのだった。私たちがいる場所がすでにカラコルム山中なのである。途方もなく険しいカラコルム山中にいるので、他の起伏を山とは感じないのだった。

車は左に曲がって河原の横をのぼった。誰もいない集落でバットさんは車を停め、ここからは歩くしかないのだと言った。

河原の横の細い道を徒歩でのぼり始めて十分ほどたつと、霧雨が降って来て、気温が急に下がった。だが空は晴れている。霧雨は、空から降っているのではなかった。私たちが目指す「カルガの磨崖仏」の少し奥に滝があって、その飛沫《ひまつ》が風とともに流れて来ていたのだ。

鉄色の山肌があらわれ、そこに仏陀《ぶつだ》が刻まれていた。岩壁に刻まれた仏陀の体長は四、五メートルで、それは私たちのいる場所から三十メートルほどの高さのところにあった。シエライ氏は、六世紀のころに造られたもので、ガンダーラ様式とは少し異なっていると説明してくれた。

「六世紀か……。じゃあ、羅什はこの磨崖仏を見てませんね」

とワリちゃんが言った。

その磨崖仏の下を、谷川の急流を挟んで、さらにのぼっていくと、みんなが寝そべるだけの広さを持つ河原に出た。河原のうしろは深い森で、木洩《こも》れ日が心地良かった。

「ここでピクニックだな」

私は靴を脱ぎ、谷川の水に足をひたした。バットさんは小石で流れのなかに小さなダムを造り、そこに西瓜とパパイヤをひたした。

滝の音が谷川の上流から響き、小鳥が枝から枝へと飛び、右側に磨崖仏が見える。シエライ氏は、これは土地の人々の伝承だが、我々がいまいる場所の下に、本当のギルギットが埋っているそうだと言った。仏教が盛んであったころのギルギットが……。

「単なる言い伝えにすぎない」

とシエライ氏は言ったが、なんとなく顔には生気があった。ギルギットからは『法華経』の最古層に属する「ギルギット本」も発見されているという。だが、最古層という意味についてのシエライ氏の説明は、私にはわかりにくかった。

谷川の急流には、二分以上足をつけていられない。あまりの冷たさで痛くなってくる。いつのまにか、下流のほうから子供たちがやって来て、その冷たい急流のなかで遊び始めた。だが、たちまち唇が青くなって、震えながら流れから出て、大きな岩に抱きついてしまう。太陽の熱を吸った岩肌で体を温めなければ、水遊びをつづけられないのだ。

子供たちは少しずつ私たちに近づいてくる。私たちがホテルで作ってもらった弁当のなかのオレンジ・ジュースに、子供たちの視線が注がれている。

私は磨崖仏を刻んである山肌に目をやった。錆びた鉄色の岩壁に人ひとりがやっと通れそうな道があることに気づいた。その道は、渓谷の奥へとつづいている。

私は急流のなかにある大きな岩へと飛び移り、そこにあぐらをかいて坐った。

「遠かったなァ」

と私はつぶやいた。西紀三五〇年ごろ、いや羅什は九歳になっていたから、三五八年、もしくは三六〇年ごろ、亀茲《きじ》国からタクラマカン砂漠の北辺を辿って山脈を越えて来た羅什もまた、このような高峰と千尋の谷底をつなぐ岩の細道を歩きつづけて、ガンダーラへと向かったのであろう。

王の妹と、その子の旅だから、多くの従者も一緒だったことだろうが、それらの者たちも怪我《けが》をしたり死んだり、身の危険を感じて引き返したり……。

そうまでして九歳の子を駆りたてたものは何だったのであろう。いかに英才であったとしても、九歳は九歳でしかない。母の薫陶や叱咤《しった》があったにしても、「そのために生まれた」という人間でなければ成し遂げられる旅ではなかったのだ。「そのために生まれた」。そうとしか思えない人間が、たしかにいる……。

私は岩の上で、さまざまなことを考え始めていた。

人間は、好きな事柄でないと長つづきしない。どんなにそれを好きでも、才能がなければ、ある水準以上には到らない。そして、なぜそうすることが好きなのかということについては、理屈では説明がつかない。

なぜだかわからないが、子供のころから植物が好きで、花を育てたり植物園に行ったり、野山で樹木を眺めているうちに、もっともっと深く研究してみたくなって、大学の農学部へ進み、さらに研究をつづけるうちに、気がつくと植物学の権威になっていたという人もいるであろう。

数学や歴史学等々の学問の世界でも、スポーツや芸術の分野においても同じことが言える。最初に「好き」ありきなのだ。人間は最初から理詰めでひとつの道へと進みだしたのではない。なぜなのかわからないが、それが「好き」だったからこそ、他の人がどんなに別の道を勧めようとも、そして、ときに他の事柄に目移りしようとも、結局はその道の奥深くへと進みつづけることができたのだ。好きでなければ、どんな分野でも、つづけられるものではない。

だが誠に酷薄な言い方ではあるが、好きだけではどうにもならない。音楽を好きな人すべてが、モーツァルトやベートーヴェンになれるわけではないのだ。

しかしそれでもなお、いささか立ち入って考えてみるならば、さまざまな障害や難関や自らの壁に懊悩呻吟《おうのうしんぎん》しながらも、ひとつの事柄を好きで好きでたまらないということ自体が、才能である。並外れて、あることが好きだということが、すでに才能なのだと私は思っている。

それほどまでに「好き」であることは、もはやその人を成す生命の核のようなところからほとばしり出る何物かであって、その人だけの快楽と同義である。快楽に向かって突き進もうとする力は、誰も止めることができない。

「快楽」――これは悪にも善にも通じているはずだ。なにも性の世界だけに快楽があるのではない。本人がそれを快楽と気づいていないだけのことで、じつは金を得たいのではなく、金儲けそのもののために智力と体力の限りを尽くしつづけることが快楽だという人が、いかに多いか……。

それが自分に課せられた仕事だと己に言い聞かせて、じつは奥底で、人をいじめることに快楽を感じている官憲の者たちも多いはずなのだ。

職人は頑固だという。この言葉は、あたかも、職人になったから頑固になったという錯覚を与えているかもしれない。頑固だから、偏屈だから、職人の道に進んだのだと受け取るほうが正しいのではないかと私は思う。頑固であったから、他人にあれこれ指図されるのを嫌い、自分だけのやり方や技術を磨きつづけて、余人の真似できない、押しも押されもせぬ一流の職人になれたとすれば、頑固という一歩間違えれば社会との融合が危うくなる性格を、それによって仕事の世界で開花させることができた……。

そういう考えを、あらゆる領野に当てはめるならば、「好き」という快楽に近い内的発動と、何人《なんぴと》の制止も聞かぬという「頑固」さと紙一重の厄介《やっかい》さの合体が、つまり二つの「悪」が「善なるもの」へと転換されなければ、何事も高みへ達しないことがわかる。

この転換という手品が、ほとんど無意識的に内部で行われる人と、そうではない人とがいる。だが、人間はみな「転換」のスウィッチを自分のなかに隠し持っているに違いない。そしてどうやら、そのスウィッチの鍵は、カテゴリーの異なる二つの内的かつ本能的、そして徹底的に人間的な欲望の相乗効果が握っている。欲望という鍵穴だけでは車のエンジンは静止したままだが、そこに向上心、あるいは名誉心、もしくは学ぼうとする謙虚さ、さらには他者のためにという別の鍵が差し込まれて、初めて動きだすとすれば、人間はなんと豊かで多くの可能性に満ちた生き物であろうか。

しかも相乗効果は、置かれた環境によっても形を変えてあらわれる。環境という外的条件が、運や才能や天分や努力などと複雑に絡み合って、ひとりの人間の人生を変えていくのである。

鳩摩羅什というひとりの少年にだけ限って考えてみても、そのわずかな記録を辿れば、仏教に接するに充分な環境があり、それを縁として彼みずからが仏教に惹かれ、生来の優秀な頭脳と忍耐力が、彼の生涯の仕事を成就させたことがわかる。だが、羅什の内的な鍵穴と鍵との合体は誰にもわからないのだ。

あの砂漠、あの乾河道《かんかどう》、あの蜃気楼、あの星々。そして西方からも東方からもやって来る容貌も言語も異なる旅人たち……。

千六百年前、旅の途中で死ぬ人々の、さらには身近に生まれてたちまち死んでいく子たちの骸《むくろ》は数限りなかったはずだった。

生と死、生と死、生と死。それらは為す術もない摂理として、羅什の周辺に日常的にばら撒かれていた。

いや、千六百年前の羅什の前にだけ、それらは虚《むな》しく存在していたのではない。二十一世紀を迎える我々の前にも、相も変わらぬ無情さで生と死はばら撒かれている……。我々は羅什が生きた時代からいささかも変わってはいない……。遺伝子の鍵と鍵穴は理論的に合体できても、たったひとりの人間の宿命の鍵と鍵穴には手が届かない。


「そろそろお弁当の時間ですね」

とワリちゃんが言った。バットさんが、箱に入ったランチを並べ、西瓜とパパイヤの冷え具合をたしかめた。熱いミルク・ティーを食後に飲まなければ、食事をとった気がしないと、シエライ氏が小声で文句を言っているらしい。

パキスタン風フライド・チキンとピクルス、それにパンとチーズのランチを食べてから、もう芯まで冷えたであろう西瓜をカエサルとワリちゃんがナイフで切った。

実は熟していたが、まるで甘くなかった。

「騙《だま》されましたね」

カエサルは悔しそうに苦笑し、自信を持ってその西瓜を選んだバットさんは申し訳なさそうに首を振った。だが、パパイヤは甘くて、いい香りで、果肉も多かった。

日が当たっているところにいると暑くて、シャツ一枚になってしまうのだが、木陰に入ると厚手のセーターを着なければならない。

私たちがランチを食べ終えたころ、二人の男が川下からやって来た。私が英語で挨拶をすると、二人も挨拶を返し、カエサルと何か話をして、もと来た道を引き返して行った。

「私服の刑事です。ここで何をしているのかって訊いたんです」

とカエサルは教えてくれた。

冷たい急流を泳いで、ここまで来られたら、オレンジ・ジュースやパパイヤをあげるとバットさんに言われて、子供たちが泳いで来た。

バットさんは食べ切れなかった西瓜やパパイヤやクッキーを子供たちにご馳走してから、ビニール袋に紙のランチ・ボックスとか、使ったナプキンとかを入れ、七、八歳の少年にそれを手渡しながら何か言って、少年のお尻を軽く叩いた。少年は森のなかに入って行きかけ、バットさんの言葉で立ち止まり、大きく頷き返した。

「いま、バットさんが何を言ったか、ものすごくよくわかるよ。この袋をゴミ箱に捨てて来てくれたら、パパイヤを一個あげよう。だけど、誰も見ていないからといって、ゴミ箱以外のところで捨てて帰って来るんじゃないぞ……」

私が笑いながら言った言葉を、カエサルが訳した。バットさんも笑いながら、

「まったくその通りです」

と言い、急流で手を洗った。

私たちはそこでさらに一時間ほど時をすごし、ホテルへ帰って行った。

バザールには人も増え、武装した警官の数も増えていて、どこか緊張した雰囲気が漂っている。雲が西のほうから流れて来て、太陽を覆い、町の中心部は暗くなった。その妙な暗さの町に、ふいに大勢の男たちがあらわれた。黒い腕章を巻いている者もいれば黒いリボンをつけている者もいる。

その人々は、どうやら集会所のようなところから一斉に出て来たようなので、私はお葬式かと思ったが、そうではなかった。イスラム教シーア派の人々の集会が、いま終わったばかりなのだった。人々は牛車で、トラックで、ロバ車で、あるいは徒歩で、それぞれの町や村へと帰り始めたが、カエサルは、まだいまは、町を散策しないほうがいいと忠告した。

「超過激なグループではありませんが、民族意識の強い連中なので、……つまり、外国人を嫌いなので」

私は町を歩きたかったのだが、カエサルの言葉に従ってホテルへ帰り、フロントで国際電話を申し込んだ。きのうも申し込んだのだがつながらなかったのだった。

私たちは、バドミントンをしようということになり、ホテルの庭にあるコートへ集まった。

「ぼく、中学生のときバレーボール部にいたんです。だからネットプレーは得意ですよ」

とワリちゃんは言い、日本対パキスタンというのはどうかと、カエサルとバットさんに挑戦を宣言した。

「パキスタンは、バドミントンは強いんですよ」

カエサルは言って、バットさんとラケットを持ってコートに立ち、

「パキスタンの栄光のために挑戦を受けましょう」

と応じた。

最初は私とダイがペアを組み、次はワリちゃんとハヤトくんが組んだ。私たちの勝利に終わったが、そのあとは、ダイとバットさん組対カエサルとハシくん組がゲームをし、その次は、ペアを幾通りにも替えてつづけた。

「久し振りに運動をすると、息が切れるなァ」

私がコートの横に坐り込み、しばらく審判役をやっていると、いつ、どこからやって来たのか、きのうの日本人女性がブランコに腰かけて、軽く揺れながら、私たちの試合を見つめている。所在なげで、元気がない。たたずまいのどこからも覇気が感じられない。

彼女は、私たちがいっこうにバドミントンを止めようとしないので、ブランコから降りると、コートの横に歩いて来て、

「たくさんの日本食、ありがとうございました」

と私に言った。

「残り物を引き取ってもらって、こちらこそ助かりました。お友だちの具合はいかがですか?」

あまり良くなってはいないと彼女は聞こえるか聞こえないかの声で言った。

「長い旅で疲れたんでしょう。元気を取り戻さないんだったら、やっぱり病院に行かなきゃあね」

私がそう言ったとき、二階の私の部屋のベランダから従業員が大声で私に向かって何か叫んだ。日本との電話がつながったというのだった。部屋の電話につないだから早く早くと手を振ってくれている。私はバドミントン・コートからホテルの建物へと走り、階段を走りのぼって、息を弾ませながら、従業員から受話器を受け取った。

「ワイフ?」

と従業員は笑顔で訊いた。

「そう、十八歳なんだ」

従業員は、うらやましいと笑い、私の肩を突いて出て行った。

「誰がエイティーンなんですか。願望がはからずも出たのね」

やりとりが聞こえていたらしく、妻が言った。

「願望なんて……。十八歳なんて、俺にはしんどい」

私は妻と話しながら、バドミントンをしているダイを見て手を振った。

私が身振りで電話に出ないかと訊くと、ダイはラケットを横に振り、元気だと伝えといてくれと言った。これからバットさんと一対一の勝負をするのだという。

「薄情なやつ」

そう言って、妻は笑い、家に帰って来た日は何を食べたいかと訊いた。私は即座に、豚の料理ならなんでもと答えて、電話を切った。

ときおり日が差すが、ギルギットの空にはさらに黒い雲が伸びて来ていた。

雨は降らなかったが、月も星もない夜が訪れると、この地球上に存在する建物は、私たちが泊まっているホテルだけのような錯覚に駆られて、私は用もないのにロビーへ行った。あの日本人女性がソファに腰かけていた。私は言葉を交わすのが面倒だったので、ワリちゃんとハヤトくんの部屋にでも行こうと思い、二階へと引き返した。パキスタンの女性と同じ服を着て、ひとりソファに坐っている日本人の女は、一瞬、私にはひとつの寂しい自意識に見えた。

翌日、六月二十四日の朝、私たちはチラスへと発った。

カラコルム・ハイウェイはギルギットを出てすぐに断崖絶壁の道となり、気温は急激に上昇し、ギルギット河はインダス河と合流した。

インダス河……。平凡社刊の『世界大百科事典』には、こう記載されている。

――インド亜大陸北西部の大河。チベット高原南西部のカイラス山脈に発し、北西流してカシミール地方を横断したのち、大ヒマラヤ山脈北西端で南西へと転じ、先行性の深い横谷をなしてからパキスタンの北西辺境地方に流下する。さらにパンジャーブ地方にはいり、（中略）カラチ南東方でアラビア海にはいる。全長約２９００km――

私は、眼下にインダス河があらわれた途端、バットさんに車を停めてもらって、足下の深い谷底を見つめた。すでにインドのカシミール地方を流れて、ヒマラヤ山脈に沿って長い旅をつづけてきたインダス河は、セメントのような色をしている。

そこにカラコルム山脈からの幾筋もの渓流や湧き水が流れ込む場所だけが、濃い緑色となって散らばるさまは、あたかも、ダイが危険を冒して取ってきたエメラルド入りの原石のマクロ化に見える。掌に載る原石は、そっくりそのままの紋様で、千尋の谷底に大蛇のようにうねっているのだ。

それにしても、私はなぜ川が好きなのであろう。長い流れのほとりに立つと、なぜか血が騒いでくる。その騒ぎは静かだが強くて、曖昧模糊《あいまいもこ》とした物語を絶えず伴っている。

長流が私に物語を紡《つむ》がせてしまう理由を私は知らない。そしてそのことを気味悪く感じたことも、不思議に思ったこともない。私はそのようなとき、いつも自分の血の騒ぎを静かに聴いているだけなのだ。

「これから暑くなりますよ」

とカエサルが言った。雲は雨をもたらさないまま、夜明けには東のほうへと去って行った。

灰色のインダス河、そのなかのエメラルドの点々。それは、私の視界から消えたりあらわれたりして、千尋の谷底はつづいた。そして次第に標高は低くなり、気温は急激に上昇した。

チラスに近づくにつれて、断崖のあちこちの岩に、四世紀から七世紀にかけて彫られたと推定される岩絵が多くなった。シエライ氏は、主要な岩絵のところにさしかかるたびに、車を停めさせ、その岩絵のところに案内してくれて、岩を浅く穿《うが》って刻まれた文字や菩薩の絵について説明した。

私は、一時は隆盛した仏教が、かくも衰退した理由は何かとシエライ氏に質問してみた。

シエライ氏は、ヒンズー教の台頭と、その後のイスラム教の滲透《しんとう》によると答えた。私が訊きたかったのは、なぜヒンズー教が仏教を席捲《せっけん》し、イスラム教が広く流布したのかという点だったが、私はすでに四十二、三度に達したチラスの手前の岩絵の前では、頭が朦朧として、立っているのがやっとの状態で、シエライ氏も、立ち話で説明しきれるものではないという思いからなのか、詳しくは語らなかった。

「釈迦《しゃか》滅後、仏教が依って立つ不動の教義に迷い、見失って行ったことが原因ではないのでしょうか。仏や菩薩というものを、我々人間からはかけ離れたもの、架空のものとして展開する方向へと向かったからではないでしょうか」

だが、シエライ氏は、私の言葉に、そういう考え方もあるかもしれないと答えただけで、自分の考えは述べなかった。

二時前に、私たちはチラスに着いた。街道沿いの閑散とした町で、農民の顔立ちには険があって、目つきも鋭い。断崖絶壁の地域は、ひとまず終わり、インダス河はホテルの裏側から百メートルほどのところで轟音を響かせている。

それにしても、私はこのチラスの暑さをどう表現していいのかわからない。チラスの暑さから見れば、ゴビ灘《タン》の四十二度など、子供だましのようなものだと言える。

「これは何や。この暑さは何や」

私は車から降りると、すぐに、小さなホテルの玄関前の大木の下へと歩きながら、そう言った。足がふらついている……。

カエサルは、ホテルのロビーに行き、すぐに戻って来ると、

「摂氏四十八度だそうです」

と笑いながら言った。

「四十八度？　そんなとこで、なんで人間が生きてられるの？」

私はポプラの巨木の下に坐り込んだ。いっそ、ひとおもいに殺してくれ、と言いたくなるほどに暑い……。

「なんなんだ、この暑さは。えっ？　なんなんだよ」

ハヤトくんは、ワリちゃんと顔を見合わせながら、そうつぶやきつづけている。

何のそよぎもない熱した大気のなかで、私は静まりかえっているチラス全体の、住民すべてが息を詰めて、身じろぎひとつせず、猛暑という言葉を超越した澱《おり》のような暑さに耐えつづける顔々を思った。

カエサルとワリちゃんは、ホテル内でチェック・インの手続きをしている。寡黙な従業員が、私たちの荷物を車からホテル内へと運び始めた。私もハヤトくんも、ダイとハシくんも、ポプラの巨木の下から出ることができない。出たら、倒れてしまいそうな気がするのだ。

インダス河の激流の轟音が、チラスの静けさをあおっている。「閑《しずか》さや岩にしみ入《い》る蟬《せみ》の声」という芭蕉の句が、私という人間の水分とともに立ち昇っていく。

インダス河に面したロッジ風の部屋に冷房はなかった。風と一緒に微細な水滴が噴霧される様式の冷房機が部屋のなかを湿らせている。窓という窓には隙間なく網戸が張られて、それは羽虫一匹通さないぞという一種の宣言のようだ。

あとで知ったのだが、チラスにはチラス蝿《ばえ》という毒性の強い蝿がいて、それに嚙まれると、人によっては死んだりするという。私たちは、そんなことは知らなかったのだった。

「ちょっと横になりませんか」

とワリちゃんが私の部屋にやって来て言った。全員、昼食をとる気力もないのだが、ホテル側は、私たちの到着の時間に合わせて、レストランの閉店を遅らせてくれているという。

「それは申し訳ないなァ。よし、食おう」

私は、えいやっと気合を入れて、部屋から出た。そうでもしなければ、日の当たっているところに足を運べないのである。

「ナンガパルバットが見えてましたねェ。でも、ここからは見えないなァ」

とハヤトくんが言った。私もチラスの手前で、たしかにその名峰を目にしたはずだったが、すでに摂氏四十八度の暑さが、私を朦朧とさせていたのであろう。ヒマラヤ山脈西端の高峰、標高八千百二十六メートルの、多くの登山家の命を奪いつづけているナンガパルバットの威容を思いだすことができなかった。

冷房のきいたレストランで、私はカレー風味のタマネギスープでナンを食べてから、シエライ氏が、ここのはうまいと誉《ほ》めるミルク・ティーを飲み、部屋に戻った。

ホテルが雇っている私設の武装したガードマンが、自動小銃を持って、三十分置きに私たちの部屋の前を通っていく。

部屋はインダス河に面しているが、ホテルから河の畔までのあいだには、畑があって、民家が一軒建っている。その家の近くで幼児がふたり遊んでいるのが見える。

私は眠った。この暑さのなかでは到底眠れないだろうと思いながら目を閉じたのだが、二時間も深く眠ったのだった。

目が醒めると、食べ物の匂いが私の体のどこかからたちこめていた。どうやら、その匂いは、両方の指すべてにこびりついているようなのだ。

私は汗まみれになってベッドから降りると、バスルームで手を洗った。石鹸《せっけん》で念入りに洗い、誰か昼寝から目醒めてはいまいかと表に出て、まったく眠れなかったらしいワリちゃんとさっきのポプラの巨木の下へ行き、従業員にテーブルと椅子とミルク・ティーを運んでくれるよう頼んだ。

従業員たちは、みな礼儀正しくて、椅子の運び方にも心がこもっていた。そして、みな立派な顔立ちである。

客のための棟から離れたところに、従業員用の家が並んでいる。私は、ミルク・ティーを運んで来てくれた従業員に、あなたの家はどれかと訊いた。彼はいちばん手前の家を指差した。娘さんがふたり、窓から父親を見つめていた。

「あれ？　おかしいなァ。また匂うなァ。俺の指に、カレーと鶏とタマネギの混ざった匂いがする。たったいま、浴室で二回も石鹼で洗ったんやぜ。気のせいかなァ」

パキスタンの人々は、みな右指を器用に使って食事をする。ナイフもフォークも使わない。カエサルは私たちに合わせてナイフとフォークを使うが、シエライ氏もバットさんも右指でカレーをナンにまぶしたり、鶏のフライをつまんだりする。

だが私たちは、そういう食べ方をしないので、両方の指すべてに食べ物の匂いがつくはずはないのだった。ワリちゃんも、自分の指先を嗅いで首をかしげている。

太陽が動くと、私もワリちゃんもテーブルと椅子を動かした。日が落ちるまでに、私たちはテーブルと椅子を何度も持ちあげて、ポプラの巨木の周りを半回転したのだった。

天山南路のゴビの暑さが、神経に刺さってくる暑さだったのに比べて、このチラスの暑さは、肉体を緩慢に溶かしつづけるような暑さだった。だが、私とワリちゃんがポプラの木陰でミルク・ティーを飲んでいたころ、ハヤトくんとダイとハシくんは、インダス河の畔へと歩いて行ったのだ。三人は、そこが農民の土地だとは知らなかった。畑はあったが、どこにも柵はなく、ほとんどは巨岩の転がる河原にしか見えなかったからだ。

河原で遊んでいる三人は、農民からは自分の土地に許可なく入って来た不法侵入者に見えた。農民は、何をしに来たのかと三人に訊いたが、言葉が通じない。農民は、つないであった犬を放し、「出て行け」と三人に怒鳴った。三人は犬に追われて必死で逃げ帰ったのだった。

「ぼくは、犬に襲われてばかりいますよ」

とハヤトくんは疲れ果てた顔で言い、

「あそこのおばちゃん、怖かったなァ」

とダイが笑い、

「あんなに怒らなくても……」

とハシくんがつぶやいた。

日が落ち、夕食を終えると、さすがにパキスタン人のシエライ氏もチラスの暑さに閉口したのか、口数少なく自分の部屋にこもってしまった。

星が夜空に五つ六つと瞬《またた》き始めたと思ううちに、それらはまるでにょきにょきと音をたてるようにして漆黒の闇全体を覆い、金色の夜空にところどころ黒い穴があいているといった様相を呈したのだった。

フンザの星には驚愕したが、そのフンザの星どころではない。夜空全体が星であって、インダス河の激流の轟音が、星々を称《たた》える交響楽に聞こえる。インダス河の奏でる交響楽によって夜空の幕があき、宇宙のすべての星があらわれた……。私は本気でそう感じた。

「うわあ……」

とダイが声をあげ、ハヤトくんもしばらく口をあけて星々を見てから、三脚を立て、カメラをセットした。

私たちはホテルのテラスに椅子を並べ、ほとんどあお向けになるほどの坐り方をして、夜の十時から午前三時ごろまで壮大な宇宙を眺めつづけるはめとなった。

ハシくんが、日本から持って来た蚊取り線香五つに火をつけ、それをみんなの椅子の脚に吊るした。

フーミンちゃんの顔が、ふと夜空によぎった。彼は、もう杭州の、奥さんと娘さんの待つ家に帰ったことであろう。

中国……。あの巨大な国。数千年にわたって繰りひろげられた権力の興亡劇と文化の深化……。わずか五十年に満たない中国の共産主義の光と闇も、長い長い未来においては、歴史における小さな点として残るだけかもしれない。

私たちはあまりにも小さな視野でしか未来というものを見ていないのだ。五十年？百年？　いや千年、二千年という視野で人類の未来を見るとき、単に共産主義がどうのこうのとか、それが正しいか間違っているかとかの議論などが的を射ていないと思えてくる。是非は、民衆が決定していくであろう。主義や権力よりも、人間のほうが強いということを、我々は歴史から学んできたはずなのだ。

そのときは残酷に蹂躙《じゅうりん》されても、結局は民衆が勝ってきたという長い歴史の教訓に立てば、いっときの体制によって一国の悪口を言うべきではない。主義や体制とは別の次元で、人間と人間のつきあいをつづけなくてはならない。

もし一万年後、世界の歴史をひもとけば、たとえば文化大革命はたったの一行で片づけられているかもしれないのだ。

「何年何月、文化大革命起こる」と。

そしてそこで悪を行った者たちが、安穏に生涯を終えたとしても、この宇宙が許さない。この宇宙のどこかで裁かれているはずだ……。

巻貝のようにうねる銀河を見ながら、私はそう思わざるを得なかった。

その巻貝の西端が、インダス河の上流あたりにつながっているかに見えた。その瞬間、私たちの目に映った最初の流れ星が、東から西へと走って炸裂《さくれつ》した。

「見た?」

と私はみんなに訊いた。

「見ました、見ました。流れ星ですよ」

とハヤトくんが言い、

「俺、見えへんかった……」

とダイが言った。

宇宙からこぼれた星々が、宇宙の巻貝のしっぽから音をたててインダス河に流れ込んでいる。それらは百メートル向こうのインダス河で溢れかえるようにして流れている。

「あした、五時起きですよ。サイドゥシャリーフまで三百キロ。スワート渓谷の曲がりくねった、羊や山羊だらけの道を行くから、長い時間がかかるって、カエサルが言ってました」

とワリちゃんが言った。

ダイが、自分は今夜は寝ないと宣言した。こんな凄い星空とは、二度と出会わないかもしれないから、と。私もそう思った。これ以上の数の星々と出会うのは、私の死の瞬間ではないのか。そう思ったのだ。

「よし、俺も寝ない」

と私が言うと、ワリちゃんも徹夜しますと応じた。

二つ目の流れ星は、ダイがみつけた。私には見えなかった。

武装したガードマンが、あちこちに視線を配りながら、私たちのうしろを通り過ぎて行った。

「人工衛星ですよ。ほら、右の下あたりから一定の速度で左のほうへ斜めにまっすぐ進んでいくでしょう?」

ハヤトくんが指差したあたりに目を凝らしたが、私にはみつけることができない。

「あっ、ほんまや……。へえ、あれ、人工衛星ですか? 肉眼で見えるんですねェ」

ハシくんがそう言い、やがてワリちゃんもダイも、それをみつけたが、私は、どこ? どこ? どこ? と言うばかりで、どれが人工衛星なのか見分けることができない。

だが、三つ目の人工衛星をやっとみつけると、あとは次から次へとあらわれる微細な光の点を容易に判別できるようになった。人工衛星は、北から南へと、南西から北東へと、星と同じ輝きで移動していた。

「おい、携帯電話の電波って、いっぺんあそこへ行ってから、こっちへ戻って来るのか?」

私がそう訊いても、誰も返事をしてくれない。しょうもないこと訊きやがってといった沈黙なのだ。

「そやけど、衛星放送の電波は、あっちへ行って、こっちへ戻って来るんやろ?」

それでも誰も相手をしてくれない。静かに星を見ろ、と諭されたような気がして、私は煙草を吸った。

夜中の二時を過ぎると、肉眼で見える流れ星も人工衛星も、珍しくもない宇宙の微細な塵《ちり》に見えてきたが、うねる銀河はいっそう近くにまで迫ってきて、もはやそれは天空だけでなく、私を取り巻く世界全体と化し、私は宇宙の坩堝《るつぼ》に漂い始めたのだった。

それにしても、なぜ星々は、人間に、死んだ近しい人々を思い出させるのであろう。父や母の顔や、そのほのかな体臭までが、銀河の筒のなかから甦って来る。

戦後のある時期、「星の流れに」という歌謡曲がはやったことがある。その歌が最も流行した時期を経て、私がたしか小学校五年生だったころ、丸一年間の富山での生活を終えて、私たち一家は大阪に戻って来ていた。

住む家も失い、私は尼崎の叔母の家に預けられたが、一ヵ月に一度くらいの割合で、両親は私に逢いに来てくれた。

ある夜、私は父と一緒に銭湯へ行き、その帰り道、居酒屋が並ぶ通りを歩いていると、どこかの店のラジオから「星の流れに」の「こんな女に誰がした」という歌詞が流れて来たのだった。

私は父のうしろを歩きながら、いつのまにか聴き覚えてしまっていたその歌を何の気なしに口ずさんだ。

「こーんなァー、おんなに、だーれがしたァー」

その瞬間、父は恐ろしい形相で振り返り、

「てめえでなったんじゃ」

と言うなり、私の頰を殴りつけた。私は地面に吹っ飛ぶようにして倒れた。

「誰のせいでもありゃせん。てめえでなったのよ。そんなことが、小学校の五年生にもなってわからんのか。二度とそんな歌をうたうなよ」

父はそう言って、私に背を向け、叔母の家へと歩きだした。私は、呆然《ぼうぜん》となりつつも、腹が立って悔しくて、父に何か言い返そうとするのだが、怖くて何も言えないまま、父のうしろをすねて歩きだした。

すると、父はまた振り返り、

「お前は、うしろから睨みつけるしかでけん男か！」

と怒鳴った。

「言いたいことがあったら、わしの目を見て、ちゃんと正しい日本語で論陣を張れ。なんのために学校に行っとるんじゃ。小学校五年間の教育で、お前はいったい何を得たんじゃ」

そのときの父の顔が星々の坩堝のなかにあって、私はひとり声を殺して笑った。

――お父ちゃん、小学校五年生の子供に、それは無茶というもんですよ……。

私はチラスのホテルのテラスで、不思議な幸福感に包まれながら、そう言い返すしかなかった。

その父は、私が大学三年生のときに、精神病院で死んだ。脳軟化症で倒れ、その病気のせいで失語症となり、看護師に箸やスリッパを投げつけるようになって、病院側から、治療費の要らない別の病院を紹介しようと申し出てくれたのだが、貧窮の極みにあった私も母も、そこが精神病院だとは夢にも思わず、ありがたくその申し出を受けたのだった。

大阪府郊外の精神病院に移された父は、それからわずか一週間後に危篤に陥った。

私と母は、電車を乗り継いでその病院に行き、そこで初めて、父が送られた病院が精神病院であることを知った。

いったい幾つの鍵のかかった病室の前を通って、父のいる大部屋へと歩いていったことだろう。

三、四十人の患者がいる部屋の鍵をあけ、看護師が指差すところを見ると、その大部屋のいちばん奥のベッドに昏睡《こんすい》状態の父が横たわっていて、棍棒《こんぼう》を持って各部屋を巡回している看護師が、

「宮本くん、宮本くん、嫁はんと息子が来たでェ」

と大声で父の耳元で言いながら、乱暴に父の体を揺すった。

「この野郎、ぶっ殺してやるぞ」

私が人に対して本気で殺意を抱いたのは、あとにも先にも、そのときだけだったかも

しれない。

病室のドアのところから父のいるベッドまでは、歩いて二、三十歩だった。十円玉を持った手をひたすら左右に振りつづけている人。私に自分の性器を見せようとして、看護師に棍棒で殴られる人。カレンダーに向かって喋りつづける人。そのような人たちのなかを歩いて行くわずか数秒のあいだに、父の、この精神病院の大部屋の、最も奥のベッドへと至る道筋が、私の心に延々とつらなってきた。剛毅《ごうき》で繊細で、生命力の塊のようで、人の世話ばかり焼き、企んで人を騙すことの決してなかった父が、なぜここで死んでいくのか。私は一歩足を前に進めるごとに、「ああ、そうなのか」と思ったのだった。一歩、一歩、父に近づくごとに、私には何かがわかりつづけていた。だが、いったい何がわかりつづけていたのか、私には言葉にすることができなかった。

あの精神病院の大部屋の、頑丈な鍵がかかったドアから父のベッドまでの二、三十歩……。時間にして数秒……。それなくして、作家としての私など存在しない。

だが、その二、三十歩、その数秒も、いまこのチラスの星々とともに宇宙からこぼれ出てインダス河に溢れかえるようにして流れて行くのだった。

「お父ちゃん、俺が仇《かたき》を討ったるで」

父が死んだとき、二十一歳の私が胸のなかでつぶやいた言葉も、父を騙し、裏切った幾人かの人間たちの忘れられない顔々も、インダス河と一緒に遠くアラビア海へと流れていく……。

「お父ちゃん、俺が仇を討ったるで」

私はその言葉だけを、インダス河から掬《すく》い上げて、チラスのすさまじい星々へと戻った。その瞬間、フンザの夜と同じ幻覚が、私を浮遊させ回転させた。

最終章

火を踏みしめる少年

スワートの農村

いつ夜が終わり、朝が始まったのかわからなかった。自分がたとえ三十分でもまどろんだのかどうなのか。それさえもわからなかった。

私はベッドの上で汗まみれになりながら、インダス河の轟音がさらに大きくなっていくのを感じて腕時計を見た。六月二十五日、午前五時。

朝食をとったら、すぐにチラスを出てシャングラ峠を越え、サイドゥシャリーフをめざさなければならない。チラスからサイドゥシャリーフまでは約三百キロ。うまくいけば夜の七時にはサイドゥシャリーフに着ける予定だ。

レストランで五時半にみんなと顔を合わせたが、ワリちゃんもハヤトくんも、ハシくんもダイも一睡もしていないという。

「昔、チラスは『ソマ・ナガル』と呼ばれていたんです」

とカエサルはそそくさと朝食をとりながら言った。それは「月の村」という意味らしい。

「すごかったよ。チラスの星は」

私はそう言って、食事を終えると部屋に戻り、石鹼で丁寧に何度も手を洗った。ベッドに入る前にもそうしたのだが、そしてそれ以後、いかなる食べ物にも触れていないのだが、私の指からは食べ物の匂いが漂いつづけているのだった。

チラスを出て曲がりくねったカラコルム・ハイウェイを進むうちに、道はのぼり始め、緑が多くなり、日の出前の畑では農民が水牛の尻を棒で叩きながら働いている姿があった。ナンガパルバットの頂きに朝日が燃えだしたが、それは渓谷の切り立つ断崖によってすぐに遮られた。これから先、ベシャムでインダス流域から外れて、サイドゥシャリーフでスワート河の流域に達するのだ。

「ガンダーラへ、ガンダーラへ、か……」

私は言って、日本を発つ前にノートに記した三省堂の『大辞林』の、ガンダーラについての短い説明に目をやった。

「Gandhāra　パキスタン北東部、ペシャワル付近の地域の古名。紀元前四世紀後半、アレクサンドロス大王の東征によりギリシャ文化の影響を受ける。さらに仏教の伝来により両者が融合し、ギリシャ風の仏教芸術が一、二世紀を中心に栄えた。（中略）仏像を初めて造り、インド・中央アジア・中国の仏教美術に大きな影響を及ぼした。健駄羅。乾陀羅。」

つまり、ガンダーラを知ろうとするならば紀元前四世紀のギリシャの大王・アレクサンドロスに遡らなければならない。そしてその専門的権威者が私たちの旅にススト境から同行してくれている。

だが、私はシエライ氏に、いったい何からどのように訊いたらいいのかわからない。アレクサンドロス大王という歴史上の人物に関する研究や考察も、あまりにも厖大で奥深く、その軍隊の東征が意味するものも、それがガンダーラに残した影響も、学問的には多くの謎を残しながらも、浅学な私にかいつまんで語れる類のものではないはずだった。

物を教えてもらうことは難しいことなのだ。「アイスクリームはどうして冷たいの?」と訊いて許されるのは幼い子供だけであろう。

それでも私が、シエライ氏に、紀元前四世紀ごろのギリシャ芸術の最大特徴について質問しようと決め、氏の肩に手を触れかけたとき、シエライ氏も私を見て、

「チラスから電話をかけて、サイドゥシャリーフに住む私の友人に、鳩摩羅什《くまらじゅう》に関する資料を集めておいてくれと頼みましたが、パキスタンには、鳩摩羅什のことについては英語の資料しかありませんでした。それもたったの七行だけ」

と言った。

その七行の英文による資料がいかなるものかは、サイドゥシャリーフに着いてみないとわからないという。私は礼を述べ、鳩摩羅什に関しては、この旅では何もわからなかったということでいいのだと言った。

「私は羅什が歩いた道を自分も歩いてみたかった。それで充分なんです」

「歩いてみて、何かを得られましたか？」

「いまのところ、ほとんど何も……」

シエライ氏は残念そうな顔で私を見やり、

「長くて大変な旅だったのに」

と言った。

「でも、これでいいんです。これでいいんだという気持が少しずつ湧いて来ています」

「ガンダーラ芸術のすばらしい作品のほとんどは、大英博物館にあります。サイドゥシャリーフの博物館にもペシャワールの博物館にも、貴重なものはありますが、それらは、つまり……」

シエライ氏はそこで口をつぐんだ。

私は頷き返し、いつの日か、それらがかつてのガンダーラに戻るときがあるような気がすると言った。

「人の物は返さなければね」

シエライ氏は私の言葉に笑みを浮かべ、それから目を閉じた。

イスラム教国となったパキスタンに、ガンダーラの仏教芸術を置いておくよりも、大英博物館に預かってもらっているほうがいいのだと思いながら、私も目を閉じた。そして少し眠った。

烈しい衝撃と頭の痛みで目を醒ますと、バットさんがバック・ミラーで私を見ながら、車を停めた。道はあちこち穴ぼこだらけで、どうやら車輪が深い穴にはまって大きく揺れて、うたた寝をしていた私は窓脇に側頭部をぶつけたらしい。

「大丈夫、大丈夫」

私は頭をさすりながら言ったが、バットさんは運転席から手を伸ばし、私の頭にさわり、冷たい水で冷やしたほうがいいと言って、インダス河のほうに視線を走らせた。

「冷たい水なんて、どこにもない……。インダス河まで二百メートルほどあるよ」

私は笑ったが、車が再び走り出すと、小さなこぶは、やがて一本の角のような見事な突起物へと育っていった。

「頭にたんこぶなんか作ったのは何年振りかなァ。子供のときは、しょっちゅう、たんこぶばっかり作ってた……。なんで子供って、頭をあちこちにぶつけるのかなァ……」

私がこぶを掌で撫でながら言うと、カエサルがその言葉をバットさんに訳した。

バットさんはハンドルを握って、巧みにカーブを曲がりながら、たしかにそう言われてみると自分も小さいとき、何かにつけて頭をどこかにぶつけていた、と笑いながら言った。

「壁にぶつけたり、家具にぶつけたり、友だちの頭とぶつかり合ったり……。うーん、どうしてでしょうねェ」

「たぶん子供って、おとなには想像がつかないくらい動きが烈しいんだろうな。それと、目的物しか見てない……。あそこへ行こうと思ったら、あそこしか見ない。一直線に、あそこめざして、体が勝手に動いてしまう。だから、頭をぶつけやすいんだろうね」

私が言うと、バットさんは、

「だから、子供は交通事故に遭いやすいんですね」

と応じ返し、車を運転する者は、子供とはつまりそういうものなのだと認識しておかなくてはならないのだと言った。突然、路地から走り出て来たので、避けようがなかったと車の運転手が弁明するのは、断じて間違っているのだ、と。路地や物陰からは、いつふいに子供が走り出て来ても不思議ではないと用心して、車を運転しなければならないのだ、と。

まったくそのとおりだと思いながら、私は増えてきた水田を見つめた。急な斜面に開墾された水田は、能登地方の「千枚田《せんまいだ》」のようで、それは村が近づくにつれて規模が大きくなり、村を通りすぎて渓谷に入ると姿を消していく。

そして、いつ「千枚田」があらわれるかは、道を親子並んで歩く水牛の数によって予測がつく。水牛の親子は、のんびりとカラコルム・ハイウェイの真ん中を歩いていて、そのたびにバットさんは苦笑し、しばらく水牛の歩く速度に合わせて、車を運転するのだが、そのうち、仕方がないといった表情でクラクションを鳴らす。すると、これもまた仕方がないという顔つきの農民が、桑の大木やポプラの木陰から姿をあらわし、自分の水牛を道の端に誘導するのだった。

そうやって村々を通り過ぎ、小さな町々を経て行くうちに、私たちは少しずつ標高の高いところへと進み始めた。

まだインダス河に沿った谷のあたりに、ドゥヴェールという町があった。

急流の両岸に町があるのではなく、ある日、急流が町をまっぷたつに裂いてしまったのではないかと思うほどに、水量豊富で凜烈な冷たさを持つ川の畔に、その町はひっそりと存在していた。だが、水しぶきが絶えず飛んで来て、年中濡れそぼっているかに見える家々には、表情の険しい男たちが集まり、かすかな笑みさえも浮かべず、私たちに強い視線を向けつづけた。

あまりカメラを向けないほうがいいと思う……。カエサルはハヤトくんにそう言った。

道は、蛇行する急流に沿ってのぼりつづけ、ドゥヴェールに似た町があらわれ、ドゥヴェールと同じように、険しい表情の男たちが家々から私たちを睨みつづける。

なんだか戦闘中の人々の住む町に丸腰で入って行く気分になってきて、私たちは口数少なく、幾つかの町を通り過ぎた。

——陣中に戯言《ざれごと》なし。

そんな言葉が浮かんでくる。

大切な問題について話し合っているとき、あるいは、決して冗談や軽口を言ってはならない場で、その場の空気に合わないことを言う人がいるものだが、そのような人には「陣中に戯言なし」という言葉の意味が理解できないであろう。

いつだったか、父の友人が死んだとき、残された家族がこれからどんな身の振り方をすべきかを、父が中心になって相談していた。

いつも陽気な人々が滅多に見せない固い表情で、言葉少なく坐っていたので、まだ十歳くらいだった私は、子供心にも気を遣ったつもりで、みんなを笑わせようとして何か言った。父は鋭い目で私をたしなめ、

「陣中に戯言なし、じゃ」

と諭した。その強い言葉は、なんだか大きな残響を私のなかに残しつづけている。

ドヴェールを中心とした町や村に何事か問題が生じて、あちこちで男たちが集まり、意見を出し合っているのかもしれないし、ただ昼前のひと休みの時間に居合わせたこの地方の男たちの、よそ者への普段どおりの態度だったのかもしれない。だが、陣中に戯言なし、というひとことが、その日一日、私のなかに響きつづけていた。

ベシャムに着いたのは十二時半だった。小雨が降ったあとの町は静かで、セーターが必要なくらい寒かった。

そのベシャムの町のホテルで昼食をとり、出発の時間までロビーの椅子に坐っていると、精悍《せいかん》な顔立ちの男が入って来た。どこかで見たことのある顔だったが、私にパキスタン人の知り合いはいない。ということは、誰かに似ているのだ。

そうだ、バットさんだ。バットさんにとてもよく似ている。

「なァ、あの人、バットさんに似てるよなァ」

私がダイに言うと、

「ほんまやなァ、よう似てるなァ」

とダイは笑った。

さあ、これからシャングラ峠へと向かうのだ……。私はそう思いながらホテルを出て、車に戻った。バットさんも車に戻って来たが、うしろから、さっきの男もついて来た。

「私の兄です」

バットさんは、そう言って男を私に紹介した。イスラマバードで旅行会社を経営していて、客を迎えにスワート渓谷の北へ行く途中、このホテルに食事のために立ち寄ったという。

「ほんとに？　ほんとにお兄さん？」

私はおそらく、この旅で初めてであろうと思うほどに笑った。この広い世界で、こんなことが起こるのだ。

ベシャムからシャングラ峠へは、急な山肌に樹林が逞しく育つ緑濃い道だった。

道をのぼり始めると雨が降ってきて、それが畑や樹林の色をさらに濃いものにしたが、気温も急激に下がって、私たちは再びセーターを着た。

霧と一緒に、渓谷のけもの道に似たところから、山羊の大群があらわれては消える。それはフンザの山羊の群れよりもはるかに数が多くて、私たちの車は、山羊の群れがあらわれるたびに停まらなくてはならなかった。

ひしめきあって通り過ぎる山羊たちの角が車体に当たる。その音を聞きながら、バットさんは両腕を拡《ひろ》げて、あーあ、という表情で天をあおいでいる。

「車、傷だらけになりますね」

とワリちゃんは言ったが、バットさんは、山羊の大群と通りあわせたのが運の尽きといった表情で、山羊を追う農民を恨めしそうに見つめるばかりだった。

車酔いしそうなほどのつづら折りの道が延々とつづき、静まりかえる村々を過ぎ、ときおり道の真ん中で寝ている牛の尻をバットさんが恐る恐る叩いたりしながら、シャングラ峠へ進むうちに、霧は深くなり、雨は強くなった。

サイドゥシャリーフのほうからやって来る満艦飾のトラックの運転手が、ハヤトくんのカメラを見てクラクションを鳴らし、笑顔で手を振って、写真を撮ってくれと要求する。どのトラック野郎たちも陽気で、自分のトラックの極彩色の絵柄がパキスタンで一番だと思っている様子なのだった。

シャングラ峠の検問所を過ぎると、風景は深山幽谷の趣きを呈して、どこにも道などなさそうな急な斜面に瀟洒な別荘風の家々が建ち並びはじめた。

「このあたりは材木の産地です」

とカエサルは言い、植林と材木業で儲けている人々が多いのだと説明した。

「でも、お金持の別荘って感じの家やなァ。壁も柱もベランダも凝った造りで……」

私がそう言うと、避暑用に都会の金持たちも、このあたりに別荘を建てているのだとカエサルは言った。

「夏でも、この涼しさですから。標高二千四百メートル。これからサイドゥシャリーフやペシャワールやイスラマバードへ行くと、金持たちがどうしてこのあたりに別荘を持ちたがるのかがわかりますよ」

チラスほどではないが、イスラマバードへと南下すればするほど暑くなる。夏の東京や大阪の暑さなどは比ではない、とカエサルは言った。カエサルは二年間、東京の浅草で暮らし、夏の京都や大阪へも行ったことがあるという。阪神・淡路大震災のこともよく知っていて、私の住まいの伊丹《いたみ》が阪神間にあると知ると、

「宮本さんの家はどうだったのですか?」

と訊いた。

「壊れた」

「えっ？　壊れたって？」

「ぺっちゃんこになったわけやないけど、壊れて住めなくなったんや」

「家族は怪我はしなかったんですか？」

「うん、奇跡的にね。あれは奇跡というしかないな」

カエサルは、どう応じ返したらいいのか困惑しているようだったが、パキスタン人の知り合いが、神戸で三人亡くなったと言って、話題を変えた。小さな町に入るたびに、

「ここも材木の町です」

とか、

「ここは偽物のアンティークを作ってる町です」

とか説明をつづけた。

桑の森、あんずの森、すももの森、水田、植林山、小さな村、小さな町、山羊の大群……。それらが次々とあらわれ、次第に気温は上昇していった。

スワート河の白濁した急流の畔へ出たのは夕方の五時で、そのころには雨もあがり、私は二枚重ねに着たセーターを脱ぎ、車の窓をあけ、チラスほどではないにしても、新《しん》疆《きょう》ウイグル自治区よりも湿気の多い、粘りつくような暑さに閉口して、ミネラル・ウ

ォーターをたちまち一本飲み干してしまった。

サイドゥシャリーフの町の手前に、スワート河の対岸へ行くための渡しのリフトがあった。人が四人乗れる鉄製の駕籠《かご》のようなものが太いワイヤーで吊るされていて、河のこちら側とあちら側に係員がいる。料金は片道二ルピー。

私は乗ってみたくなり、バットさんに車を停めてもらった。べつにあちら側に何の用もないのだが、急流の飛沫の上に体を置いてみたくなったのだ。

「一緒に乗るか？」

私はダイを誘った。ワリちゃんとカエサルもついて来た。

対岸までは五百メートルほどで、係員がベルを鳴らし、あちら側の係員に合図を送ると、駕籠は思いのほか滑らかに、速い速度でスワート河の上を走って、たちまち対岸に着いてしまった。

私はハヤトくんとハシくんにも来るよう手を振ったが、二人は早く戻ってこいというふうに手を振り返して来た。

どうやらシエライ氏の機嫌がよろしくないらしい。こんなところで遊んでいないで、早くサイドゥシャリーフのホテルに行ったらどうか。シエライ氏は、そんな意味のことを不満顔でバットさんに言ったのだった。

「サイドゥシャリーフから車で三十分のところに鱒《ます》釣りができるところがあります」

そのカエサルの言葉に、

「えっ？　ほんと？　鱒釣り、やりたいなァ」

と釣り好きのダイが言い、あした、そこで鱒釣りをして来てもいいかと私に訊いた。

「遺跡につきあわんでもええやろ？」

私は、行ってきたらいいとダイに言って、シエライ氏が待つリフト乗り場へと戻った。

シエライ氏は車から降りずに、バットさんにしきりに喋っている。何か怒っているようだ。

車はサイドゥシャリーフの中心部へと走りだしたが、舗装された広い道の両側には、水田や畑や桑の林やポプラ並木がつづき、水牛が働き、ロバが働き、あぜ道を少女が犬と駆けっこをしていて、ひどくのんびりした光景ばかりであった。

フンザ、ギルギット、チラス、インダス河に沿った渓谷の村々、シャングラ峠からスワート渓谷の北側を通って、サイドゥシャリーフという都会へと入りかけているのだが、私がクンジュラブ峠を越えて以来、目にしつづけたものは、パキスタン北部の美しさであった。

パキスタンというと、私たち日本人は、カラチ空港でのかつてのテロ事件や、宗教紛争などの断片的な情報しか持ちあわせていないが、私が見たパキスタン人は、陽気で、したたかで、勤勉で、人間臭く、誇り高い。

パキスタン北部の険しい山岳地帯は別にして、人間が住める地域に一歩足を踏み入れれば、手入れされた畑や果樹園が、どことなく日本の農村に似た雰囲気でひろがっていて、土地は肥沃で、水は豊富で、人々は生命力に満ちているのだった。

サイドゥシャリーフの中心部に入っても、建物の造りも道幅にも余裕があって、荷車を引くロバの行進も、私たちの車の行く手をさえぎるということはなかった。

ホテルは、広大な敷地のなかにあった。中心の建物はロの字形で、花々の咲く中庭を取り囲むようにして回廊がめぐっている。その回廊のあちこちには籐《とう》製の椅子とテーブルが置かれている。

「いやァ、やっと着きましたねェ。サイドゥシャリーフに……」

ワリちゃんが腕時計を見ながら言った。夕方の六時前だった。チラスからおよそ十二時間、車に揺られつづけたことになる。

私の頭のこぶは絶頂期を迎えていたが、痛みはさほどでもない。こぶよりも神経にさわるのは、私の指の匂いだった。なぜ私の指からは食べ物の匂いがたちこめるのか……。

「謎やな、この匂いは」

私は言って、部屋のバスルームでまた手を洗い、回廊に戻って籐椅子に腰かけると、ボーイにミルク・ティーを運んでくれるよう頼んだ。

いまが盛りのバラが咲く中庭を見ながら、みんなでミルク・ティーを飲み始めたが、各部屋のクーラーは、建物の構造上、すべて回廊側の窓に取りつけるしかなかったようで、その熱風が回廊に耐えがたい暑さをもたらしていた。

「これはたまらんなァ」

ハヤトくんの言葉で、私たちはティーポットとカップを手に私の部屋へと移った。

「こういうホテルには、外国人のために酒が置いてありますぞ。酒が……」

と私は言って、高い天井に取りつけてある扇風機を廻した。クーラーの冷気と扇風機の風、そして熱いミルク・ティーで、私たちは甦った。

「よく冷えたビールで、乾杯でもしたいですねェ」

ワリちゃんは目を細め、機嫌よく微笑むと、社へ報告の国際電話をかけに行き、そのついでにレストランをのぞいて、酒があるかどうかを確かめてきた。

「シャンペンがあるそうですよ」

「おっ、いいなァ、シャンペンか。よし、俺の奢りや。シャンペンを抜こう」

私はそう言ったが、たとえ外国人でも、アルコール類を自分の部屋で飲むことはできないらしい。レストランでのみ飲酒可能とのことだった。

私たちはいったんそれぞれの部屋でシャワーを浴びてから、広大なホテルの敷地内を散策した。幾つもの棟があり、おみやげ物だけを売る棟の横に卓球台が置いてあった。

私たちは、日が落ちてしまう八時過ぎまで、卓球をして遊んだが、途中、庭師らしい若い男がやって来て、私たちに卓球の試合を挑んだ。

「よし、受けて立とうじゃないですか。かつての卓球王国・日本の底力を見せてくれるわ」

私はえらそうに言って、挑戦を受けたが、見るも無惨に負けた。

「卓球はまかせてください」

と言ったハヤトくんは一ポイントも取ることなく敗れ去り、ワリちゃんもハシくんもダイも、手も足も出ないまま負けた。こんな下手な連中、見たことがないといった表情で庭師の青年は仕事に戻った。

卓球を終えて暮れてしまったホテルの敷地内を部屋へと帰って行きながら、

「あーあ、帰心矢の如《ごと》し、やなァ……」

とダイがつぶやいた。

「うん、たしかに望郷の思いがつのってきたなァ……」

と私は言い、

「牀前《しょうぜん》月光を看《み》る　疑うらくは是れ地上の霜かと　頭を挙げて山月を望み　頭を低《た》れて故郷を思う」

と訳された李白《りはく》の「静夜思《せいやし》」を漢文で書こうと試みた。だが最初の二行しか思い出せなかった。

牀前看月光
疑是地上霜
挙頭望山月
低頭思故郷

『唐詩選《とうしせん》』に載せられているこの李白の五言絶句を、井伏鱒二《いぶせますじ》は次のように訳している。

ネマノウチカラフト気ガツケバ
霜カトオモフイイ月アカリ
ノキバノ月ヲミルニツケ
ザイシヨノコトガ気ニカカル

（『厄除け詩集』講談社文芸文庫刊）

どうしてこんなふうに訳せるのか。私は手品を見る思いである。

レストランでの食事の際、シャンペンを注文したが、「ノン・アルコール」と表示してあった。

「えっ？　ノン・アルコールのシャンペンて、ただの炭酸入りの葡萄ジュースやないか。そんなもんを飲んでどうするの？　ビールに換えよう、ビールに」

私は言って、これ以上冷えようがないというくらいに冷えたシャンペンの壜を見つめた。

だが、ビールもノン・アルコールだという。つまり、このホテルでは、たとえ外国人でもアルコール入り飲料は飲めないのだった。

「そうかァ……。うん、仕方がない。お祝いにはシャンペンや。アルコールなしのシャンペンでお祝いしよう」

私は言って、みんなのグラスにシャンペンを注ぎ、とりあえずサイドゥシャリーフに無事に辿り着いたことへの乾杯の音頭をとった。そのノン・アルコールのシャンペンは甘くて、歯にしみるほどに冷たかった。

部屋に帰ってしばらくして、私はひどい体の不調を感じた。虚脱感、倦怠《けんたい》感、指一本動かすのさえ苦痛を感じるほどの疲労……。それらがいちどきに私の全身に襲いかかってきたのだった。

西安《せいあん》からこのサイドゥシャリーフまで、みんなのなかでは私が結局いちばん元気だったようだが、どうやら旅も終わりに近づいて、どこかやれやれという思いが、かろうじて私を支えていた精神力を萎えさせてしまったようだった。

体温計ではかってみると、微熱があるので、私は部屋のクーラーを切り、天井の大きな四枚羽根の扇風機をこれ以上ゆっくり廻せないくらいに廻し、テレビをつけた。パキスタン対中国のバスケット・ボールの試合が中継されていた。

猛烈な下痢が始まったのは、そのバスケット・ボールの試合が終わるころで、私は夜中の三時までに何回トイレに行ったかわからない。それなのに、腹痛はまったくない。

熱い湯で何種類かの薬を服み、トイレに行くたびに石鹼で洗っている指先を嗅いだが、カレー、タマネギ、ナン、鶏肉、羊肉などが複雑に混ざり合った匂いは、私の指先から消えない。

私は眠れないまま、鳩摩羅什が生まれてから死ぬまでの来歴を頭のなかでおさらいしてみた。年号には、事実とは多少の誤差があろうとも、そんなことはたいした問題ではあるまい。

だが、それを年表として書くよりも先に、一九九五年五月二十三日付の北日本新聞でワリちゃんが書いた記事を紹介しておいたほうがいいかもしれない。

――鳩摩羅什（350―409年）

大乗仏教の思想を中国に伝えた鳩摩羅什。彼が翻訳した経典は、人間に対する洞察が深く文学的にも優れているとされる。六十歳で没するまでに訳し終えた経典の数は、三十五部二百九十四巻に及ぶ。

それらは後に聖徳太子や最澄らによって取り上げられ日本に伝えられた。特に「妙法蓮華経」「般若経」「阿弥陀経」は日本の天台宗や日蓮宗、浄土系の宗派などで最も大切な経典の一つと位置付けられ、現在も多くの人々に読み継がれている。

羅什が大乗仏教を学んだのは十二歳の時。ガンダーラで三年間の留学を終えて帰国途中、疏勒《そろく》国（現・カシュガル）で人生の師とも言える須利耶蘇摩《すりやそま》と出会い、教えを受けた。（中略）

大乗の優れた思想に開眼した羅什は、亀茲に戻ってから、かつての恩師をも論破し、その名はたちまち西域にとどろく。二十歳のころには、諸国の王たちがひれ伏して教えを懇願したという。よほどの天才だったらしい。

が、ここで一つの転機が訪れる。三八四年、羅什の名声を聞いた前秦の国王苻堅《ふけん》が彼の頭脳を欲しがり、将軍呂光《りょこう》を送りクチャを攻略。羅什は捕らわれの身となる。

名高い羅什がまだ若い僧であることを知った呂光は、無理やり酒を飲ませたうえ、亀茲の王女と密室に閉じ込めて交じわらせ、破戒させてしまった。翌年、苻堅が殺されたため、帰るところを失った呂光は、羅什を連れて姑臧《こぞう》（現・武威）に行き、自らの国を建国。羅什もここで十六年間、半ば幽閉された生活を送った。

王族のエリートとして歩んできた羅什にとって、この時期は恐らく人生最大の挫折に直面した時期であっただろうが、この時学んだ漢語が後の翻訳に生かされることになる。

（以下略）

350年　羅什生まれる
354　母耆婆《ぎば》が出家
358　羅什、母とともにガンダーラ地方にあった罽賓国に行き、槃頭達多《ばんずだった》に師事
361　母とともに疏勒国（現・カシュガル）へたつ。須利耶蘇摩と出会い大乗仏教を学ぶ
363　亀茲国（現・クチャ）に帰国
370　羅什、卑摩羅叉《ひまらしゃ》より受戒。亀茲王新寺で開眼する
382　前秦の将軍呂光の西域遠征出発
383　呂光の軍、亀茲国に到着
384　呂光軍、亀茲城を攻略。羅什捕らわれ破戒する
385　呂光、帰国のため亀茲をたち、姑臧（現・武威）に入る。羅什もこれに従う。

前秦の国王苻堅、殺される

401　羅什、長安に入る——

羅什が没する四〇九年八月二十日までの年譜はまだつづくが、三八五年から四〇一年までの、羅什三十五歳から五十一歳までの姑臧での十六年間の空白こそが、巨大な劇の時代であったことは、私だけでなく、羅什研究家すべての思いであるはずなのに、いかなる記録も残っていない。

朝になっても、私の烈しい下痢は治らなかった。私は一睡もできず、空白の十六年間のなかに自分を置きつづけていた。

人間の想像力というものは、自分の器以上に膨らむことはない。

なのに、空想の魔術師ともいえる幼い子供たちの内部には、童話や絵本やテレビや映画や、親や周りの人々から与えられる情報以外の何かが、奔放に溢れだしている。

それはいったいどこから溢れだしているのか。おそらく、その人間の「命」を成している核のようなものの律動のしからしむるところであろう。

若い星が青く輝いているように、幼い人間の命も青くて、殻に閉じこもっていないだけに、空想力もまた抑え難い奔放さを持っている。

年齢を経て、次第に世間智にまみれ、常識の殻の層が厚くなるごとに、空想の魔術師は、ただの凡庸なおとなとなっていくのだ。

私も凡庸になってしまった。

羅什の姑臧での空白の十六年間に思いを傾けても、その夜は何物も溢れだしてはこなかった。

羅什の研究家のなかには、酒を飲まされ、亀茲《きじ》の王女と交わらされた羅什は、その後、姑臧において自暴自棄となり、呂光の思うつぼにはまって、ほとんど酒池肉林の生活に堕した時期があるとする人もいる。

はたしてどうだったのかは誰にもわからない。だが、もしそうであったとしたら、いわば幼少期から聡明《そうめい》なエリートのまま学問としての仏教を学んできた羅什は、姑臧における十六年間で、人間の社会を凝視せざるを得ず、自らの暗部をも見せつけられつづけたはずなのだ。そのうえ、十六年間で翻訳作業において重要な漢語を習熟していく。

形骸化した古典としての仏教は、姑臧における屈辱の十六年間によって、血肉を持った実践の法となって、あらたに羅什のなかで生き返っていった。

——４０２「禅経」「阿弥陀経」「新賢劫経」「思益梵天所問経」「弥勒成仏経」を翻訳。「大智度論」の訳を始める

４０３「新大品経」を翻訳
４０４「百論」「十誦律」を翻訳
４０５「仏蔵経」「雑譬喩経」「大智度論」「菩薩蔵経」「称揚諸仏功徳経」を翻訳
「十誦律」を再訳する
４０６「維摩経」「妙法蓮華経」「華手経」を翻訳
４０７「自在王経」を翻訳
４０８「新小品経」を翻訳
４０９「中論」「十二門論」を翻訳。8月20日羅什没す——

都・長安における政変によって、姑臧での半ば幽閉生活に終止符を打ち、新しい国王に迎えられて長安に入ったとき、羅什は五十一歳である。それから四〇九年に没するまでのわずか八年間で、羅什が翻訳した経典がいかに厖大なものであるかは、サンスクリット語の原典を目にした人にはわかるはずだ。

五十一年間の艱難辛苦《かんなんしんく》は、晩年のわずか八年間の驚異的な翻訳作業へと結実する長い長い助走であったのだ。

長安に入ってからの翻訳作業は、羅什ひとりによって為されたのではない。羅什は中国中の優秀な人材を集め、五百人とも千人とも言われる学僧たちと意見を交換し、優れた考えを取り入れ、切磋琢磨《せっさたくま》しあって、この厖大な経典の漢訳をなしとげた。

ここに少なくとも三つの重要な示唆がある。

ひとつは、羅什が仏教発祥の地・インドの人でもなく、漢人でもなかった点にある。父はインド人であったが、母は亀茲の人。つまり、亀茲においても混血の人であり、長安にあってはまったくの異国人だった。

人類のための大業が、国籍や民族性を超越して行われたという極めて先鋭的なモデル・ケースであった。

二つめは、小乗仏教のみならず大乗仏教の深義にも通達していた羅什が、自分よりも若い人々の意見を取り入れて、共同作業という形で翻訳をつづけた点である。

その人間としての柔軟性と合理性。我賢しとせず、他の人々の考えも尊重し、足らざるは補い合って、目的に向かって進んだということも、戦乱につぐ戦乱の中国にあっては特異で斬新的なものであったのだ。

そして三つめは、少年・羅什がガンダーラへの留学に旅立ったときから、長安で経典の翻訳作業に没頭するまでに、約四十三年間の予測もつかない幾多の試練がつづいた点である。少年・羅什が己《おの》が使命へと歩きだした日から、ついにその使命を果たすための場へ辿り着くまで、誰も思いも寄らなかった長い長い、一見、無為な年月が過ぎ去っていったのだ。

だが、かりに絶望と酒池肉林に堕すときがあったにせよ、羅什の心はただひとつに向けられていた。決して、あきらめはしなかったのである。転んでもただでは起きなかったのだ。

サイドゥシャリーフ二日目の朝、私はナンとミルク・ティーだけを、ほんの少し胃に流し込んで、スワート博物館へ行き、ガンダーラ文化の一端を見、それからブトカラ遺跡へと向かった。

遺跡への小道には雑草が密生していて、これもストゥーパ、あれもストゥーパというシエライ氏の言葉を私はほとんど聞いていなかった。下痢と暑さで、立っているのがやっとの状態だったのだ。

「ストゥーパとは、仏塔のことです。大小さまざまありますが、このストゥーパの形に似せた木を日本では音写して『卒塔婆《そとば》』と名づけました」

とカエサルが言った。それから、意味ありげに笑みを浮かべ、密生している雑草の葉をちぎった。

「何だと思いますか?」

「雑草じゃないの? なんか蓼《たで》の葉に似てるな」

私の言葉に、カエサルは、これはマリファナですと答えた。

まさかサイドゥシャリーフの町なかに、マリファナが群生していようとは思わなかったが、あらためて周りに目をやると、そこいらじゅうマリファナだらけで、いままで半分死んだような目でブトカラ遺跡の暑さに耐えていたダイの目が輝き始めたのだった。

この葉をこうちぎり、新聞紙の上に並べて日に干しておけば、あしたには乾燥するので、その葉を刻んで煙草状にして吸えばいいのだ……。

カエサルはそう説明し、

「これがあるから、日本人のヒッピー的旅行者は、いつまでもパキスタンから出て行かないんです。どうですか？　四、五枚ちぎって試してみますか？　マリファナなんて麻薬のうちに入りませんよ」

と言った。

「カエサルの言い方、麻薬の売人が、青少年に言葉優しく近づいて来るときの悪魔のささやきみたいやな」

私は笑って、葉をちぎったが、シエライ氏の憮然とした表情に気づいて、マリファナの葉を足元に捨てた。そうだ、いま私たちはブトカラ遺跡の歴史的意味をレクチャーされているのだ。

「マリファナは煙草よりも習慣性がないんですよ」

というカエサルの言葉に、

「習慣性のない快楽なんてこの世にないよ。万引き、のぞき、痴漢、果ては殺人まで、それがその人にとって快楽なら、一回で終わるはずがない」

と私は言ったが、父親としては、ダイが私に内緒でマリファナの葉を数枚ポケットに隠しはしまいかと視線をダイから外せないでいる。

「どう？　やってみるか？」

私が水を向けると、ダイはマリファナの葉をちぎって嗅ぎ、

「怖い、怖い、やめとく」

と笑って捨てた。

ブトカラ遺跡を出ると、私たちは航空会社の事務所へ行き、リコンファームをしてホテルに戻った。私の下痢は、さらにひどくなっている。

日本食は、ギルギットで若い日本人女性にあげてしまったのだが、鞄のなかにはレトルトのお粥と赤飯だけが残っていた。万一のことを考えてお粥の袋をあの女性に差し上げなかったのではない。だが、いまの私にとって、お粥はありがたい。

私はその日、一歩も部屋から出ず、昼食はお粥と梅干しで済まし、薬を服んで寝ていた。これまでの長い長い旅で、胃腸の疲れも限界を越えたのであろうが、数十日ぶりに飲んだ冷たすぎるノン・アルコールのシャンペンがだめ押しになったのだというのが、みんなの共通した意見だった。

私が休養に努めているあいだに、ワリちゃんとハヤトくんは市内の撮影に出かけて行き、ダイはカエサルと鱒釣りに行った。

ハシくんは、私が寝ているあいだ、ずっと私の部屋でテレビを観ていたらしい。

「お粥だけ、ギルギットであの人にあげなかったてのは不思議ですねェ」

私が夕刻目を醒ますと、湯を沸かして、熱い茶をいれてくれながらハシくんが言った。

「うん、日本人は、お腹をこわしたら、お粥と梅干しにかぎるなァ。ああ、熱いお茶がうまい。お前も熱いミルク・ティーでも注文したらどう？　なかなかうまそうなケーキもあったぞ」

私とハシくんが喋っていると、ダイとカエサルが戻って来た。

「鱒釣り場、とんでもない急流や。落ちたら、どんなに泳ぎのうまい人でも渦に巻き込まれてしまいそうなとこで、鱒なんか釣れへんわ」

ダイはあきれたように言い、スケジュール表を出して、あしたとあさってはペシャワール、しあさってはイスラマバード、その翌日はカラチへ飛んで、成田行きに乗り換えて、とつぶやいている。

「イスラマバードに着いたら、赤飯で祝おうぜ」

私は言って、またまどろんだ。

だが、ミルク・ティーを運んで来たボーイの手を寝呆け眼《ねぼまなこ》で見た瞬間、これだと気づいて上半身を起こした。私の指からの決して消えない食べ物の匂いの原因がわかったのだった。

「これや！　これやったんや」

イスラム教国の人々は、右手でナンをつかみ、カレーをつかみ、鶏肉をつかみ、タマネギやホウレン草をつかんで巧みに食事をとる。だが、食後、その指は薄いナプキンで拭くだけだ。稀《まれ》に水道の水で洗う人もいるが、石鹼は使わない。

その指で、ドアのノブをさわり、階段の手すりをさわり……。つまり人間が手で触れるありとあらゆる場所には、人々の指にこびりついた食べ物の匂いもこびりついていることになる。

私がどんなに丹念に石鹼で何度も手を洗おうとも、水道の栓を閉めるとき、もうその匂いは洗いたての指につく。洗面所の戸にも、ベッドの手すりにも、電気のスウィッチにも、部屋のドアのノブにも、匂いはこびりつきつづけている……。

「これや、犯人、つきとめたり！」

郷に入っては郷に従えというが、すべての指先から漂いつづける食べ物の匂いだけは、私の神経にさわりつづけて慣れることがない。私はそれ以後、ハンカチを手袋のように掌に巻きつけ、ドアのノブを廻し、電気のスウィッチを押し、これから手術室に入る外科医のように両手を胸先のところに掲げつづけたのだった。

その夜も、私だけ部屋でお粥と梅干しを食べ、サイドゥシャリーフの市内見物は中止して、安静を守った。夜のサイドゥシャリーフのダウンタウンをうろついてみたいのだが、なんだか体に力が入らなくて、腹の調子は回復していなかった。

「この子には、冷たいものがいちばん体に良くありません。冷たいものを食べたり飲んだりせず、体を冷やさないように気をつけたら、大丈夫。元気な体になりますよ」

中学生のとき、ひとりの老医師にそう言われたことを思いだす。

周りの者たちが思春期を迎えて、すさまじい勢いで背が伸びているとき、いつまでも声変わりもせず、小学生のような体つきのままの私を案じて、父は昔気質《むかしかたぎ》の医師に診せた。

その医師の工夫による栄養注射が、私の虚弱な体質を徐々に改善してくれたのだと、いまになって私はありがたく思う。

「私のような医者は、もう出ないでしょう」

もうこれで病院に来なくていいと言われたあと、その医師は、父に前述した言葉をつけくわえたのだった。

ハシくんが夜中にやって来て、湯を沸かして、日本茶をいれてくれた。

「熱いものを飲んで休んで下さい」

そう言ってから、ハシくんは、さっき食べたお粥が最後で、あとはパック入りの赤飯が五つあるだけだと笑った。

「よーし、今晩中に治して、あしたペシャワール入りするぞ」

私は精神安定剤を服んで眠った。

山羊の大群のなかに、私の家族の一員であるマックというビーグル犬が交じって、スワート渓谷のどこかの村を歩いている夢を見た。

お前、山羊じゃないぞ。何を間違えてるんだと、私はマックの名を呼びつづけて追いかけているという夢だった。

翌朝、ホテル内のレストランで、私だけはミルク・ティーとナン以外は口にしなかった。下痢はやっとおさまったが、ペシャワールに着くまでは熱いミルク・ティーしか口にしないつもりだった。

ペシャワールまでは約百八十キロ。うまくいけば、午後二時ごろに到着できるという。

私たちは午前十時きっかりにサイドゥシャリーフを出発した。

「ガンダーラの都へ、ガンダーラの都へか……」

私は何度もそう言って、広大な水田を見つめたり、ちょうど収穫期らしいタマネギ畑で働く人々とロバたちを見つめた。

幾つかの峠を越え、幾つかの町を抜けたが、そのたびに町は大きくなって活気づいていく。そして、カエサルの言葉どおり気温も上昇しつづけた。

昼近く、車は涼やかな桑の木に囲まれた村の入口で止まった。道路工事が行われていて、片側通行になっていたのだった。対向車が通り過ぎ、バットさんの運転する車が工事現場の横をゆっくり通過しようとしたとき、私の目はひとりの少年に注がれて動かすことができなくなった。少年は十二、三歳。黒い髪は汚れて、光らない金髪と化している。手にスコップを持ち、工事現場の親玉の号令を待っている。

トラックが荷台に満載した熱いコールタールを道に撒く。炎があがりそうなほどに熱いコールタールの周りには、汗まみれになって疲れ切った表情の男たちが、そのコールタールを補修中の道にまんべんなく敷きつめる作業をするために親方の合図を待っているのだ。

その現場で働いている労務者のなかにあって、少年だけが素足に薄いゴム製のサンダルを履いていた。しかも、年少の働き手は、その少年ひとりだった。

現場の親方が号令をかけた。少年はゴムのサンダルで熱したコールタールのなかに入って行き、スコップでそれを崩し始めた。サンダルの底から煙が出て、おそらく一瞬として肌に触れることは不可能な高温のコールタールの山を丹念に道に敷いていった。

私は少年の足から目を離すことができなかった。足もサンダルもコールタールと同じ色になって煙をあげているのだった。火のなかを歩いているのと同じではないのか……。少年の汗が落ちて、それは瞬時に湯気になって消えていく。少年は、自分の横を通り過ぎていく車のなかからの視線を感じたらしく、作業の手を止めて私を見つめた。

そのときの私がなぜそんなことをしたのか、わからない。私は少年の足を指差して、両手を強く横に振ったのだ。足が焼け焦げてしまうぞ。早くコールタールのなかから出ろ！　足の裏の肉が焼け、骨も焼けて溶けてしまうではないか。早く出ろ！

私が言おうとしたことを少年が理解したのかどうかははなはだ疑問である。だが少年は私を見つめて微笑んだのだ。

「それがどうした」

そんな不敵な微笑だった。

俺はいまのところ、こうやって働く以外に、生きるてだてを持っていないのだ。足が焼けるくらいが何だ……。少年は私を見つめてから、何事もなかったかのように高温のコールタールを踏みながら仕事をつづけた。

この村はなんという名の村かと私はカエサルに訊いた。カエサルは地図を見たり、村の商店の看板を見たが、わからないと答えた。地図にこの村は載っていないらしい。

収穫したばかりのタマネギの入った麻袋を背中に載せたロバが何頭も行く手を遮り、

小さな女の子が、汲んだばかりの水を容器に入れてそれを頭に載せ、家へと運んでいる。西側には低い山並があって、緑色に輝いている。シエライ氏は、その山並を指差し、アレクサンドロスの遠征は、あの山の向こうからやって来たのだと言った。西へ真っすぐ行けば、アフガニスタンとの国境・カイバル峠だった。

どうやら私たちはバリコットという町を過ぎ、マラカンド峠を越えてチャールサダーの町へと辿り着こうとしているようだった。

満艦飾のトラックの数は増え、商店の看板も極彩色に塗られて、交差点では警備兵による検問が行われるようになった。

道には露店が並び始めた。パキスタンで人気のある歌手たちのカセット・テープを土の上に並べている者もいれば、新聞や雑誌を売る者もいる。靴の修理屋、ミルク・ティー屋、煙草屋……。それらに交じって、散髪屋も、土の上に茣蓙《ござ》を敷いて、客の髭を剃っている。歯医者もいる。医者というよりも商売気の多い獄卒といった感じで、白衣は着ていないが、歯を削る道具を片手に持ち、道行く人に何か話しかけている。

「虫歯、おまへんか？　親しらず、抜きまひょか？　痛い目になんか遭わせまへんで」

なんだか、そう言っているような気がする。

平坦《へいたん》な道がつづき、気温は上昇し、埃と排気ガスが増えて、少し大きな町を抜け、次に小さな村を抜け……。そうしているうちに、ふいに道の両側の露店が増えて、ロバ車、牛車、トラックが入り交じり、カセット・デッキからの流行歌が、あちこちの店先から響き始めて、私たちはペシャワールの街に入った。昼の一時半だった。

群衆の坩堝が、突然、私たちを包んだ。かつてのガンダーラの都は、澎湃《ほうはい》たる人間の営みで揺れている。摂氏四十二度を超えているであろう暑さのなかで、生き馬の目を抜こうとしているような夥しい人々がそれぞれの磁力を発して、喋り、怒鳴り、笑い、口論し、交渉し、握手し、抱擁し、走り、円陣を組み、手を振り廻し……。

けれども、私の心はひどく静かであった。

火を踏みしめる少年を私はマラカンド峠の手前の村でたしかに見たし、それは現実の光景であったのだが、いまは大きく形を変えて私のなかで私を見つめていた。

「死」とは何か……。火を踏みしめる少年は、私にその言葉を刃のように突きつけている。

私は三十代のとき、何かのエッセーで、

「いつでも死んでみせるという覚悟を持って、うんと長生きしてみせる」と書いた。だが、それは所詮、観念にすぎなかったのではないのか……。

そんな思いに沈みながら、私はペシャワールのパールコンチネンタル・ホテルの豪華なロビーで、ワリちゃんとカエサルがチェック・インの手続きを終えるのを待っていた。

「死」とは何か……。仏教は、このたったひとつの問いかけから始まったはずなのだ。だが、その唯一の謎の解明のために、かくも厖大な経典を必要としたのはなぜなのか。

答えが「理」としてあまりに単純明快だったために、かえってそれが人々を迷妄の闇に誘う恐れがあった。そのために答えを出すための準備段階を周到に用意しなければならなかった。

その答えを信じさせるために、信仰についての人間の脆弱《ぜいじやく》さを鍛えなければならなかった……。

「俺はいつでも死ねるか。なんの恐怖もなく、その死のなかに溶け込んでゆくことができるか」……。

シエライ氏が、私に何か語りかけてきて、私は顔をあげた。

いったん家に帰って昼食をとってくる。ペシャワール博物館に行くために、ここを三時に出発する。自分はそのころ、このホテルのロビーに戻って来る。シエライ氏はそう言っていた。

私たちはそれぞれの部屋に入ってから、レストランへ行った。

バイキング式のランチで、新鮮な野菜が何種類も盛られて、テーブルクロスもナプキンも美しくて清潔だった。

「俺、パンだけにしとく」

とダイが言って、腹をおさえた。こんどはダイの体調が良くないようだった。暑さのせいでも、水のせいでも、油のせいでもない。日本を発って以来の疲れが、私たち五人の体に押し寄せて、それは限界に達しているのだ。

五人のなかで最も若いダイが、コーラとパンだけで昼食をとっているのを目にしたウエイターが笑顔で話しかけてきた。

「どうしました？ ダイエット中ですか？ 若いんだから、もっと食べなきゃあ」

「うん、まあ、つまりダイエット中です」

「それなら、いいサンドイッチがあります。うちのシェフが、奥さんのために考案したダイエットのためのサンドイッチです。それを召しあがってみませんか？」

熱心に勧められて、ダイはそれを注文した。薄くスライスしたトマトだけを挟んだサンドイッチだった。

このホテルのシェフ夫妻はフランス人だと言い、ウェイターは窓の下を指差した。レストランの真下はプールで、そのなかに女性がたったひとりだけ浮かんでいる。金色がかった栗色《くりいろ》の髪だけが、何かの果物のように浮かんでいる。

私は真下のプールをのぞき込みながら、庄野潤三《しょうのじゅんぞう》氏の芥川賞受賞作「プールサイド小景」を思い出していた。

　――プールは、ひっそり静まり返っている。コースロープを全部取り外した水面の真中に、たった一人、男の頭が浮んでいる。（中略）選手を帰してしまったあとで、コーチの先生は、プールの底に沈んだごみを足の指で挟《はさ》んでは拾い上げているのである。

　夕風が吹いて来て、水の面に時々こまかい小波を走らせる。

　やがて、プールの向う側の線路に、電車が現われる。勤めの帰りの乗客たちの眼には、ひっそりしたプールが映る。いつもの女子選手がいなくて、男の頭が水面に一つ出ている。――

（『プールサイド小景・静物』新潮文庫刊）

　淡い小景の底に、死の忍び寄って来るさまの静けさを描いた名作だ。

　プールサイドのデッキチェアーには水着姿の何人かの泊まり客もいるし、気持良さそうなプールを見物に来たらしい地元の男たちも花壇を囲む煉瓦に腰かけて、昼下がりのひとときをすごしている。

　宗教上の理由から、女性が水着姿になることなど一生ないであろう国柄なので、ここに来れば、その日の運次第だが、若い外国の女の美しい裸体が見られるというわけなのだ。だがホテル側も、そんな不埒《ふらち》な地元の男どもを容易にプールに近づけたりはしない。ガードマンに見張らせて厳しく監視しているのだが、その目をしたたかにかいくぐって、男どもは入ってくるのである。

やがて、フランス人のシェフ夫人がプールのなかからあがってデッキチェアーにその身を横たえた。

「あの人、これを毎日食べてるの？」

とダイがトマトだけを挟んだサンドイッチを片手につぶやいた。

「……どんなダイエット用のサンドイッチでも、食べすぎたらあかんちゅうことやな」

私は言って、部屋に戻った。

ペシャワール（PESHAWAR）は、ペルシャ語のペーシュ・PESH（国）とアワール・AWAR（境）の二つの言葉の合成語で、「国境の街」という意味である。

ペシャワールからわずか十八キロのところから五十八キロの地点までをカイバル峠と総称しているが、そのカイバル峠の向こうはアフガニスタンで、一九七九年のソ連侵攻までは、多くの商人や旅人が自由に行き来していた。

だが昔も今も、ペシャワールというかつての国境の街は、タジク族やトルクメン族の難民だけでなく、パキスタンからアフガニスタンにかけての地域に住みつく部族・パターン人が多く住んでいて、他のパキスタンの主要な街とは異なった意匠をもたらしている。

パターン族は、家の壁や調度品などに、いにしえのペルシャ様式を好んで使うために、ドアにもベランダにも階段にも、パターン式と呼ばれる模様を駆使しているのだ。だからペシャワールの街全体に、いまもガンダーラ文化の名残に似たものが見られるというわけである。

約束の時間に十分ほど遅れて来たシエライ氏は、友人から送られて来たＦＡＸの用紙を持参していた。英文による鳩摩羅什に関する七行の資料であった。

――西紀三五〇年にクチャに生まれ、幼少にしてガンダーラに留学。小乗仏教を習得し、後に大乗仏教の権威となり、晩年、多くの大乗仏典を漢訳した。西紀四〇九年、長安（現在の西安）に没す。――

たったそれだけが書かれてあるだけだった。

「ペシャワール博物館へ行きましょう。ぼくのこの旅での仕事はそれで終わりです」

私が言うと、シエライ氏は申し訳なさそうに、

「羅什に詳しい者はいないかと知り合いの学者たちに訊いてみましたが、みつかりませんでした」

と言った。

西のほうから黒い雲が拡がっていたが、ペシャワールの街には遮るもののない太陽が照りつけて、それが強い湿気と混ざり合って街全体を蒸している。

「ひと雨、欲しいなァ……。あなたが春の風のように微笑むならば、私は夏の雨となって訪れましょう……。俺はこの中国の古い諺《ことわざ》が、やっぱ好っきゃねん」

私が言うと、やっぱ好っきゃねーんとハシくんが小声で歌った。

映画『奇跡の人』で知られるヘレン・ケラーの教師、アニー・サリバン女史が、愛とはどんなものかについて少女のヘレン・ケラーに教える。目も見えず耳も聴こえず、喋ることもできない少女に、こう教えるのだ。


「愛とは、今、太陽が出る前まで、空にあった雲のようなものですよ」と先生はおっしゃいました。私はこの答を、その時了解することができませんでしたので、先生はもっと簡単な言葉で説明してくださいました。「あなたは手で雲に触れることはできませんが、雨には触れることができます。そして花や渇いた土地が暑い一日のあとで、どんなに雨を喜ぶかを知っています。あなたは愛には触れることができませんが、それがあらゆる物に注ぎかける優しさを感ずることはできます。愛がなければあなたは幸福であることもできず、その人と遊ぶことも望まないでしょう」

（『わたしの生涯』ヘレン・ケラー、岩橋武夫訳、角川文庫刊）

ペシャワールに慈雨をもたらしてくれそうな西からの雲は、私たちがペシャワール博物館から出て来たときには姿を消していた。

かつてこの博物館の館長であったシエライ氏は、陳列されている館内の遺物について懇切に説明してくれた。とりわけ、苦行中の釈迦《しやか》の、痩《や》せさらばえた、ほとんど骸骨とおぼしき座像の前での私の質問に、氏は目に強い光をたたえて解説してくれた。

その像は三つに分断されて陳列されている。両腕はなく、首と腹部のところが折れている。腕の部分も二つに縦に割れた跡がある。

「悟達と言いますが、釈迦は何を悟ったんでしょうか」

私の問いに、シエライ氏は短い言葉で何か言った。だがその英語の意味が私にはわからなかった。そこでシエライ氏はそれをパキスタン語に換えたが、通訳のカエサルは日本語に訳せないと答えた。

私の問いに対する説明は、たちまちガンダーラ文化についての考察に変わり、ギリシャ、ペルシャ、中国の三つの文化の融合がガンダーラ文化であるというシエライ氏の言葉がつづいた。

シエライ氏の仕事も、ペシャワール博物館を出たところで終わった。氏はこれから自宅に戻るのである。磨崖仏にも、ストゥーパにも、博物館の貴重な遺物にも興味を示さない日本人の小説家とこれ以上つき合う必要がなくなって、シエライ氏は晴れやかだった。

私たちはいったんホテルに戻って、翌日は湿った熱気で汗まみれになった体を休めたが、ワリちゃんの、プールサイドの藤棚の下に卓球台があるという言葉で色めきたった。サイドゥシャリーフでの卓球の試合では、誰がいちばんうまいかの決着がついていなかったのだった。

ハヤトくんは、ペシャワールの旧市街地に行きたがっていたが、三本勝負で卓球の王者を決めてからにしようということになり、私たちはプールサイドへと向かった。

ペシャワールは、昼下がりの最も暑い時間だった。街の喧噪はつかのま消える。人々はあまりの暑さで、店を開店休業状態にして、午睡をとるらしい。ロバも牛も木陰で休む時間なのだ。

プールに浮かんでいるのは、あいかわらずシェフ夫人だけだった。彼女が水のなかで動くたびに、大きなプールから水が溢れ出そうな気がする。

プールへの入口に、二人のパキスタン人が並んで立っていて、卓球をしている私たちを見つめつづけていた。片方は屈強な体つきで、顔立ちもふてぶてしく、片方はまだ少年のような初々しさを残す華奢《きゃしゃ》な美青年だった。

花々の傍に並んで立つ二人は、私には特別の関係にある男同士に思われて、プールサイドに転がったボールを拾いに行くたびに、それとなく二人を盗み見た。

やがて二人は、私たちのほうへと歩いて来た。そうか、自分たちも卓球がしたかったのだが、私たちが卓球台を占領しているために、終わるのを待っていて、ついに待ち切れなくなって、そろそろ代わってくれと言いに来たのか……。

私はそう思い、ラケットとボールを二人に差し出し、

「どうぞ。ぼくたちはもう終わりますから」

と言った。二人は無表情に私たちを見やり、それから踵《きびす》を返してプールサイドから去って行った。どうやら私服の刑事だったらしい。

「でもあの二人は、できてるぞ」

私は笑いながら言って、ワリちゃんとダイの王者決定戦を観戦した。

夕方の五時にバーが開店した。私たちはさもしくも十五分前にバーの扉の前に並び、バーテンダーがやって来るのを待っていた。バーで酒を飲むためには、かなりの厳格な手続きを経なければならなかった。

まずパスポートと部屋の鍵を提示し、所定の用紙に記入事項を書く。姓名、国籍、住所、パスポート番号、家族の名前、旅の目的、ビザの発給日などなど……。

そのなかに、母の旧姓というのがあった。

「あれ？　ぼくのお袋の旧姓、何だったかな……」

とワリちゃんが考え込んだ。私も即座には思い出すことができなかった。

「なんで母親の旧姓が必要なんかな」

とダイが訊いたので、

「まあ、この国が書けというんやから書いたらええがな。この国のやり方です」

私はそう言って、バーテンダーに、どんな種類の酒があるのかと訊いた。ビール、ウイスキー、ジン、ウオッカと、バーテンダーは答えた。ビール以外はパキスタン製だという。

「パキスタンで作ったウイスキーは、ちょっと危なそう……」

私はここ数日の自分の腹具合を考え、少量で酔えるのがよかろうと、ジンとトニックソーダ、それにレモンを頼んだ。

「じゃあ、ぼくはウオッカにします」

とワリちゃんは舌なめずりをしながら言った。

ジンもウオッカも壜ごと運ばれて来た。レモンはぶつ切りにされて大皿に盛られている。

「どうです？」

私は大雑把に目分量でジンをトニックソーダで割り、そこにレモンを入れて飲んだ。

とワリちゃんが訊いた。

「ジンと言われるとジンのような……」

「ぼくのウオッカも、そんなような……」

疲れた心を軽く癒す程度にしておこうという最初の誓いなどたちまち忘れて、私はジンのようなものを、ワリちゃんはウオッカのようなものを飲みつづけた。

「あした、ついにイスラマバードですよ」

とハヤトくんが言った。私たちが泊まるホテルは、じつはイスラマバードではなく、その隣のラワルピンディの街にあるのだった。

「長い旅でしたね。いろんなことがあったような、なんにもなかったような……」

そう遠慮ぎみに問いかけてきたハヤトくんの目は、四十日近く酷使しつづけて、ひどく充血している。

「いかがでしたか、旅は」

とワリちゃんが呂律《ろれつ》の怪しくなった口で訊いた。

その瞬間、私のなかに浮かんだ言葉を、私は二人の若い記者に語ることはできなかった。それは二人の多大な労に報いる言葉ではなかったのだ。

旅の始まりからいまに至るまで、私を覆いつづけてきた曖昧な感情を「虚しさ」という陳腐な言葉でしか表現できない小説家の私とは何であろう……。

「こんな旅は、もう生涯二度とできないな」

私はそう言って、二人の記者の労を謝し、絶えず私を護《まも》りつづけてくれたハシくんに礼を述べた。

そこからあとのことを私はほとんど記憶していない。わずかに覚えているのは、バーから出るとき、私はワリちゃんのウオッカを飲み、ワリちゃんも私のジンを味見したことだった。どちらも同じ味だったのだ。

目が醒めると、私は自分の部屋のベッドにいて、コンソール式のドアをあけて行き来ができるようにしたワリちゃんの部屋で、ハヤトくんとハシくんとダイがトランプのゲームをしていた。バーから持って来たジンともウオッカとも判別のつかない壜を持ったワリちゃんが、なにやらわけのわからないことを叫びつづけている。

「お、おれはなァ……。おれは……、おれだ」

どうやら大勝ちしているらしいハヤトくんが、そんなワリちゃんに言った。

「お前、きょうは廊下で寝ろ!!」

その日の明け方近く、私は鮮明な夢を見て目を醒ました。部屋の冷房が強すぎたのが夢の原因かもしれなかった。

私は夢のなかで死を宣告されたのだった。

あと一ヵ月か二ヵ月、長くて三ヵ月だと、医者は暢気《のんき》そうに私に告げた。助かる方法は万にひとつもないのか、と私は他人事のように医者に訊きながらも、へえそうか、俺は死ぬのかとひどく冷静に考えていた。

「助かる方法はありません。まあ、つまり間違いなく死にます。それはそれとして、トランプのつづきをやりませんか」

「いや、トランプをやってる場合じゃなさそうです。妻に話しておきたいこともあるし、息子に言い残したことがありますので……。ああ、私がもうじき死ぬことは、妻には黙っておいてやって下さいませんか」

……なんだ、死ぬのか。やり残した仕事はたくさんあるが、そして、生きた年数から考えれば多くの仕事をして悔いはないようだが、これで「さよなら」というのではいささか物足りない。けれども、それはそれで仕方があるまい……。

夢のなかで私の冷静さはそこまでだった。そのあとふいに、死への恐怖が私に身の置きどころのない、まことにぶざまな動揺とそれに伴う狼狽《ろうばい》や悪あがきにも似たうろたえをもたらした。

私は死が怖かったのではなく、生から死へと移る瞬間に何が私を待ち受けているのかに恐怖を感じたのだ。どうしよう……誰も一緒にその境を越えてはくれない。

落ち着け、落ち着け、死ななかった人間はいないのだ。私は自分にそう言い聞かせながら薄闇のなかを歩き廻りつづけたのだった。

そこで目が醒めた。私はベッドからしばらく起きあがることができず、夢の余韻のなかに漂っていたが、やがて起きあがり、ベッドの上に正座して、粛然と首を垂れていた。

粛然と、という言い方以外いかなる言葉もあてはまらないほどに、私はぶざまにうろたえて恐怖におののいていた自分というものについて考えつづけた。

カーテンの隙間からの仄《ほの》かな光が次第に強くなってきて、私はやっとベッドから降りると、冷房を切り、窓をあけてベランダへ出た。誰もいない夜明けのプールサイドには、水を飲みに来た小鳥たちの、わずらわしく感じるほどの囀りがあった。

ペシャワールを発ち、旅の最後の地・イスラマバードへとアジア・ハイウェイを走りつづけながら、私は車中でも、夢の残滓と言うにはあまりにも大きすぎる思いにひたって粛然と黙していた。

どうかしたひょうしに、あの火を踏みしめて力仕事に従事していた少年の、私への意味不明の笑みが浮かんだ。「お前はこんなことができるか」。少年は私に笑顔で訊いている。

やがて私には、旅のあいだじゅう私につきまとった「虚しさ」の正体が見えてきた。

カブール河がいつのまにかインダス河と合流したころ、私は私という人間に絶えず「いんちき臭さ」を感じつづけていたことに気づいたのだ。自分で自分の「いんちき臭さ」を感じ、そんな自分自身が虚しかったのだ。

極貧の村々が、砂漠が、砂嵐が、蜃気楼が、オアシスの民が、カラコルムの峰々が、これでもかこれでもかと、私のいんちき臭さを白日の下にさらしつづけていたのだ。

運転手のバットさんが、しきりに私に微笑みかけ、腹の具合はどうかと訊いてくれた。

「ぼくより、ワリちゃんの二日酔いのほうが悲惨ですよ」

と私は言い、ダイの横顔を見つめた。頬はこけて無精髭は伸び放題で、憔悴しきっているが、目には意志的な光が生まれている。

「可愛い子には旅をさせよ、やな」

私が話しかけると、次からはお父さんひとりで行ってくれとダイは笑って言った。

イスラマバードに近づくにつれて、私は自分の彼方にあるもの、すでに遠くに去ったあらゆる光景とそこに生きる人々が陸続《りくぞく》とつらなっている気配を感じて、座席に坐ったまま振り返ろうとする誘惑にあらがいつづけた。

ハシくんは風雨に打たれた案山子《かかし》と化して、座席に凭《もた》れている。

イスラマバードに着いたら、この旅における最後の手紙をしたためなければならないが、それはみんなで赤飯を食べて、六千七百キロに及んだシルクロードの旅が無事に終わったお祝いをしてからだと私は思った。

「日本に帰るのが、なんとなく怖いんですよ」

とハヤトくんが言った。

「どうして?」

「フィルムを現像して、なーんにも写ってなかったら……って考えちゃって」

「いい写真が撮れてるよ。安心してろ」

今夜、ラワルピンディのホテルで一泊したら、あすはカラチへ飛び、そこから成田行きの飛行機に乗るのだ。

私は前方を見つめながらも、自分の背後からいささかも離れて行こうとしないガンダーラや世界最後の桃源郷や、標高約五千メートルのクンジュラブ峠を感じつづけた。

そのもっと後方の、タシュクルガン近郊の遊牧民が暮らす大平原のさらに彼方には、死の砂漠・タクラマカンが東方への口を開いている。その畔では、きょうも盲目の母親と幼い娘が物乞いをしていることであろう。

さらにうしろを振り返れば、あたかも通い慣れた生死の道を飄々《ひょうひょう》と行き来するかのように、ズボンのポケットに両手を突っ込んで砂嵐のなかを歩いて行く人がいる。

そしてさらにさらにその彼方には、私の虚しさなどには一瞥もくれず、宇宙のすべてをつかさどる根本の法を見つめて歩きだした幾千、幾万、幾千万もの少年たちが、蜃気楼の底のもっと底から、轟然たる足音をたてて歩き始めている。

あとがき

六千七百キロ、約四十日間の旅は、私にとっては確かに長かった。旅を終えて帰国したとき、私の体重は五キロ減り、その半年後には、旅に起因するであろう病気にかかって入院した。病院のベッドで、ただただ「あの長い旅をよくも大過なく終えたものだ」と幾度となく嘆息し、何物かに護られたのであろうと感謝しつづけたものである。

だが、旅は終わってはいなかったのだ。帰国して四年後の十一月に「ひとたびはポプラに臥す」の最後の原稿を書き終えたときが、真の旅の終わりであった。

この紀行文は、平成七年十月十日から、北日本新聞紙上に毎週一回の連載で掲載され、平成十一年十一月九日付けで最終回を迎えた。計二〇三回、原稿用紙で千四百枚に及んだが、その長い連載の期間中、私の心はシルクロードのどこかを絶えずさまよっていたことになる。

つまり、千六百年以上昔に生きた鳩摩羅什《くまらじゅう》という稀有《けう》な訳経僧の足跡を、私は私の心のなかで足掛け五年にわたって旅していたのだった。

鳩摩羅什を知り、いつかこの人が歩いた道を自分も歩きたいと切望した二十八歳のときから計算すると、二十四年もの歳月がかかっている。

連載中、鳩摩羅什という人間のどこに惹かれたのかと、多くの人によく訊かれた。そのたびに私は答に窮して、なぜこんなに馬鹿げたことを私に問うのかとひそかに腹を立てたりもした。さまざまな理由はあるが、ただ単純に、「少年のころの誓いを生涯懸けて果たした人」だったからと答えるしかなかった。それ以外の答が他にあろうとは思えなかった。

羅什の足跡を追う旅の紀行文であるはずなのに、本書は半人前の私の足跡を追ったにすぎないという小さな世界から出ることはできなかったようである。

そんな意に満たぬ、そして予定よりもはるかに長くなった悠長な連載を大目に見て下さっただけでなく、私の個人的な夢を叶《かな》えるためにこの旅のお膳立てをして下さった北日本新聞社社長・上野隆三《うえのりゆうぞう》氏にまず衷心より感謝申しあげる。

また連載中お世話になった同社文化部の歴代の部長、山口新輔《やまぐちしんすけ》氏、板倉均《いたくらひとし》氏、佐伯《さえき》高弘《たかひろ》氏のお三方に深く感謝したい。

旅をともにして下さった田中勇人氏、大割範孝《のりゆき》氏のご苦労は筆舌に尽くし難いものであった。この若い二人の記者には、私はただ頭を下げる以外にない。私が彼等と同じ歳の頃、この難しい旅と仕事を彼等のように適確に、感情を抑えてやり遂げられたかどうか、はなはだ疑問である。

大割氏の転勤のあとを担って、「ひとたびはポプラに臥す」の終結部の原稿を受けつづけて下さった本田光信《ほんだみつのぶ》氏、さらには旅に同行させられ、四六時中、私の世話をさせられ、連載開始から終了まで資料の収集や整理などの作業を手伝ってくれた橋本剛《つよし》氏に、ここであらためて感謝の意を添えさせていただく。

また、単行本化にあたっては、講談社文芸図書第一出版部の見田葉子《みたようこ》氏が全六巻すべてを担当して下さった。その丁寧な仕事に深甚の謝意を表させていただく。

さて、「こんな旅について行った俺は大馬鹿者だった」と帰国後苦笑混じりに溜め息をついていた私の次男も、いまや社会人となり、世の厳しさと直面する毎日である。私事ではあるが、この場を借りて息子にひとこと。「腹の立つことばっかりだったけど、俺はお前が一緒で楽しかったよ」。

二〇〇〇年一月二十八日

宮本　輝

新文庫版あとがき

この一九九五年のシルクロードの長い旅からすでに二十七年がたって、当時四十八歳だった私は七十五歳になってしまった。

その二十七年のあいだにも、当然のことながら思いもかけぬことや予期せぬ出来事が起こった。私個人にも、日本にも、世界にも。

しかし、それはごくあたりまえのことであって、突然の変化の連続のなかで、人は老い、病み、新しい誕生に立ち会い、未知のさまざまなツールを手にして、そのつどそのつど順応していくのであろう。

絶え間なく変化しつづけているという世界に生きざるをえないことへの空虚な厭世観《えんせい》に包まれるようになったのは七十歳を過ぎてからである。そんなあたりまえのことに気づくのに七十年もかかったのかとあきれられそうだが、それまでの私には「変化」は表層的な事柄ばかりで、私自身や私の環境にさほどの影響を与えるものとは考えていなかった。

まだ若くて勢いがあって、喪《うしな》ったものは取り返せるとたかをくくっていたのであろう。

だが、取り返すための物理的時間の喪失に気づくと、「変化」の力のものすごさに身を小さくさせていくしかなかった。

そんなとき、私のなかに生じた妄想は、シルクロード六千七百キロの過酷な旅のありとあらゆる光景のなかに身を置く私の姿である。旅を終えてからの二十七年間、そのようなことはいちどもなかった。ただ暑くて辛《つら》くて砂だらけの、荒涼とした思い出が、灰色の背景の奥に甦《よみがえ》るだけだったのだ。

それなのに、あるとき大きな変化が起こった。なぜなのかわからない。

竜巻がゴビ灘《タン》の向こうからとぐろを巻く大蛇のように這《は》ってくる。私を飲み込もうとしている。そうか俺を飲み込むのか。じゃあ飲み込めばいいよ。私はなんの恐怖もなく大蛇のほうへと歩きだす。大蛇が美しく思える。

民族意識の強い人々が多いというパキスタンのギルギットの集落を歩いていると道に迷って路地から出られなくなった。鋭い敵意をむき出しにした男たちに取り囲まれたが逃げ場がない。自分は旅人であって、あなたがたに害をなす人間ではないと説明を始めるが、相手はすでに私を殺そうと決めているようだ。

そうか、殺すのか。仕方がないな。まさかこんな名峰に囲まれた美しい集落で殺されるとは予想もしていなかったが、世の中には行き違いというものもある。殺すなら殺してくれ。俺は充分に生きたかもしれないよ。

フンザでたった一軒きりの「何でも屋」の木小屋の前で、百歳を超える老人たちと世間話をしている。私も百歳のフンザ人だ。私の住む家にはまだ明かりが灯《とも》っていない。

山羊《やぎ》を放牧している孫夫婦はまだ帰っていないのだなと思っているうちに山のほうから山羊の群れが降りてきた。その震動で木小屋が揺れる。山羊たちのビー玉のような目が私を見つめる。孫息子の嫁の機嫌は良さそうだ。

とにかく次から次へと、シルクロードでのさまざまな地における風景のなかの自分が、あるときは地元の老人となり、あるときは学校をサボった少年となり、気難しい羊飼いの男となり、腕のいい鍛冶屋となって、つかのまその妄想のなかで生きるのだ。

しかし、それは所詮フラグメントであって、幻影は持続しない。なさけないくらいに呆気《あっけ》なく消えてしまう。それなのに、執拗《しつよう》に次から次へと映像だけが浮かんでくる。『ひとたびはポプラに臥《ふ》す』の旅から二十七年がたって、まさかこのようなフラグメントばかりが私を駆り立てるとは考えもしていなかったのだ。

この幻影、もしくは持続性のないフラグメントにあとほんの少しスタミナが加味されれば、私のなかからは幾作かの小説が生まれるだろうと思う。だが、生まれないのだ。けっしてそこから小説は生まれない。

なぜなら、私はフンザの老人にはなれないからだ。ウイグル人の鍛冶屋にもなれない。ペシャワールの少年にもなれないのだ。外国では、私は通りすがりの旅人にすぎない。どんなに親しくなった人であっても、その人の家のなかでともに生きたわけではない。

何に対して腹をたてるのか。何を真に悲しいと感じるのか。何が生き甲斐《がい》なのか。

外国人については、もうまったくお手上げで、異邦人という言葉の見事なまでの拒絶感の前で立ちすくんでしまう。

『ひとたびはポプラに臥す』は、書き終えて二十数年がたってから、私に無数の映像と幻影とフラグメントばかりをもたらしつづける何物かに変化した。はからずも、そういう奇妙な性格を内包する紀行文になっていたというべきかもしれないが、そのように変化するために二十数年間を必要としたのだ。

この紀行文の新文庫化にあたっては集英社文庫編集部の栗原清香さんのお世話になった。ここに厚く謝意を添えさせていただく。

二〇二二年十二月一日

宮本　輝

主な参考文献　鳩摩羅什及びシルクロードについて

『人物中国の仏教　羅什』横超慧日・諏訪義純、大蔵出版
『出三蔵記集』（大乗仏典 中国・日本篇 第三巻所収）僧祐編著、荒牧典俊訳、中央公論社
『高僧伝』（大乗仏典 中国・日本篇 第十四巻所収）諏訪義純・中嶋隆蔵訳、中央公論社
『大唐西域記』玄奘、水谷真成訳、平凡社
『慧遠研究　研究篇／遺文篇』木村英一編、創文社
『シルクロード事典』前嶋信次・加藤九祚共編、芙蓉書房
『カラコルム紀行――仏法伝来の道をゆく』松本和夫、聖教新聞社
『西域史研究』白鳥庫吉、岩波書店
『東洋学術研究』東洋哲学研究所

鳩摩羅什の生涯

三五〇年　羅什生まれる。
三五四年　母耆婆が出家。
三五八年　羅什、母とともにガンダーラ地方にあった罽賓国に行き、槃頭達多に師事。
三六一年　母とともに疏勒国（現・カシュガル）へたつ。須利耶蘇摩と出会い大乗仏教を学ぶ。
三六三年　亀茲国（現・クチャ）に帰国。
三七〇年　羅什、卑摩羅叉より受戒。亀茲王新寺で開眼する。
三八二年　前秦の将軍呂光の西域遠征出発。
三八三年　呂光の軍、亀茲国に到着。
三八四年　呂光軍、亀茲城を攻略。羅什捕らわれ破戒する。
三八五年　呂光、帰国のため亀茲をたち、姑臧（現・武威）に入る。羅什もこれに従う。
前秦の国王苻堅、殺される。
四〇一年　羅什、長安に入る。

四〇二年　「禅経」「阿弥陀経」「新賢劫経」「思益梵天所問経」「弥勒成仏経」を翻訳。
「大智度論」の訳を始める。
四〇三年　「新大品経」を翻訳。
四〇四年　「百論」「十誦律」を翻訳。
四〇五年　「仏蔵経」「雑譬喩経」「大智度論」「菩薩蔵経」「称揚諸仏功徳経」を翻訳。
「十誦律」を再訳する。
四〇六年　「維摩経」「妙法蓮華経」「華手経」を翻訳。
四〇七年　「自在王経」を翻訳。
四〇八年　「新小品経」を翻訳。
四〇九年　「中論」「十二門論」を翻訳。八月二十日羅什没す。

モンゴル
ハミ
ロプ・ノール
柳園
敦煌
安西
酒泉
嘉峪関
張掖
武威
祁連山脈
テンゲル砂漠
黄河
黄土高原
蘭州
天水
西安
中華人民共和国
N

シルクロード全図

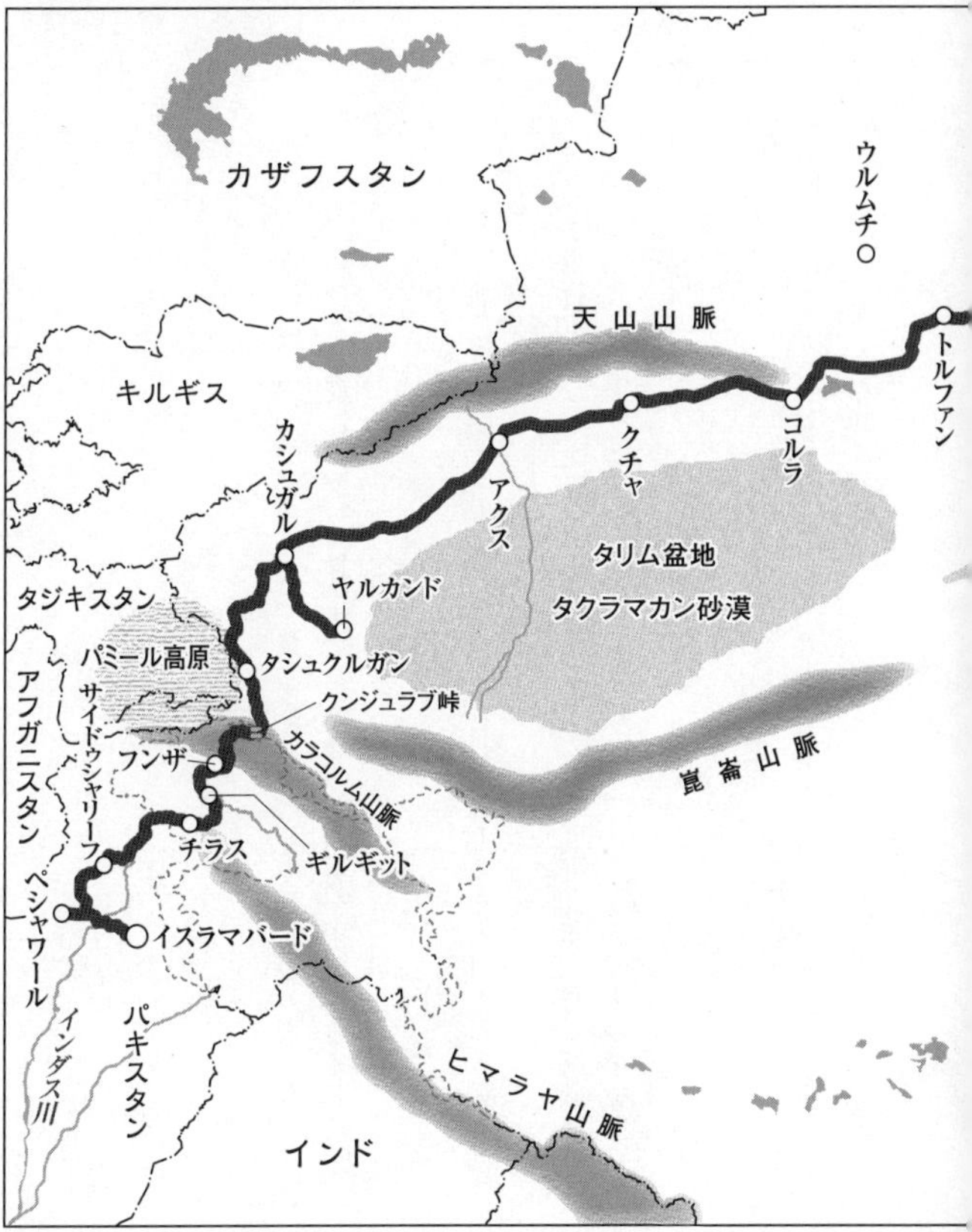

カザフスタン
ウルムチ
天山山脈
トルファン
キルギス
コルラ
クチャ
アクス
カシュガル
タリム盆地
タクラマカン砂漠
ヤルカンド
タジキスタン
パミール高原
タシュクルガン
クンジュラブ峠
アフガニスタン
サイドゥシャリーフ
フンザ
カラコルム山脈
崑崙山脈
チラス
ギルギット
ペシャワール
イスラマバード
インダス川
パキスタン
ヒマラヤ山脈
インド

本書は、二〇〇二年四月、講談社文庫として刊行された
『ひとたびはポプラに臥す』第五巻、第六巻を再編集しました。

初出
「北日本新聞」一九九八年六月九日〜九九年十一月九日（週一回）

単行本『ひとたびはポプラに臥す5』一九九九年六月　講談社
『ひとたびはポプラに臥す6』二〇〇〇年四月　講談社

本文デザイン／目崎羽衣（テラエンジン）
写真撮影／田中勇人〈北日本新聞社（当時）〉
絵地図／今井秀之
カバーイラストは、田中勇人氏撮影の写真をもとに、坪本幸樹氏が描き下ろしたものです。
JASRAC　出　二二〇九七三二‐二〇一

S 集英社文庫

ひとたびはポプラに臥《ふ》す　3

2023年 2月25日　第1刷　　定価はカバーに表示してあります。

著　者　宮本《みやもと》　輝《てる》

発行者　樋口尚也

発行所　株式会社　集英社

東京都千代田区一ツ橋2-5-10　〒101-8050

電話　【編集部】03-3230-6095

【読者係】03-3230-6080

【販売部】03-3230-6393(書店専用)

印　刷　図書印刷株式会社

製　本　図書印刷株式会社

フォーマットデザイン　アリヤマデザインストア　　マークデザイン　居山浩二

ISBN978-4-08-744486-5 C0195